BESTSELLER

Biblioteca

MARY HIGGINS CLARK

Los años perdidos

Traducción de
Sílvia Pons Pradilla

DEBOLS!LLO

Papel certificado por el Forest Stewardship Council®

Título original: *The Lost Years*

Cuarta edición: octubre de 2014
Primera reimpresión: diciembre de 2018

© 2012, Mary Higgins Clark
Todos los derechos reservados
Publicado por acuerdo con la editorial original Simon & Schuster, Inc.
© 2013, Penguin Random House Grupo Editorial, S. A. U.
Travessera de Gràcia, 47-49. 08021 Barcelona
© 2013, Sílvia Pons Pradilla, por la traducción

Printed in Spain – Impreso en España

ISBN: 978-84-9032-634-3 (vol. 184/42)
Depósito legal: B-25.298-2013

Compuesto en Comptex & Ass.

Impreso en Liberdúplex
Sant Llorenç d'Hortons (Barcelona)

P 3 2 6 3 4 3

Penguin
Random House
Grupo Editorial

A la memoria de mi querido cuñado y amigo,
Kenneth John Clark.
Amado esposo, padre, abuelo y bisabuelo.
Y «el tío» para sus sobrinos, que lo adoraban.
Te quisimos muchísimo.
Descansa en paz

Agradecimientos

Cuando se dice que escribir un libro es un largo viaje, es totalmente cierto. Sin embargo, decir que será un viaje de dos mil años es algo bastante distinto. Cuando Michael Korda, mi editor, insinuó que sería interesante que la historia tuviera un trasfondo bíblico y que debería tratar de una carta escrita por Cristo, negué con la cabeza.

Sin embargo, la posibilidad no me dejaba tranquila y las palabras «¿y si?» y «supón que» me asaltaban con frecuencia el pensamiento. Empecé a escribir y cuatro meses después me di cuenta de que no me gustaba el modo en que estaba contando la historia.

Por mucha experiencia que se tenga como escritor, eso no garantiza que la narración siempre se desarrolle como se había imaginado. Así pues, deseché esas páginas y empecé de nuevo.

Mi más feliz agradecimiento a Michael, mi editor, mentor y querido amigo durante todos estos años. Ya hemos reservado un día para el almuerzo de celebración. Durante el mismo, sé lo que sucederá. Delante de una copa de vino, adoptará un gesto pensativo y dirá: «Se me ha ocurrido que...», con lo que querrá decir que volvemos a la carga.

Kathy Sagan, jefa de redacción, es maravillosa. Aunque sabía que estaba ocupada con su propia lista de autores, después de descubrir lo bueno que era colaborar con ella en nuestra revista de misterio, quise trabajar con ella. Esta es la segunda novela que hacemos juntas. Gracias, Kathy.

Gracias al equipo de Simon & Schuster, que convirtió el manuscrito en libro: al jefe de producción John Wahler, la directora adjunta de edición, Gypsy da Silva, la diseñadora Jill Putorti y la directora artística Jackie Seow, por su maravilloso diseño de cubierta.

Mi equipo de hinchas locales, Nadine Petry, Agnes Newton e Irene Clark, están siempre a mi lado. Saludos y gracias.

Mi amor eterno a John Conheeney, marido extraordinario. Aún no me creo que acabemos de celebrar nuestro decimoquinto aniversario de boda. Parece que fuera ayer. Por todos nuestros mañanas compartiendo amor y risas con nuestros hijos, nietos y amigos.

Y a todos vosotros, lectores, espero que disfrutéis de esta nueva historia. Como ya he citado otras veces de ese espléndido pergamino antiguo: «El libro está terminado. ¡Dejad disfrutar al autor!».

Saludos y bendiciones,

MARY HIGGINS CLARK

Prólogo

En el año del Señor de 1474

En la calma silenciosa, mientras las últimas sombras se cernían sobre las murallas de la eterna ciudad de Roma, un monje anciano, con los hombros encogidos, se dirigió con sigilo y discreción a la Biblioteca Secreta, una de las cuatro salas que comprendían la Biblioteca Vaticana. Esta contenía un total de 2.527 manuscritos en latín, griego y hebreo. Algunos podían ser consultados por personas ajenas a la biblioteca, siempre bajo estricta supervisión. Otros no.

El más controvertido de los manuscritos era el que se conocía como «pergamino de José de Arimatea» y «carta vaticana». Trasladada a Roma por el apóstol Pedro, muchos creían que era la única carta escrita por Cristo.

Se trataba de una carta sencilla en la que daba las gracias a José por la amabilidad que había mostrado desde la primera vez que le oyó predicando en el templo de Jerusalén, cuando Cristo tenía tan solo doce años. José creyó en ese momento que era el tan esperado Mesías.

Cuando el hijo del rey Herodes descubrió que ese niño tan sumamente sabio y erudito había nacido en Belén, dio orden de que lo asesinaran. Al saberlo, José se dirigió a toda prisa a Nazaret y pidió permiso a los padres del niño para llevárselo a Egipto, a fin de que estuviera a salvo y de que pudiera estudiar en el templo de Leontópolis, cerca del valle del Nilo.

Los dieciocho años siguientes de la vida de Jesucristo son un misterio para la historia. Cuando se acercaba el final de Su sacerdocio, previendo que el último gesto de amabilidad que José tendría con Él sería ofrecerle su propio sepulcro para que descansara en él, Cristo escribió una carta de agradecimiento a Su fiel amigo.

A lo largo de los siglos, algunos de los papas creyeron que era auténtica. Otros no. El bibliotecario del Vaticano descubrió que el papa actual, Sixto IV, se planteaba ordenar que la destruyeran.

El ayudante de la biblioteca había estado esperando la llegada del monje a la Biblioteca Secreta. Con gesto preocupado, le entregó el pergamino.

—Hago esto por orden de Su Eminencia el cardenal del Portego —aclaró—. El pergamino sagrado no debe destruirse. Escóndalo bien en el monasterio y no permita que nadie conozca su contenido.

El monje cogió el pergamino, lo besó con reverencia y lo protegió en las mangas de su holgada túnica.

La carta dirigida a José de Arimatea no volvió a aparecer hasta más de quinientos años después, cuando empieza esta historia.

1

Hoy es el día del funeral de mi padre. Lo asesinaron.

Ese fue el primer pensamiento que asaltó a Mariah Lyons, de veintiocho años, cuando despertó de un sueño ligero en la casa donde se había criado, en Mahwah, una población al pie de las montañas Ramapo, al norte de New Jersey. Mientras se limpiaba las lágrimas que le inundaban los ojos, se incorporó lentamente, deslizó los pies en el suelo y miró a su alrededor.

Cuando tenía dieciséis años, le permitieron decorar la habitación a su gusto como regalo de cumpleaños, y eligió pintar las paredes de rojo. Para las colchas, cojines y cortinas escogió un alegre diseño floral en rojo y blanco. La amplia y cómoda butaca de la esquina era en la que siempre había hecho los deberes, en lugar de sentada al escritorio. Sus ojos se fijaron en la estantería que su padre le había colgado sobre el tocador para que colocara en ella los trofeos de los campeonatos de fútbol y baloncesto del instituto. *Estaba tan orgulloso de mí...*, pensó con tristeza. *Él quería que la volviera a decorar cuando terminara en la facultad, pero no quise cambiar nada. No me importa que aún parezca la habitación de una adolescente.*

Intentó recordarse que hasta entonces había sido una de esas personas afortunadas cuya experiencia con la muerte de un ser querido se limitaba a cuando tenía quince años y su abuela de ochenta y seis falleció mientras dormía. Quería mucho a la abuela, pero me alegré enormemente de que jamás perdiera la dignidad, pensó. Ya empezaban a fallarle las fuerzas y ella detestaba tener que depender de alguien.

Mariah se levantó, alcanzó la bata que había a los pies de la cama, se envolvió en ella y se la ató a su delgada cintura. Pero esto es distinto, pensó. Mi padre no falleció de muerte natural. Le dispararon mientras leía, sentado a la mesa de su estudio en el piso de abajo. Notó la boca seca al plantearse las preguntas que la asaltaban una y otra vez. ¿Estaba mamá en la habitación cuando sucedió? O entró al oír el disparo... ¿Hay alguna posibilidad de que fuera mamá quien lo hizo? Dios quiera que no fuera así.

Se acercó al tocador y se miró en el espejo. Estoy muy pálida, se dijo mientras se cepillaba la negra melena. Tenía los ojos hinchados de tanto llorar aquellos últimos días. Entonces la asaltó una idea incongruente: Me alegro de tener los ojos de papá, de color azul oscuro. Me alegro de ser alta como él. Sin duda me vino bien para jugar a baloncesto.

—No puedo creer que ya no esté —susurró al recordar la celebración de su septuagésimo cumpleaños tan solo tres semanas atrás. Su mente reprodujo los hechos de los últimos cuatro días. El lunes por la tarde, Mariah se había quedado en la oficina para trabajar en el plan de inversión de un nuevo cliente. Cuando llegó a su apartamento de Greenwich Village a las ocho, realizó la habitual llamada a su padre. Parecía muy deprimido, recordó. Le contó que su madre había pasado un día espantoso, y que era evidente que su alzheimer estaba empeorando. Algo hizo que volviera a llamarle a las diez y media. Estaba preocupada por ambos.

Su padre no respondió, y supo que algo iba mal. Mariah recordó el apresurado viaje en coche de Greenwich Village a New Jersey esa noche, que se le hizo interminable. De camino, volví a llamar, una y otra vez, pensó. Recordó que había aparcado en la entrada a las once y veinte, y que buscó desesperada la llave en la oscuridad mientras se alejaba del coche corriendo. Las luces de la planta baja estaban encendidas y, en cuanto entró en la casa, se dirigió al estudio.

El horror de lo que allí descubrió se reprodujo entonces en su mente, como llevaba ocurriéndole de manera incesante. Su padre estaba desplomado sobre el escritorio, la cabeza y los hombros manchados de sangre. Su madre, también empapada en sangre, estaba encogida de miedo dentro del armario empotrado contiguo al escritorio, con el revólver de su padre entre las manos.

Mamá me vio y empezó a gemir: «Tanto ruido... tanta sangre...».

Estaba desesperada, recordó Mariah. Cuando llamé al 911, solo fui capaz de gritar: «¡Mi padre está muerto! ¡Le han disparado!».

La policía llegó al cabo de diez minutos. Nunca olvidaré cómo nos miraron, a mamá y a mí. Yo había abrazado a papá, de modo que yo también estaba llena de sangre. Oí que uno de los policías comentó que al tocar a mi padre había contaminado la escena del crimen.

Mariah se dio cuenta de que seguía mirándose en el espejo, aunque sin verse. Echó un vistazo al reloj que había sobre el tocador y vio que ya eran las siete y media. Tengo que arreglarme, se dijo. Deberíamos llegar a la funeraria a las nueve. Espero que Rory esté arreglando a mamá. Rory Steiger, una mujer fornida de sesenta y dos años, llevaba los dos últimos años cuidando de su madre.

Veinte minutos después de ducharse y haberse secado el pelo, Mariah volvió a la habitación, abrió el armario y sacó la falda negra y la chaqueta blanca y negra que había elegido para el funeral. La gente solía cubrirse de negro cuando se producía una muerte en la familia, se dijo. Recuerdo las fotos de Jackie Kennedy con un largo velo de luto. Oh, Dios mío, ¿por qué ha tenido que pasar todo esto?

Cuando terminó de vestirse, se acercó a la ventana. La había dejado abierta al acostarse, y la brisa arremolinaba las cortinas sobre el alféizar. Durante un momento, se quedó mirando el patio trasero. Los arces japoneses que su padre había plantado años atrás lo cubrían de sombra y las begonias y balsaminas que había plantado en primavera lo rodeaban. Bajo la luz del sol, las montañas Ramapo resplandecían a lo lejos con tonos verdes y dorados. Era un día precioso de finales de agosto.

No quiero que haga un día bonito, pensó Mariah. Es como si no hubiera sucedido nada horrible. Pero sí ha sucedido. Han asesinado a papá. Quiero que llueva y haga frío. Quiero que la lluvia llene de lágrimas su ataúd. Quiero que el cielo llore por él.

Se ha ido para siempre.

El sentimiento de culpa y de tristeza la envolvía. El apacible profesor universitario que, tres años atrás, se había alegrado tanto de jubilarse para dedicar buena parte de su tiempo a estudiar manuscritos antiguos, había sido asesinado de manera violenta. Lo quería con locura, pero es terrible que durante el último año y medio nuestra relación se volviera tensa por culpa de su aventura con Lillian Stewart, una profesora de la Universidad de Columbia, cuya mera existencia cambió la vida de todos nosotros.

Mariah recordó su consternación al llegar a casa, hacía un año y medio, y ver a su madre con las fotografías que había encontrado de su padre y Lillian abrazados. Me enfadé mucho al descubrir que era posible que su relación hubiera comenzado en una excavación a la que habían ido juntos, en Egipto, Grecia, Israel o Dios sabía dónde, y se hubiera prolongado durante los últimos cinco años. Me enfureció que también la invitara a ella cuando venían a casa otros amigos, como Richard, Charles, Albert y Greg, y se quedaban a cenar.

Odio a esa mujer, se dijo Mariah.

Al parecer, a la tal Lily no le importaba que mi padre fuera veinte años mayor que ella, pensó con tristeza. He intentado ser justa y entenderlo.

Mamá lleva años a la deriva, y sé que para papá fue muy doloroso ver su deterioro paulatino. Sin embargo, aún tiene sus días buenos. Y todavía habla de esas fotografías. Le dolió enormemente descubrir que papá tenía a otra mujer en su vida.

No quiero pensar en ello, se dijo mientras se retiraba de la ventana. Quiero que mi padre esté vivo. Quiero decirle lo mucho que siento haberle preguntado la semana pasada si su Lily del valle del Nilo había sido una compañía agradable durante su última excursión a Grecia.

Se dirigió al escritorio y contempló una fotografía de sus padres tomada diez años atrás. Recordó lo cariñosos que solían ser el uno con el otro. Se casaron cuando ambos hacían un curso de posgrado.

Yo no llegué sino al cabo de quince años.

Esbozó una leve sonrisa cuando recordó a su madre diciéndole que habían tenido que esperar mucho tiempo, pero que al fin Dios les había dado la hija perfecta. La verdad es que fue un comentario más que generoso por su parte, pensó. Los dos eran sumamente atractivos. Y elegantes. También encantadores. En cambio, yo no era nada del otro mundo, con mi pelambrera larga y negra, tan delgada que parecía desnutrida, y con unos dientes que durante una época resultaron demasiado grandes para mi cara. Por suerte, al final me he convertido en una combinación decente de los dos.

Papá, papi, por favor, no estés muerto. Espero verte sentado a la mesa, desayunando, cuando llegue. Con tu taza de café en una mano, leyendo el *Times* o el *Wall Street Journal*. Yo cogeré el *Post* en busca de la revista *Page Six*, y tú me mirarás por encima de las gafas, con esa expresión con la que querrás decirme que desperdiciar la inteligencia es algo realmente espantoso.

No quiero comer nada, solo tomaré café, decidió Mariah mientras abría la puerta de la habitación y cruzaba el rellano hacia la escalera. Se detuvo antes de bajar, pero no oyó ningún ruido procedente de las habitaciones contiguas en las que dormían su madre y Rory. Espero que eso signifique que están abajo, pensó.

No había rastro de ellas en la salita del desayuno. Entró en la cocina. Betty Pierce, el ama de llaves, estaba allí.

—Mariah, tu madre no ha querido comer nada. Se ha ido al estudio. No creo que te guste cómo va vestida, pero se ha puesto muy pesada. Lleva el traje azul y verde de hilo que le regalaste el día de la Madre.

Mariah pensó en hacerla recapacitar, pero enseguida se dio cuenta de que no serviría para nada. Cogió la taza de café que Betty le había servido y se la llevó al estudio. Rory estaba allí de pie, con gesto afligido. Ante la pregunta no formulada de Mariah, señaló la puerta del armario empotrado con un gesto de la cabeza.

—No quiere que abra la puerta —aclaró—. No me deja entrar con ella.

Mariah llamó a la puerta y la abrió despacio al tiempo que susurraba el nombre de su madre. Curiosamente, en ocasiones su madre respondía antes así que si la llamaba «mamá».

—Kathleen —dijo con suavidad—. Kathleen, es hora de tomar una taza de té y un bollo de canela.

El armario era amplio, con estanterías a ambos lados. Kathleen Lyons estaba sentada en el suelo, en un extremo. Se rodeaba el cuerpo con los brazos en un gesto de protección e inclinaba la cabeza contra el pecho, como si se preparara para recibir un golpe. Cerraba los ojos con fuerza y el pelo plateado le caía hacia delante cubriéndole casi por completo el rostro. Mariah se arrodilló, la abrazó y empezó a mecerla como si fuera una niña.

—Tanto ruido... tanta sangre —murmuró su madre, las mismas palabras que llevaba repitiendo desde el asesinato. Sin embargo, dejó que Mariah la ayudara a levantarse y le apartara el cabello corto y ondulado de la bonita cara. Una vez más, Mariah recordó que su madre era solo unos meses más joven que su padre y pensó que no aparentaría la edad que tenía si no fuera por su modo temeroso de moverse, como si fuera a caer al abismo en cualquier momento.

Mientras Mariah guiaba a su madre fuera del estudio, no se fijó en la expresión torva de Rory Steiger, ni en la sonrisa disimulada que se permitió esbozar.

No tendré que aguantarla mucho más tiempo, pensó Rory.

2

El detective Simon Benet de la oficina del fiscal del condado de Bergen tenía el aspecto de un hombre que pasara mucho tiempo al aire libre. Tenía unos cuarenta y cinco años, el pelo algo ralo y de color rubio rojizo, y la tez rubicunda. La chaqueta de su traje siempre estaba arrugada, pues cuando no la utilizaba, la arrojaba al asiento trasero de su coche.

Su compañera, la detective Rita Rodriguez, era una mujer esbelta de origen hispano, de casi cuarenta años y el pelo castaño, corto y elegante. Siempre vestida de manera impecable, contrastaba notablemente con Benet. En realidad formaban un equipo de investigación de primera clase, al que se le había asignado el caso del asesinato de Jonathan Lyons.

Ellos fueron los primeros en llegar a la funeraria el viernes por la mañana. Tenían la teoría de que si el asesino era un forastero, seguramente aparecía por allí para observar a su víctima, así que estuvieron atentos para identificar a cualquier sospechoso en potencia. Habían examinado las fotografías de delincuentes peligrosos en libertad condicional y que se habían visto implicados en casos de robos en el barrio.

Cualquiera que haya pasado por un día así sabe de qué va esto, pensó Rodriguez. Llegaron flores en abundancia, pese a que en la necrológica se había solicitado que, en lugar de comprar flores, se hicieran donaciones al hospital local.

La funeraria comenzó a llenarse bastante antes de las nueve. Los detectives eran conscientes de que algunos de los presentes habían acudido movidos por una curiosidad malsana, y Rodriguez los distinguió al instante. Permanecían de pie junto al féretro durante más tiempo del estrictamente necesario y buscaban señales de violencia en el rostro del difunto. Sin embargo, la expresión de Jonathan Lyons era serena, y el maquillador de la funeraria había disimulado con éxito todo rastro de lesión.

Durante los tres últimos días, habían llamado a las puertas de los vecinos con la esperanza de que alguien hubiera oído el disparo o visto al criminal salir corriendo de la casa tras el asesinato. La investigación aún no había desvelado nada. Los vecinos de la casa contigua estaban de vacaciones y el resto no había oído ni observado nada inusual.

Mariah les había facilitado los nombres de las personas en las que su padre habría confiado si hubiera tenido algún problema.

—Richard Callahan, Charles Michaelson, Albert West y Greg Pearson acompañaron a papá en todas las excursiones de arqueología anuales durante al menos seis años —les había dicho—. Todos venían a casa a cenar aproximadamente una vez al mes. Richard es profesor de estudios bíblicos en la Universidad de Fordham. Charles y Albert también son profesores. Greg es un exitoso hombre de negocios. Es el propietario de una compañía relacionada con software informático.

—A continuación, y sin disimular su disgusto, les había dado el nombre de Lillian Stewart, la amante de su padre.

Esas eran las personas a las que los detectives querían conocer y citar para una entrevista. Benet le había pedido a la cuidadora, Rory Steiger, que los señalara cuando llegaran.

A las nueve menos veinte, Mariah, su madre y Rory entraron en la funeraria. Si bien los detectives habían estado en su casa dos veces en los últimos días, Kathleen Lyons les dirigió una mirada ausente. Mariah los saludó con un gesto de la cabeza y se acercó al féretro para saludar a las visitas que pasaban junto a él.

Los detectives eligieron un lugar cercano desde el que verles las caras y fijarse en cómo se relacionaban con Mariah.

Rory acompañó a Kathleen a sentarse en una silla de la primera fila y a continuación volvió al lado de los detectives. Discreta con su vestido blanco y negro, y el cabello canoso recogido en un moño, permaneció de pie junto a ellos. Trató de disimular que le ponía nerviosa tener que ayudarlos. No podía dejar de pensar que el único motivo por el que había aceptado el trabajo hacía dos años era Joe Peck, el viudo de sesenta y cinco años que vivía en el mismo complejo de apartamentos que ella, en el Upper West Side de Manhattan.

Salía a cenar a menudo con Joe, un bombero jubilado que tenía una casa en Florida. Joe le había confesado lo solo que se sentía desde la muerte de su mujer, y Rory se había hecho ilusiones de que le pidiera matrimonio. Pero una noche él le dijo que si bien disfrutaba de esas citas esporádicas, había conocido a alguien con quien iba a irse a vivir en breve.

Esa noche, enfadada y desilusionada, Rory le contó a su mejor amiga, Rose, que aceptaría el trabajo que acababan de ofrecerle en New Jersey. «Está bien pagado. Además, tendré que estar allí metida de lunes a viernes, lo que me impedirá volver a casa corriendo del trabajo con la esperanza de recibir una llamada de Joe —había concluido Rory con resentimiento.»

Nunca pensé que aceptar el trabajo conduciría a esto, pensó. A continuación vio a dos hombres que debían de rondar los setenta años.

—Por si les interesa —susurró a los detectives Benet y Rodriguez—, esos hombres son expertos en el campo del profesor Lyons. Venían a casa una vez al mes, más o menos, y sé que hablaban por teléfono con él muy a menudo. El más alto es el profesor Charles Michaelson. El otro es el doctor Albert West.

Un minuto después, tiró de la manga de Benet.

—Aquí están Callahan y Pearson —anunció—. La novia ha llegado con ellos.

Mariah abrió los ojos como platos cuando vio a la mujer. No creí que Lily del valle del Nilo se atreviera a aparecer, se dijo, mientras pensaba también, con disgusto, que Lillian Stewart era una mujer muy atractiva. De pelo castaño y grandes ojos marrones, vestía un traje ligero de hilo gris con el cuello blanco. Me pregunto en cuántas tiendas habrá rebuscado hasta encontrarlo, se dijo Mariah. Es justo el traje de luto perfecto para una amante.

Esa era exactamente la clase de broma que gastaba a su padre sobre ella, recordó con dolor. Como cuando le pregunté si se ponía esos tacones que tanto le gustan en las excavaciones arqueológicas, pensó. Ignorando a Stewart, Mariah extendió un brazo para estrechar la mano de Greg Pearson y Richard Callahan.

—No es el mejor día de nuestras vidas, ¿verdad? —preguntó Mariah.

El dolor que vio en los ojos de esos hombres le resultó reconfortante. Era consciente de hasta qué punto valoraban la amistad de su padre. Ambos de poco más de treinta años y entusiastas arqueólogos aficionados, no podían ser más diferentes. Richard era un hombre delgado de un metro noventa de estatura, con abundante pelo negro salpicado de canas y un sentido del humor muy agudo. Mariah sabía que había pasado un año en el seminario y que no descartaba regresar a él. Vivía cerca de la Universidad de Fordham, donde impartía clases.

Greg medía exactamente lo mismo que Mariah con tacones. Tenía el pelo castaño y lo llevaba muy corto. Los ojos, de un tono gris verdoso claro, eran el rasgo dominante de su rostro. Siempre mostraba una actitud deferente y discreta, y Mariah se preguntaba si era posible que, pese a su éxito empresarial, Greg fuera un hombre tímido. Tal vez esa fuera una de las razones por las que le gustaba la compañía de papá, pensó. Su padre cautivaba a todo el mundo con sus anécdotas.

Mariah había salido en un par de ocasiones con Greg pero, consciente de que no llegaría a interesarse por él en un sentido romántico, y temiendo que los sentimientos de él fueran por ese camino, le insinuó que había conocido a alguien y Greg nunca volvió a proponerle otra cita.

Los dos hombres se arrodillaron junto al féretro durante un instante.

—Se acabaron las largas veladas con el contador de historias —dijo Mariah cuando se levantaron.

—Es tan increíble —murmuró Lily.

A continuación, Albert West y Charles Michaelson se acercaron a ella.

—Mariah, lo siento mucho. No me lo puedo creer. Es todo tan insólito... —comentó Albert.

—Lo sé, lo sé —respondió Mariah mientras miraba a los cuatro hombres a quien tanto quería su padre—. ¿Ha hablado la policía con alguno de vosotros? Tuve que darles una lista de amigos íntimos y, por supuesto, todos estáis incluidos. —Acto seguido se volvió hacia Lily—. Y no hace falta decir que también di tu nombre.

¿Acaso he notado un cambio repentino en uno de ellos en este instante?, se preguntó Mariah. No podía estar segura porque en ese momento apareció el director de la funeraria y pidió que aquellos que desearan pasar junto al ataúd por última vez lo hicieran entonces, y que después se dirigieran a sus coches, pues había llegado la hora de ir a la iglesia.

Mariah esperó con su madre hasta que todos se hubieron marchado. Se sintió aliviada por el hecho de que Lily hubiera tenido la decencia de no tocar el cuerpo de su padre. Creo que le habría puesto la zancadilla si se hubiera decidido a inclinarse para besarlo, se dijo.

Su madre parecía del todo ajena a lo que estaba sucediendo. Cuando Mariah la condujo hasta el féretro, la mujer dirigió una mirada inexpresiva al rostro de su difunto marido y comentó:

—Me alegro de que se haya lavado la cara. Tanto ruido... tanta sangre.

Mariah dejó a su madre al cuidado de Rory y se volvió hacia el féretro. Papá, deberías haber vivido veinte años más, pensó. Alguien va a pagar muy caro haberte hecho esto.

Se inclinó y posó una mejilla sobre la suya, y acto seguido lamentó haberlo hecho. Esa carne fría y dura era la de un objeto, no la de su padre.

Mientras se erguía, susurró:

—Cuidaré bien de mamá, te lo prometo.

3

Lillian Stewart avanzó con discreción hasta el fondo de la iglesia cuando la misa funeral por Jonathan ya había comenzado. Se marchó antes de las últimas oraciones para evitar encontrarse con Mariah o su madre después de la gélida acogida que le habían dispensado en la funeraria. A continuación condujo hasta el cementerio, aparcó a cierta distancia de la entrada y esperó hasta que el cortejo fúnebre se hubo marchado. Solo entonces se acercó al camino que llevaba a la tumba de Jonathan, bajó del coche y caminó hasta la sepultura, con una docena de rosas en la mano.

Los enterradores estaban a punto de bajar el féretro. Se apartaron con actitud respetuosa mientras la mujer se arrodillaba, dejaba las rosas sobre el ataúd y susurraba: «Te quiero, Jon». A continuación, pálida pero serena, pasó junto a una hilera de tumbas en dirección a su coche. Solo cuando estuvo de nuevo en su interior, perdió la compostura y hundió el rostro entre las manos. Las lágrimas que había estado conteniendo empezaron a deslizarse por las mejillas al tiempo que los sollozos le sacudían el cuerpo.

Un momento después, oyó que se abría la puerta del acompañante. Sobresaltada, alzó la vista intentando en vano enjugarse las lágrimas de los ojos. Unos brazos consoladores la rodearon y la sostuvieron hasta que logró contener el llanto.

—Supuse que estarías aquí —dijo Richard Callahan—. Te he visto un momento al fondo de la iglesia.

Lily se apartó de su lado.

—Dios mío, ¿crees que es posible que Mariah o su madre me hayan visto también? —preguntó la mujer con voz ronca y temblorosa.

—No lo creo. Yo estaba buscándote. No sabía adónde habías ido al salir de la funeraria. Pero ya has visto que la iglesia estaba a rebosar.

—Richard, es un detalle precioso que hayas pensado en mí, pero ¿no te esperan en el almuerzo?

—Sí, pero primero quería saber cómo estabas. Sé lo mucho que Jonathan significaba para ti.

Lillian había conocido a Richard Callahan en la primera excavación arqueológica en la que había participado, cinco años atrás. Profesor de historia bíblica en la Universidad de Fordham, le había contado que había estudiado para convertirse en jesuita, pero que se había apartado del sacerdocio antes de hacer los últimos votos. Ahora ese hombre de porte larguirucho y trato fácil se había convertido en un buen amigo, lo cual la sorprendía un poco. Pensaba que lo más probable es que reprobara su relación con Jonathan, pero, si lo hacía, jamás se lo había demostrado. Fue durante su primera excavación juntos cuando Jonathan y ella se enamoraron perdidamente el uno del otro.

Lily consiguió esbozar una leve sonrisa.

—Richard, te estoy muy agradecida, pero será mejor que vayas a ese almuerzo. Jonathan me dijo muchas veces que la madre de Mariah te tiene mucho cariño. Estoy segura que le hará bien tu compañía.

—Ya voy —dijo Richard—, pero Lily, tengo que preguntarte algo. ¿Te explicó Jonathan que creía haber descubierto un manuscrito sumamente valioso entre los que estaba traduciendo, unos que encontró en una vieja iglesia?

Lillian Stewart miró fijamente a los ojos de Richard Callahan.

—¿Un manuscrito antiguo de gran valor? No, en absoluto —mintió—. Nunca me habló de ellos.

4

El resto del día transcurrió para Mariah de acuerdo con la tónica misericordiosa y previsible de cualquier funeral. Ya serena e incapaz de derramar más lágrimas, la joven había escuchado atentamente al viejo amigo de la familia, el padre Aiden O'Brien, fraile de san Francisco de Asís en Manhattan, que celebró la misa, ensalzó al difunto y dirigió las oraciones junto a la tumba en el cercano cementerio de Maryrest. A continuación se dirigieron al club de campo de Ridgewood, donde se dispuso un almuerzo para los que habían asistido a la misa y al entierro.

Había más de doscientas personas. El clima era sombrío, pero después de un par de Bloody Marys, todos se animaron y el ambiente adquirió un tono más festivo. A Mariah le alegró el hecho de que todas las historias que oía versaban sobre lo fantástico que había sido su padre. Brillante. Ingenioso. Atractivo. Encantador. Sí, sí, se dijo.

Cuando el almuerzo hubo terminado y Rory se marchó a casa con su madre, el padre Aiden aprovechó para hablar con Mariah a solas. En voz baja, aunque no había nadie alrededor, le preguntó:

—Mariah, ¿te confesó tu padre que tenía la premonición de que iba a morir?

La expresión de su rostro fue respuesta suficiente.

—Tu padre vino a verme el pasado miércoles. Me dijo que tenía un presentimiento. Le invité a tomar un café en el monasterio. Allí me contó un secreto. Como ya sabrás, estaba traduciendo unos pergaminos antiguos que se encontraban en la caja fuerte oculta de una iglesia que llevaba años cerrada y que ahora están a punto de derruir.

—Sí, lo sabía. Mencionó algo sobre lo bien conservados que estaban.

—Si tu padre estaba en lo cierto, uno de ellos tiene un valor extraordinario. Y no solo en términos de dinero —agregó.

Aturdida, Mariah miró fijamente al sacerdote de setenta y ocho años. Durante la misa había observado que la artritis le provocaba una cojera grave. El abundante cabello blanco acentuaba las arrugas profundas de su frente. Era imposible no percibir la preocupación en su voz.

—¿Le contó qué era lo que contenía el manuscrito? —preguntó Mariah.

El padre Aiden miró alrededor. La mayoría de los presentes estaban de pie, despidiéndose de sus amigos. Era evidente que pronto se acercarían a Mariah para expresarle sus condolencias una vez más, acompañadas de un apretón de manos y las inevitables palabras: «Llámanos para lo que necesites».

—Mariah —dijo en tono inquieto—, ¿te habló tu padre de una carta que se cree que Jesús escribió a José de Arimatea?

—Sí, varias veces a lo largo de los años. Me dijo que la guardaban en la Biblioteca Vaticana, pero que se sabía poco de ella porque varios papas, entre ellos Sixto IV, se negaban a creer que fuera auténtica. La robaron durante su pontificado en el siglo xv, supuestamente alguien que creía que el papa Sixto IV planeaba quemarla. —Sorprendida, preguntó—: Padre Aiden, ¿está diciendo que mi padre creía haber encontrado esa carta?

—Así es.

—Entonces debió de acudir a, por lo menos, un experto

cuya opinión fuera irreprochable para que confirmara sus sospechas.

—Me dijo que es justamente lo que hizo.

—¿Le dio el nombre de la persona que vio la carta?

—No. Pero debieron de ser varias, porque me comentó que se arrepentía de haber acudido a una de ellas. Por supuesto, intentó devolver el pergamino a la Biblioteca Vaticana, pero esa persona le dijo que podrían conseguir una enorme cantidad de dinero de cualquier coleccionista privado.

Antes de que Lily se entrometiera en su vida, yo habría sido la primera persona a quien papá habría comentado su descubrimiento, pensó Mariah, y también me habría dicho con quién más pretendía compartir la información. Una nueva oleada de amargura y resentimiento la invadió de repente, mientras recorría las mesas con la mirada. Muchas de estas personas eran colegas de mi padre, se dijo. Es probable que papá comentara con alguno de ellos, como Charles y Albert, la existencia de ese antiguo pergamino. Si mamá no es responsable del asesinato, Dios así lo quiera, ¿es posible que su muerte no fuera el resultado de un robo al azar con el peor final posible? ¿Acaso alguien de los aquí presentes le quitó la vida?

Antes de que pudiera expresar con palabras sus pensamientos al padre Aiden, se fijó en que su madre volvía a entrar a toda prisa en el salón, seguida de Rory. La mujer se dirigió allí donde estaban sentados Mariah y el padre Aiden.

—¡No quiere marcharse sin ti! —exclamó Rory en tono enfadado e impaciente.

Kathleen Lyons sonrió al padre Aiden con expresión ausente.

—¿Ha oído ese ruido? —le preguntó—. ¿Y ha visto toda esa sangre? —A continuación, añadió—: La mujer que sale en las fotografías con Jonathan estaba hoy a su lado. Se llama Lily. ¿Por qué ha venido? ¿No le bastó ir con él a Venecia?

5

Alvirah y Willy Meehan se encontraban en su viaje anual a bordo del *Queen Mary 2* cuando se enteraron de que su buen amigo, el profesor Jonathan Lyons, había sido asesinado. Impresionada hasta el punto de quedarse sin palabras que expresaran su dolor, y con voz temblorosa, Alvirah comunicó la noticia a Willy. La mujer era consciente de que, aparte de dejar un mensaje de condolencia en el contestador automático, no había nada que pudieran hacer en ese momento. No llegarían a casa hasta el día del entierro.

El barco acababa de zarpar de Southampton y el único modo de regresar a tierra sería en un helicóptero medicalizado. Además, Alvirah era la conferenciante invitada, ya que se había convertido en una autora de éxito narrando historias sobre ganadores de lotería a los que conocía. Algunos habían perdido hasta el último céntimo en planes disparatados, y ella comentaba anécdotas de aquella gente que durante buena parte de su vida había tenido que trabajar muy duro, después había ganado millones y se había dejado embaucar para comprar hoteles que apenas producían beneficios, o cadenas de tiendas de fruslerías que no podían pagar el alquiler vendiendo artículos cursis como servilletas de cóctel, llaveros relucientes o cojines bordados.

Alvirah siempre explicaba que ella era empleada de la limpieza y Willy trabajaba de fontanero cuando ganaron cuarenta millones de dólares en la lotería. Eligieron recibir el dinero en pagos anuales durante veinte años. Lo primero que hacían todos los años era pagar sus impuestos, y después vivían con la mitad de lo que les quedaba. El resto lo habían invertido con prudencia.

A los pasajeros les encantaban las historias de Alvirah y no dejaban escapar la oportunidad de hacerse con un ejemplar de su exitoso libro *De los cazos a los casos*. Y aunque Alvirah se sentía muy afectada por la muerte de Jonathan, tenía experiencia en tales situaciones y supo disimular su pesar. Incluso cuando la gente comentaba los motivos por los que podían haber asesinado al destacado especialista, ni ella ni Willy mencionaron que habían tenido una buena relación con el profesor Lyons.

Habían conocido a Jonathan dos años atrás, cuando Alvirah dio una charla en un crucero de Venecia a Estambul. Ella y el profesor Lyons asistieron a sus respectivas conferencias, y la mujer se quedó tan fascinada con sus cautivadores relatos del antiguo Egipto, Grecia e Israel que, con su habitual naturalidad, lo invitó a cenar con ellos. El profesor aceptó de buen grado, pero aclaró que viajaba con su compañera, por lo que serían cuatro a la mesa.

Y fue entonces cuando conocimos a Lily, era la frase que le cruzó la mente una y otra vez durante la travesía. Me cayó muy bien. Es una mujer elegante y atractiva, de un modo particular que deja entrever que lo ha sido siempre; seguro que con solo seis años ya sabía qué ropa le sentaba bien. Le apasiona tanto la arqueología como al profesor Jon, y acumula la misma cantidad de títulos. No es en absoluto pretenciosa y, sin lugar a dudas, estaba locamente enamorada de Jonathan Lyons, aunque fuera mucho más joven que él.

Alvirah, por supuesto, había buscado información sobre el profesor Jonathan Lyons en Google y sabía que estaba casado y tenía una hija llamada Mariah. «Willy, supongo que su mujer y él se fueron alejando», había comentado con su marido. «Son cosas que pasan. Y, a veces, las parejas deciden aguantar mecha.»

Willy tenía su propio sistema de mostrarse de acuerdo con Alvirah cuando la mujer llegaba a conclusiones definitivas.

«Como siempre, has dado en el clavo, cariño», comentó, si bien ni siquiera era capaz de imaginarse mirando a otra mujer cuando tenía la suerte de compartir la vida con su adorada Alvirah.

El último día de aquella travesía, al desembarcar en Estambul se produjo la habitual agitación. Todos habían disfrutado de esos días juntos y se repartían invitaciones unos a otros para que sus nuevos amigos fueran a visitarlos a Hot Springs, Hong Kong o a su preciosa pequeña isla a tan solo un paseo en barco de San Juan. «Willy, ¿te imaginas la cara que pondrían si apareciéramos allí con las maletas? Es solo una forma amable de decir que han disfrutado de nuestra compañía.»

Por eso, cuando seis meses después de su regreso del viaje de Venecia a Estambul recibieron una llamada del profesor Jonathan Lyons, se quedaron estupefactos. Si bien no se presentó, su voz cálida y resonante resultó inconfundible. «Soy Jon Lyons. He hablado tanto de vosotros con mi mujer y mi hija que quieren conoceros. Si el martes os va bien, mi hija, Mariah, que vive en Manhattan, puede pasar a buscaros, traeros a nuestra casa de Garden State y dejaros de nuevo en casa al final de la velada.»

Alvirah quedó encantada con la invitación, pero después de colgar el auricular, dijo: «Willy, me pregunto si su esposa está al corriente de lo de Lily. Recuerda no hablar más de la cuenta».

Puntualmente, a las seis de la tarde del martes siguiente, el portero llamó al interfono del apartamento de los Meehan en

Central Park South para anunciar que la señorita Lyons había llegado a recogerlos.

Si Alvirah le había tomado simpatía a Jonathan Lyons, el sentimiento que le despertó su hija fue igualmente grato. Mariah era agradable y afectuosa, y no solo se había tomado la molestia de leerse el libro de Alvirah, sino que compartían la inquietud de ayudar a la gente a invertir su dinero con sensatez y con un riesgo mínimo. Cuando llegaron a Mahwah, New Jersey, Alvirah ya había decidido que Mariah era la clase de persona a quien le gustaría poner en contacto con algunos ganadores de la lotería, sobre todo con aquellos que habían perdido gran parte de sus ganancias en planes descabellados.

Al llegar a la entrada de su casa, Mariah preguntó en tono vacilante:

—¿Les ha dicho mi padre que mi madre tiene demencia senil? Ella lo sabe y trata de disimularlo, pero si les pregunta lo mismo dos o tres veces, no se extrañen.

Tomaron un cóctel en el estudio de Jonathan porque el profesor estaba seguro de que a Alvirah le interesaría ver algunos de los objetos que había coleccionado a lo largo de los años. Betty, el ama de llaves, había cocinado una cena deliciosa, y entre Mariah y su padre lograron disimular los lapsus en la conversación de la delicadamente hermosa, aunque anciana, Kathleen Lyons. Fue una velada estimulante y amena a la que, Alvirah estaba segura de ello, seguirían muchas más.

Mientras se despedían, Kathleen preguntó de repente a Willy y a Alvirah cómo habían conocido a Jonathan. Cuando le dijeron que fue en una travesía reciente que los llevó de Venecia a Estambul, la mujer se disgustó.

—Tenía tantas ganas de hacer ese viaje —comentó—. Fuimos de luna de miel a Venecia, ¿os lo dijo Jonathan?

—Cariño, te he explicado cómo conocí a los Meehan, y acuérdate de que el médico te advirtió que no te convenía hacer ese viaje —aclaró Jonathan Lyons con dulzura.

Mientras iban en el coche de regreso a casa, Mariah preguntó con brusquedad:

—¿Estaba Lilian Stewart en el viaje en que conocieron a mi padre?

Alvirah vaciló, tratando de decidir qué responder. No pienso mentir, se dijo, y sospecho que Mariah intuye que Lily estaba allí.

—Mariah, ¿no crees que deberías preguntárselo a tu padre? —sugirió.

—Ya lo he hecho. Se negó a responder, pero su evasiva ha confirmado mis sospechas.

Alvirah estaba sentada delante junto a Mariah. Willy ocupaba satisfecho el asiento trasero, y Alvirah supo que si había alcanzado a oír la conversación, debía de alegrarse de no participar en ella. La voz de Mariah se quebró, y Alvirah supo que estaba al borde de las lágrimas.

—Mariah, tu padre es muy cariñoso y atento con tu madre. Hay cosas que es mejor no remover, sobre todo teniendo en cuenta que a tu madre empieza a fallarle la cabeza.

—No le falla tanto cuando recuerda lo mucho que le apetecía hacer ese viaje —respondió Mariah—. Les ha dicho que fueron de luna de miel a Venecia. Mamá sabe que está enferma. Quería viajar ahora que aún puede hacerlo, pero sospecho que con la aparición de Lillian, papá habló con un especialista para que convenciera a mi madre de que sería demasiado para ella. De vez en cuando se disgusta mucho por ese tema.

—¿Sabe que existe Lily? —preguntó Alvirah sin rodeos.

—¿Puede creer que mi padre solía invitarla a casa a cenar, junto a algunos de los amigos con los que se marcha a sus excavaciones anuales? Jamás sospeché que estuvieran juntos, pero mi madre encontró un par de fotografías de los dos en el estudio de mi padre. Cuando me las enseñó, le pedí a mi padre que no volviera a invitar a esa mujer a casa, pero a veces mi madre aún pregunta por ella, y se enfada.

En el último año, habían visitado a Jonathan y Kathleen con cierta frecuencia, y Mariah estaba en lo cierto. Kathleen, pese a la creciente pérdida de memoria, solía sacar a relucir el viaje a Venecia.

Esas ideas ocupaban el pensamiento de Alvirah cuando el *Queen Mary 2* se acercó al puerto de Nueva York. Y ahora Jonathan está bajo tierra, pensó. Descanse en paz.

A continuación, con su infalible sentido para detectar los problemas que se avecinaban, agregó:

—Por favor, Dios mío, ayuda a Kathleen y a Mariah.

»Y por favor, Señor, que descubran que Jonathan fue asesinado por un intruso —agregó con fervor.

6

Greg Pearson llevaba todo el día ardiendo en deseos de decirle a Mariah que entendía su dolor y quería compartirlo con ella. Deseaba ser capaz de expresarle lo mucho que echaría de menos a su padre. Quería que supiera lo agradecido que estaba a Jonathan, que le había enseñado tantas cosas, no solo de arqueología, sino de la vida.

Cuando los amigos y colegas de Jon contaron anécdotas sobre él, sobre lo servicial que había sido en el ámbito personal, Greg quiso compartir la historia que había confiado a Jon sobre lo inseguro que había sido de adolescente. Le conté a Jon que fui el chico del instituto que se quedó en un metro sesenta y siete cuando sus compañeros siguieron creciendo hasta medir un metro ochenta y ocho o un metro noventa, recordó. Era un alfeñique, el chico ideal para optar al título de pringado del año. Por mucho que lo intentara, no hubo un solo equipo en el que me dejaran jugar. Al final llegué al metro setenta y ocho, pero ya estaba en la universidad y era demasiado tarde.

Supongo que se lo conté esperando compasión, pero no me mostró ninguna. Jon tan solo se rió.

«Así que invertiste el tiempo en estudiar en lugar de en encestar balones», comentó. «Has levantado una empresa de éxito. Saca el anuario del instituto y echa un vistazo a los chicos populares. Seguro que la mayoría de ellos se las apañan para salir adelante.»

Le dije que había buscado a unos cuantos, sobre todo a los que me lo habían hecho pasar mal, y que tenía razón. Por supuesto, a algunos de ellos les iba bien, pero los matones no habían conseguido nada en la vida.

Hizo que me sintiera bien conmigo mismo, hubiera deseado decirles a todos. Además de compartir sus increíbles conocimientos sobre antigüedad y arqueología, me hizo sentir bien.

Greg se habría detenido allí. No habría sido necesario añadir que había comentado con Jonathan que, pese al éxito, seguía siendo extremadamente tímido, que se sentía fuera de lugar en las fiestas, que carecía de una habilidad tan básica como iniciar una conversación, o que Jonathan le había sugerido que se buscara a una mujer habladora y vivaracha. «Así no se dará cuenta de que eres callado y hablará por los dos en las fiestas. Conozco al menos a tres tipos con mujeres así, y forman unas parejas estupendas.»

Greg pensaba en ello mientras seguía a Mariah hasta el club de campo. Esperó hasta que un mozo acercó el coche del padre Aiden y la cuidadora ayudó a la madre de Mariah a entrar en la limusina negra que el director de la funeraria les había puesto a su servicio.

Fue entonces cuando se acercó a ella.

—Mariah, ha sido un día terrible para ti. Solo espero que sepas lo mucho que le echaremos de menos.

Mariah asintió con la cabeza.

—Lo sé, Greg. Gracias.

Quiso añadir «cenemos un día de estos», pero las palabras se le congelaron en los labios. Habían salido juntos hacía unos años, pero cuando él siguió llamándola por teléfono, ella insinuó que había conocido a alguien. Greg se dio cuenta de que solo intentaba alejarse de él.

Ahora, mientras veía el dolor en sus intensos ojos azules y

el modo en que el sol de la tarde realzaba el brillo de su melena hasta los hombros, Greg sintió ganas de decirle que continuaba enamorado de ella y que estaría dispuesto a seguirla hasta el fin del mundo. En lugar de eso, comentó:

—Te llamaré la semana que viene para ver cómo se encuentra tu madre.

—Muy bien.

Sujetó la puerta para que entrara en la limusina y después la cerró, a su pesar. Se quedó observándola sin saberse también él observado, mientras el coche avanzaba con lentitud por la rotonda.

Richard Callahan se encontraba entre el grupo de asistentes que estaban a punto de marcharse y esperaban para sacar sus coches. Había visto la expresión de Greg iluminarse cada vez que Mariah asistía a una de las cenas que organizaba Jonathan, pero también había notado que la joven no mostraba ningún interés por él. Por supuesto, la situación podía cambiar ahora que su padre había fallecido, pensó. Tal vez se mostrara más receptiva hacia un hombre que estaría dispuesto a hacer cualquier cosa por ella.

Mientras el mozo acercaba su Volkswagen de ocho años a la acera, Richard pensaba en las habladurías que había oído en la mesa; si serían verdad. Por lo que he entendido, esa cuidadora tiene muchas cosas que contar a los vecinos sobre lo mucho que Kathleen se enfada cada vez que sale el tema de la relación entre Jon y Lily. No era necesario que Rory hablara de Lily. No es asunto suyo, ni de nadie.

Kathleen estaba a solas con Jonathan la noche que lo asesinaron. Mariah debe de saber que su madre podría ser sospechosa del crimen, pensó. Esos detectives llamarán a Lily, a Greg, a Albert, a Charles y a mí, y nos citarán por separado. ¿Qué se supone que debemos decirles? Sin duda ya deben de saber que Lily y Jonathan mantenían una relación, y que Kathleen estaba muy afectada por eso.

Richard dio una propina al mozo y subió a su coche. Durante un momento sintió la tentación de pasar a comprobar cómo se encontraban Kathleen y Mariah, pero supuso que preferirían estar solas un tiempo. De camino a su casa, pensó en la expresión de asombro que había visto en el rostro de Mariah mientras el padre Aiden hablaba con ella justo antes de que terminara el almuerzo.

¿Qué le habría dicho el padre Aiden?, se preguntó. Y ahora que el entierro ya ha pasado, ¿se centrarán esos detectives en el hecho de que la única explicación que existe para la muerte de Jonathan es que Kathleen apretó el gatillo el lunes por la noche?

7

Charles Michaelson y Albert West habían llegado juntos desde Manhattan para presentar sus últimos respetos a su viejo amigo y colega Jonathan Lyons. Ambos eran expertos en el estudio de pergaminos antiguos. Sin embargo, el parecido entre ellos terminaba allí. Michaelson, impaciente por naturaleza, fruncía el entrecejo de manera permanente. Además, su voluminoso contorno bastaba para despertar el miedo en los corazones de los estudiantes menos preparados. Sarcástico hasta la crueldad, había hecho llorar a muchos candidatos a doctor durante la defensa de sus tesis doctorales.

Albert West era bajo y delgado. Sus estudiantes comentaban en broma que la corbata le rozaba los cordones de los zapatos. Pero su voz, sorprendentemente potente y siempre apasionada, cautivaba a sus oyentes durante sus clases, cuando les descubría las maravillas de la historia antigua.

Michaelson llevaba mucho tiempo divorciado. Después de veinte años, su temperamento irascible se volvió insoportable para su mujer, y acabó abandonándole. Si la situación le disgustó, no lo demostró.

West era un soltero empedernido. Deportista entusiasta, le gustaba hacer caminatas en primavera y en verano, y esquiar a finales de otoño y en invierno. Siempre que podía, dedicaba sus fines de semana a esas actividades.

La relación entre ambos era la misma que compartían con Jonathan Lyons. Se basaba en su pasión por los manuscritos antiguos.

Albert West había dudado si comentar con Michaelson la llamada que había recibido de Jonathan Lyons una semana y media atrás. Sabía que Michaelson lo consideraba un competidor y que se ofendería si descubría que Jonathan había consultado antes con él el asunto del pergamino de dos mil años de antigüedad.

Durante el trayecto de vuelta del almuerzo, West decidió que tenía que hablar de ello con él. Esperó a que Michaelson torciera por la calle Cincuenta y seis Oeste desde West Side Highway. Al cabo de pocos minutos, Michaelson lo dejaría en su apartamento de la Octava Avenida y después seguiría hasta Sutton Place, donde vivía.

Decidió ser directo.

—¿Te comentó Jonathan la posibilidad de que hubiera encontrado el pergamino de Arimatea, Charles? —preguntó.

Michaelson lo miró durante una fracción de segundo antes de detener el coche cuando el semáforo pasó de ámbar a rojo.

—¡El pergamino de Arimatea! Dios mío, Jonathan me dejó un mensaje en el móvil en el que me decía que creía haber descubierto algo de una importancia enorme y quería mi opinión al respecto. Pero no me dijo de qué se trataba. Lo llamé ese mismo día y le dije que por supuesto me interesaba ver lo que fuera que hubiera descubierto. Sin embargo, no volvió a ponerse en contacto conmigo. ¿Has visto la carta? ¿Te la enseñó? ¿Es posible que sea auténtica?

—Ojalá la hubiera visto, pero la respuesta es no. Jon me lo comentó hace un par de semanas. Me dijo que estaba convencido de que era el pergamino de Arimatea. Ya sabes lo tranquilo que era Jonathan, pero en esa ocasión estaba entusiasmado, seguro de estar en lo cierto. Le advertí que, con frecuencia, esos descubrimientos acababan siendo falsificaciones, y entonces se serenó y reconoció que tal vez se estuviera precipitando. Me dijo que había quedado para enseñársela a alguien y que volvería a llamarme, pero nunca lo hizo.

Durante los minutos siguientes los dos hombres permanecieron en silencio, hasta llegar al edificio de apartamentos donde vivía Albert West.

—Bueno, esperemos que si era auténtica y la tenía en su casa, la loca de su mujer no la haya encontrado —comentó Michaelson con resentimiento—. Si lo ha hecho, no me extrañaría que la hiciera añicos si creyera que era importante para él.

Mientras abría la puerta del coche, Albert West agregó:

—Estoy totalmente de acuerdo contigo. Me pregunto si Mariah sabe algo de la carta. Si no, será mejor que le pidamos que la busque. Tiene un valor más que inestimable. Gracias por traerme, Charles.

Charles Michaelson asintió con la cabeza. Mientras alejaba el coche de la acera, dijo en voz alta:

—Nada, ni siquiera una carta escrita por Jesucristo a José de Arimatea, tiene un valor inestimable si no se encuentra al postor adecuado.

8

En la iglesia, los detectives Benet y Rodriguez vieron a Lillian Stewart llegar tarde a la misa y marcharse antes de tiempo. La siguieron al cementerio y, con prismáticos, la observaron mientras se dirigía a la tumba y después vieron a Richard Callahan entrar en su coche y rodearla entre sus brazos.

—¿Y cómo interpretamos eso? —preguntó la detective Rodriguez de regreso a la oficina del fiscal en Hackensack, tras detenerse tan solo para comprar un café. Por fin se encontraban de nuevo en la oficina, repasando las notas del caso.

Simon Benet tenía la frente empapada en sudor.

—¿No sería agradable que el aire acondicionado funcionara? —se quejó—. ¿Y puedes decirme por qué no he pedido un granizado de café?

—Porque no te gusta —respondió Rodriguez en tono sereno—. Y a mí tampoco.

Intercambiaron una fugaz sonrisa. Simon Benet volvió a pensar que admiraba la habilidad de Rita para descubrir con destreza las discrepancias en el relato de alguien, haciendo ver que parecía estar deseosa de ayudar al testigo, cuando lo que intentaba era pillarlo en una mentira.

Juntos formaban un buen equipo.

Benet inició la conversación.

—A esa cuidadora, Rory, le gusta mucho hablar. Ha dado

un torrente de información sobre lo que sucedió en la casa la noche del lunes. Repasemos lo que tenemos. —Empezó a leer sus anotaciones—. Rory tiene libres los fines de semana, pero la cuidadora del fin de semana le pidió hacer un cambio porque tenía que ir a la boda de un familiar. Rory aceptó, pero resultó que la otra mujer no pudo regresar el lunes por la noche, aunque el profesor Lyons le dijo a Rory que se marchara de todos modos, que él podría ocuparse de su esposa por una noche.

Benet continuó.

—Dijo que el profesor Lyons había estado en Nueva York ese día, y que parecía cansado, incluso deprimido, cuando volvió a casa a las cinco de la tarde. Preguntó cómo había pasado el día su esposa y Rory le dijo que había estado muy agitada. El ama de llaves, Betty Pierce, sirvió la cena a las seis. Rory había quedado para cenar más tarde con una amiga en Manhattan, pero se sentó a la mesa con ellos. La señora Lyons volvió a sacar el tema de que quería ir a Venecia. Finalmente, para tranquilizarla, el profesor le prometió que volverían allí pronto y celebrarían una segunda luna de miel.

—Lo que fue, sin duda, un comentario equivocado —observó Rodriguez—. Porque, según Rory, la señora Lyons se enfadó y dijo algo como: «¿Quieres decir que me llevarás a mí en lugar de a Lily? No te creo». Después de eso, no volvió a mirarle, cerró los ojos y se negó a comer. Rory la acompañó al piso de arriba, la metió en la cama y la mujer se durmió de inmediato.

Los detectives se miraron.

—No recuerdo si Rory mencionó algo sobre la medicación que dio a la señora Lyons esa noche —reconoció Benet.

Rodriguez respondió:

—Dijo que la señora Lyons estaba tan cansada que no fue necesario, y que cuando volvió al piso de abajo, Betty estaba a punto de marcharse y el profesor se había llevado su segunda taza de café al despacho. Rory fue a decirle que se iba.

»Y eso es todo —concluyó Rita—. Al salir, Rory se aseguró de que había cerrado bien la puerta principal. Ella y Betty Pierce siempre salen por la puerta de la cocina porque aparcan sus coches en la parte trasera. Jura que esa puerta también quedó cerrada con llave. No sabía que el profesor Lyons guardaba una pistola en el cajón de su escritorio.

Ambos cerraron sus cuadernos.

—Entonces, lo que tenemos es una casa en la que, por lo general, habría una cuidadora, ninguna señal de que se forzara la entrada, una mujer enferma de demencia senil que se había enfadado con su marido y a la que encontraron escondida en un armario y sosteniendo la pistola que lo mató. Sin embargo, no dejaba de repetir: «Tanto ruido... tanta sangre». Eso puede significar que el disparo la despertó, y debemos tener en cuenta que es una víctima fácil a la que tender una trampa en caso de que no lo hiciera ella. —Benet tamborileó con los dedos sobre el brazo de la silla, una costumbre cuando pensaba en voz alta—. Y no pudimos hablar con ella de inmediato, ni en la casa ni en el hospital, porque primero estaba histérica y después demasiado medicada.

—También tenemos una hija enfadada por la relación de su padre con su amante y que, probablemente, tiene la tutela de su madre en caso de la muerte del padre —dijo Rita—. Consideremos otro enfoque: si Jonathan Lyons hubiera decidido divorciarse de su mujer y casarse con Lillian Stewart, se habrían repartido los bienes, y Mariah Lyons habría tenido que hacerse cargo de su madre.

Simon Benet se reclinó en la silla, sacó un pañuelo y se secó la frente.

—Mañana por la mañana intentaremos hablar con la madre y con Mariah otra vez. Ya sabemos que la mayoría de los casos como este son asuntos de familia. —Hizo una pausa—. ¡Y hablemos con alguien para que arreglen este aire acondicionado!

9

Eran las tres de la tarde cuando el coche de la funeraria dejó a Mariah, a su madre y a Rory en casa tras el almuerzo en el club de campo de Ridgewood.

Nada más entrar, Rory dijo en tono tranquilizador:

—Vamos, Kathleen, ayer por la noche no durmió bien y hoy se ha levantado muy temprano. ¿Por qué no se pone cómoda y echa una siesta o mira la televisión?

Mariah cayó en la cuenta de que estaba conteniendo la respiración. Dios mío, por favor, que mamá no se empeñe en meterse en el armario del estudio de papá, pensó. Sin embargo, para su alivio, su madre acompañó voluntariamente a Rory por las escaleras para ir a su habitación.

A decir verdad, no sé si habría soportado otra escena ahora mismo, pensó Mariah. Necesito un poco de calma. Tengo que pensar. Esperó hasta estar segura de que su madre y Rory estaban en el dormitorio, con la puerta cerrada, y a continuación subió precipitadamente a su habitación. Se quitó la falda y la chaqueta y se puso una camiseta de algodón, unos pantalones de deporte y unas sandalias, y bajó de nuevo. Se dirigió a la cocina, se preparó una taza de té y la llevó a la salita del desayuno. Allí se acomodó en una de las mullidas sillas, se recostó en ella y soltó un suspiro.

Me duelen todos los huesos, pensó mientras tomaba un

sorbo de té y trataba de concentrarse en los acontecimientos de la última semana. Siento que todo lo sucedido desde que llegué aquí el lunes por la noche no es más que un recuerdo borroso.

Haciendo un esfuerzo por mantener la cabeza fría, empezó a revivir aquella noche, desde el momento en que llegó la policía. Mamá estaba en tal estado que tuvimos que llamar a una ambulancia, recordó. En el hospital, pasé toda la noche a su lado. No dejaba de gemir y llorar. Yo tenía sangre en la blusa, ya que me había inclinado sobre papá y le había abrazado. La enfermera tuvo la amabilidad de prestarme una camisola de algodón de las que llevan los pacientes.

Me pregunto dónde acabó mi blusa. Por lo general, cuando sales del hospital te devuelven la ropa en una bolsa de plástico, incluso si está sucia. Estoy segura de que la policía se la quedó como prueba porque estaba manchada de sangre.

Fue una suerte que a mamá no le dieran el alta hasta el martes por la noche, porque así se ahorró presenciar la actividad de los policías en casa. La declararon escenario de un crimen y revolvieron el estudio de papá de arriba abajo. Betty me contó que empolvaron todas las superficies en busca de huellas dactilares, incluidas las ventanas y las puertas del piso de abajo. El cajón inferior del escritorio de papá, donde guardaba la pistola, estaba abierto cuando llegué a casa el lunes por la noche. Sin embargo, ese cajón siempre estaba cerrado.

Mariah meneó con disgusto la cabeza al recordar que su madre tenía una habilidad especial para encontrar llaves, por muy escondidas que estuvieran. Sin querer, pensó en el incidente del año anterior, cuando Kathleen salió a hurtadillas de casa, totalmente desnuda en plena noche. Sucedió cuando la anterior cuidadora de fin de semana se olvidó de conectar la alarma de su habitación. Al menos tenía el pequeño consuelo de que la nueva cuidadora hacía un trabajo excelente.

Sin embargo, mamá no podría haber entrado en el estudio de papá y utilizar la llave para abrir el cajón del escritorio con él sentado allí esa noche, pensó.

Era posible que la pistola llevara meses, incluso años, escondida en cualquier otro lugar. Estoy segura, o eso creo, de que papá perdió el interés por ir al campo de tiro hace mucho tiempo.

Ni siquiera la taza caliente que sostenía entre las manos impidió que un escalofrío le recorriera el cuerpo al recordar que su padre solía llevar a su madre al campo de tiro. A ella le gustaba asegurarse de que aún se le daba bien. De eso hará unos diez años. Al volver, su padre siempre comentaba que era una tiradora bastante buena.

En un intento por eludir la terrible deducción a la que la llevaba esa idea, Mariah se obligó a pensar en la conversación que había mantenido con el padre Aiden justo antes de que se marcharan del club. Hace nueve días, papá fue a ver al padre Aiden y le dijo que creía haber encontrado la carta que Jesús pudo haber escrito a José de Arimatea. Papá le aseguró que había confirmado que se trataba del pergamino que habían robado de la Biblioteca Vaticana en el siglo xv. ¿Quién sería el experto a quien se lo enseñó? Un momento. El padre Aiden dijo que papá estaba preocupado porque uno de los expertos se había interesado solo por su valor económico. Si el padre Aiden lo entendió bien, eso significa que se lo enseñó a más de una persona.

¿Dónde está ahora el pergamino? Dios mío, ¿estará aquí, entre los documentos de papá? Tengo que buscarlo, pero ¿de qué serviría? Además, no lo reconocería entre los otros pergaminos que estaba analizando. Pero, si papá realmente lo tenía y pretendía devolverlo a la Biblioteca Vaticana, ¿era posible que lo hubieran robado después de dispararle?

El sonido del teléfono hizo que Mariah se sobresaltara y corriera a atender la llamada en la cocina. Era el detective Benet. Le preguntó si podía pasar con la detective Rodriguez sobre las once de la mañana del día siguiente para hablar con ella y con su madre.

—Por supuesto —respondió con un hilo de voz.

Mariah se dio cuenta de que la razón por la que susurraba era que el nudo que tenía en la garganta apenas le permitía pronunciar palabra.

10

Lloyd y Lisa Scott, una pareja de alrededor de sesenta años, llevaban veinticinco años siendo los vecinos de al lado de Jonathan y Kathleen Lyons. Lloyd era un exitoso abogado criminalista y Lisa, modelo en su juventud, había convertido su pasión por las joyas en su profesión. Elaboraba sus propios diseños en cristal y piedras semipreciosas para una larga lista de clientes particulares. Algunos de sus diseños eran producto de su imaginación. Otros estaban inspirados en las hermosas gemas que había coleccionado en sus viajes por todo el mundo. Su colección personal había alcanzado un valor de más de tres millones de dólares.

Con su calvicie incipiente, su voluminoso contorno y sus ojos azul claro, Lloyd contrastaba con su hermosa mujer. Tras treinta años de dicha conyugal, algunas noches aún se despertaba preguntándose qué habría visto en él. Sentía un gran placer al poder costear la pasión que su mujer sentía por lo que él, en broma, llamaba «sus baratijas».

Habiéndose puesto de acuerdo en que era un incordio tener que hacer un viaje tras otro a la caja de seguridad del banco, en los últimos tiempos habían instalado una caja fuerte, supuestamente a prueba de robos, sujeta al suelo del armario del vestidor de Lisa, así como un sistema de alarma de última generación.

Los Scott poseían un apartamento en Manhattan en el que pasaban algunas noches cuando se desplazaban a Nueva York por trabajo o para acudir a algún acontecimiento social. Sin embargo, como la reputación y los ingresos de Lloyd no dejaban de crecer, ninguno de los dos tenía demasiado interés en abandonar la bonita casa de ladrillo y estuco de estilo tudor que Lloyd había heredado de su madre. Les gustaban sus vecinos y la zona. Desde el porche trasero, gozaban de vistas sobre las montañas Ramapo. Ambos eran viajeros entusiastas y preferían gastarse el dinero en alojamiento de primera clase por todo el mundo antes que en «una mansión hortera o una casita con vistas al océano en los Hamptons», como solía decir Lloyd.

Se encontraban en Japón cuando les llegó la noticia de la muerte de Jonathan y no volvieron a casa hasta la mañana del día siguiente al funeral. Conscientes de la enfermedad de Kathleen, ambos temieron que pudiera estar implicada en la tragedia.

En cuanto dejaron el equipaje en Mahwah ese sábado por la mañana, se apresuraron a llamar al timbre de al lado. Abrió la puerta una Mariah notablemente afligida que interrumpió el intento de expresarle su condolencia.

—Han venido dos detectives —anunció—. Ahora están hablando con mi madre. Me telefonearon anoche y me preguntaron si podían pasar a hablar con nosotras.

—No me gusta un pelo —espetó Lloyd.

—Es porque ella estaba a solas con mi padre esa noche... —A Mariah se le fue apagando la voz mientras intentaba mantener la compostura, pero de súbito, estalló—: Lloyd, no tiene sentido. Mi madre no se da cuenta de nada. Me ha preguntado por qué papá no ha bajado a desayunar esta mañana.

Lisa miró a su marido. Como había supuesto, su rostro estaba adoptando un gesto al que ella se refería como «sálvese quien pueda». Con el entrecejo ligeramente fruncido, la frente arrugada y los ojos entornados detrás de las gafas, dijo:

—Mariah, este es mi terreno. No quiero entrometerme, pero, entienda o no lo que está sucediendo, no debería estar respondiendo a preguntas de la policía sin asesoramiento legal. Déjame pasar y nos aseguraremos de protegerla.

Lisa sostuvo el rostro de Mariah entre las manos.

—Vendré a verte más tarde —le aseguró mientras se volvía para marcharse.

Era un día caluroso incluso para el mes de agosto. De vuelta en el interior de su casa, Lisa bajó la temperatura del aire acondicionado, se dirigió a la cocina y, de camino, echó un vistazo al salón. Estaba en perfecto orden, y la sensación de bienestar que seguía siempre a unas vacaciones la envolvió por completo. Por agradable que hubiera sido el viaje, y por mucho que lo hubieran disfrutado, siempre era estupendo volver a casa, se dijo.

Decidió no picar nada. Se había saltado el desayuno del avión, pero pensó que cuando Lloyd volviera podrían almorzar. Él también tendría hambre. Sin necesidad de comprobarlo, sabía que su ama de llaves, una mujer de confianza que llevaba veinticinco años con ellos, se habría ocupado de llenar el frigorífico. Resistiéndose de nuevo a la tentación de comer algo como una galleta salada con queso, volvió sobre sus pasos hasta el vestíbulo, cogió la bolsa de mano que contenía las joyas con las que había viajado y se dirigió al dormitorio principal, en el piso superior.

Dejó la bolsa en la cama, la abrió y sacó los saquitos de cuero que contenían las joyas. Al menos en esta ocasión hice caso a Lloyd y no me llevé tantas como otras veces, se dijo. Aunque me habría encantado lucir las esmeraldas en la cena con el capitán del barco.

En fin.

Extrajo de los saquitos los anillos, las pulseras, los pendientes y collares, los extendió sobre la colcha y los examinó con atención para comprobar que estaba todo lo que se había llevado.

A continuación colocó las joyas en la bandeja del tocador, la llevó al vestidor y abrió la puerta del armario. La caja fuerte de acero, oscura e imponente, estaba allí. Marcó la combinación para abrirla y tiró de la puerta.

Había diez hileras de cajones con diversos compartimientos forrados de terciopelo. Lisa abrió el primero, contuvo la respiración y, acto seguido, abrió el resto de los cajones, uno tras otro, con desesperación. En lugar de sus hermosas y valiosas joyas relucientes, solo contemplaba un desierto de terciopelo negro.

La caja estaba vacía.

11

Alvirah decidió esperar hasta la mañana siguiente para telefonear a Mariah.

—Willy, ya sabes cómo son las cosas después de un funeral. La decepción es tremenda. Apostaría a que cuando Mariah llegó a casa, lo único que le apetecía era estar tranquila. Y solo Dios sabe qué le pasa a la pobre Kathleen por la cabeza.

Seis de las hermanas de Willy habían ingresado en un convento. La séptima, que era la mayor y la única que se había casado, había muerto quince años atrás. Willy aún recordaba el alivio que sintió al volver a su apartamento de Jackson Heights después del entierro en Nebraska y el largo vuelo de regreso. Alvirah le sirvió un sándwich y una cerveza fría y dejó que se sentara a pensar en Madeline, que había sido su hermana favorita. Siempre fue serena y apocada, tan distinta a la maravillosa pero autoritaria Cordelia, la siguiente en edad.

—¿Cuándo fue la última vez que fuimos a cenar a casa de Jonathan? —preguntó a Alvirah—. ¿Me equivoco o fue hace un par de meses, a finales de junio?

Alvirah había terminado de deshacer el equipaje y de separar la ropa para la lavandería. Cómoda con sus pantalones elásticos preferidos y una camiseta de algodón, se acomodó en una silla frente a Willy en su apartamento de Central Park South.

—Sí —coincidió—. Jonathan nos invitó, y también vimos a Mariah, a Richard y a Greg. También estaban esos dos que siempre van a las expediciones. Ya sabes a quiénes me refiero. ¿Cómo se llaman? —Alvirah frunció el entrecejo en un gesto de concentración mientras repasaba los trucos para aumentar la capacidad de retención de la memoria que había aprendido en el curso de Dale Carnegie al que había asistido cuando ganó el dinero en la lotería—. Uno es un punto cardinal. Norte... no. Sur, no. Oeste..., eso es, West. Albert West. Es el tipo bajo con la voz grave. El otro se llama Michaelson. Ese es fácil de recordar. Michael es uno de mis nombres favoritos. Se le añade «son» y ya está.

—Su nombre de pila es Charles —ofreció Willy—. Y puedes estar segura de que nadie nunca le ha llamado «Charlie». ¿Te acuerdas de cómo interrumpió a West cuando este se equivocó al identificar una de las ruinas que salían en las fotografías que nos enseñaron?

Alvirah asintió con la cabeza.

—Recuerdo que Kathleen se encontraba bastante bien esa noche. Parecía disfrutar con las fotos, y no dijo una palabra sobre Lily.

—Supongo que Lily también estuvo en ese viaje, aunque no vimos ninguna foto en la que apareciera.

—Seguro que sí. —Alvirah suspiró—. Willy, puedes apostar que si al final fue Kathleen quien apretó el gatillo, fue a causa de Lily. Aún no sé cómo se las arreglará Mariah.

—Sin duda, Kathleen no irá a la cárcel —comentó Willy—. Es evidente que la mujer padece alzheimer y no es responsable de sus acciones.

—Eso dependerá del tribunal —respondió Alvirah con gesto serio—. Pero un hospital psiquiátrico no sería mucho mejor. Oh, Willy, Dios quiera que no suceda nada de eso.

El pensar en esa posibilidad no ayudó a que Alvirah descansara esa noche, si bien se alegraba de volver a estar en su cama, abrazada cómodamente a Willy, ya dormido. Las camas de esos barcos son tan grandes que apenas ves a quien tienes al lado, se dijo. Pobre Kathleen. Mariah me dijo lo felices que habían sido sus padres antes de que la demencia empezara a manifestarse. Sin embargo, Kathleen nunca fue a una expedición con él. Por lo que Mariah me contó, era una cosa que se reservaba para él, y su madre no soportaba el calor que hacía en los lugares que solía visitar. Tal vez esa fue una de las causas por las que Jonathan inició una relación con Lily. Por lo que me transmitió, sin duda compartía con él la pasión de excavar entre ruinas.

A su pesar, Alvirah recordó ese viaje de hacía dos años de Venecia a Estambul en el que habían conocido al conferenciante Jonathan Lyons y a su acompañante, Lily Stewart. No hay duda de que estaban enamorados, pensó. Estaban locos el uno por el otro.

Alvirah recordó también la primera vez que Jonathan los invitó a cenar, cuando conocieron a Mariah y a Kathleen, y que Mariah y ella habían almorzado juntas a la semana siguiente. «Eres la persona ideal para algunos de mis ganadores de lotería —le comentó a Mariah—. Se ve a la legua que eres la asesora de inversiones conservadora que necesitan para no despilfarrar su dinero ni invertir en acciones de alto riesgo.»

Aproximadamente un mes después, Jonathan dio una conferencia en la calle Noventa y dos Y, e invitó a Alvirah y a Willy, proponiéndoles cenar juntos después. Lo que no les dijo era que Lily también iría.

Lily notó que Alvirah estaba incómoda y abordó el tema.

—Alvirah, le he dicho a Jonathan que Mariah y tú os habéis hecho buenas amigas y que a ella le dolería descubrir que sales a cenar con su padre y conmigo.

—Sí, yo también lo creo —respondió con sinceridad.

Jonathan trató descartar tal posibilidad.

—Mariah sabe que Richard y Greg, por mencionar solo a dos amigos, salen con Lily y conmigo de vez en cuando. ¿Qué diferencia hay?

Alvirah recordó que Lily había sonreído con tristeza.

—Jonathan, para Alvirah es distinto, y lo entiendo. Se siente falsa quedando con nosotros fuera de tu casa.

Me cae bien Lily, pensó Alvirah. No soy capaz de imaginar por lo que estará pasando, se dijo. Y si resulta que Kathleen mató a Jonathan, seguro que Lily se sentirá culpable por ser la causa del problema. Debería llamarla por teléfono y decirle lo mucho que lo lamento.

Pero no quedaré con ella, decidió mientras aceptaba con alegría el ofrecimiento de Willy de servirle una copa de vino.

—Es la hora bruja, cariño —comentó Willy—. Las cinco en punto de la tarde.

Por la mañana, esperó hasta que dieron las once para llamar a Mariah.

—Alvirah, no puedo hablar —respondió con precipitación, con la voz tensa y temblorosa—. Los detectives están aquí para hablar de nuevo con mi madre y conmigo. ¿Estás en casa? Te llamaré más tarde.

Alvirah no tuvo tiempo de decir más que «sí, estoy en casa» antes de oír un «clic» y saber que la comunicación se había interrumpido.

No habían transcurrido ni cinco minutos cuando sonó el teléfono. Era Lily Stewart. Se notaba que estaba llorando.

—Alvirah, es probable que no quieras saber nada de mí, pero necesito tu consejo. No sé qué hacer. Es que no sé qué hacer. ¿Podemos vernos cuanto antes?

12

Mariah reconocía que la cuidadora de su madre durante los fines de semana, Delia Jackson, una atractiva mujer negra de casi cincuenta años, le gustaba más que Rory Steiger. Delia estaba siempre alegre. El único inconveniente era que, estando con ella, en ocasiones su madre se negaba a vestirse o a comer.

—Mamá se siente intimidada por Rory —coincidían Mariah y su padre—, pero con Delia se relaja.

El sábado por la mañana, cuando los detectives llegaron a la casa, pese a los ruegos de Mariah y de Delia, Kathleen seguía en camisón y bata, sentada en el sillón orejero del salón, con los ojos medio cerrados. Durante el desayuno había preguntado a Mariah dónde estaba su padre. Ahora hacía oídos sordos a los intentos de los detectives por iniciar una conversación con ella, y se limitó a decir que su marido bajaría en breve para hablar con ellos. Sin embargo, cuando reconoció la voz de Lloyd Scott, Kathleen se levantó de un salto, cruzó la sala a toda prisa y rodeó al hombre entre sus brazos.

—Lloyd, me alegro tanto de que hayas vuelto —gritó—. ¿Te has enterado de que Jonathan está muerto, de que alguien le disparó?

A Mariah se le encogió el corazón al fijarse en la mirada suspicaz que intercambiaron los detectives. Creen que mamá ha estado fingiendo, pensó. No entienden cómo entra y sale de la realidad.

Lloyd Scott acompañó a Kathleen al sofá y se sentó a su lado, sujetándole la mano. Miró directamente a Simon Benet y preguntó:

—¿Consideran a la señora Lyons sujeto de interés en esta investigación?

—Al parecer, la señora Lyons estaba a solas con su marido cuando le dispararon —respondió Benet—. No hay indicios de que se forzara ninguna entrada de la casa. Sin embargo, somos conscientes de que en el estado de la señora, sería fácil tenderle una trampa. Solo hemos venido a intentar hacernos una idea más completa de lo que sucedió el pasado lunes por la noche, en base a lo que pueda contarnos.

—Entiendo. Entonces, ¿se dan cuenta de que la señora Lyons padece una demencia avanzada y de que no es capaz de comprender sus preguntas ni sus propias respuestas?

—La pistola se encontró en el armario, entre las manos de la señora Lyons —aclaró Rita Rodriguez en voz baja—. En ella había tres huellas apreciables. El profesor Lyons, sin duda, la manipuló en algún momento. La pistola le pertenecía. El médico forense nos facilitó sus huellas. Mariah Lyons descubrió a su madre en el armario, sosteniendo la pistola, y se la quitó. Las huellas de Mariah están en el cañón. Las de Kathleen Lyons, en el gatillo. En el hospital tomamos sus huellas para establecer comparaciones. Según lo que Kathleen ha contado a su hija y a su cuidadora, recogió la pistola del suelo y la escondió en el armario. De acuerdo con la versión de la cuidadora Rory Steiger, y que el ama de llaves Betty Pierce ha corroborado, la señora Lyons se alteró durante la cena de la noche del asesinato por la relación de su marido con otra mujer, Lillian Stewart. Tanto la señora Lyons como Mariah Lyons declararon que abrazaron el cuerpo, lo cual concuerda con las manchas de sangre que se encontraron en su ropa.

Consternada, Mariah se dio cuenta de que, aunque los detectives estaban al corriente de la enfermedad de su madre, era evidente que creían que había apretado el gatillo. Que ella supiera, aún no habían descubierto que Kathleen había aprendido a disparar un arma de fuego. Como si le hubiera leído el pensamiento, Lloyd preguntó:

—¿Se encontraron rastros de sangre o de masa cerebral en la ropa de la señora Lyons?

—Sí. Aunque quien disparó el arma se encontraba al menos a tres metros del profesor Lyons; tanto la madre como la hija lo abrazaron, por lo que se mancharon de sangre.

Mariah y Lloyd Scott se miraron. Lloyd recuerda que mamá solía ir al campo de tiro con papá, pensó. Sabe que el tema saldrá. Que tarde o temprano lo descubrirán.

—Detective Benet —empezó a decir Lloyd—. Quiero que conste que soy el abogado de la señora Kathleen Lyons. Y...

Sus palabras se vieron interrumpidas por el timbrazo insistente en la puerta. Mariah corrió a abrir, pero Delia, que había salido del salón cuando llegaron los detectives, se le adelantó. Era Lisa Scott. Entró en la casa con precipitación.

—¡Nos han robado! —chilló—. Mis joyas han desaparecido.

Desde el salón, Lloyd Scott y los detectives oyeron lo que decía la mujer. Lloyd soltó la mano de Kathleen y se levantó del sofá como impulsado por un resorte. Los detectives se miraron sorprendidos y siguieron al hombre, dejando sola a Kathleen.

Al cabo de un instante, Delia estaba junto a la anciana.

—Y ahora, Kathleen, ¿por qué no se viste, aprovechando que las personas que hablaban con usted están ocupadas? —preguntó con dulzura mientras enlazaba un brazo con el de la anciana para obligarla a levantarse.

Un destello de memoria iluminó durante un instante la frágil mente de Kathleen.

—¿Estaba sucia la pistola? —preguntó—. Estaba llena de barro, en el parterre junto al camino.

—Oh, querida, no piense en eso —respondió Delia en tono tranquilizador—. La altera demasiado. Creo que hoy debería ponerse su bonita blusa blanca. ¿Le parece buena idea?

13

Lillian vivía en un edificio de apartamentos frente a Lincoln Center, en el West Side de Manhattan. Se había mudado allí tras su divorcio amistoso de Arthur Ambruster, a quien había conocido cuando ambos estudiaban en la Universidad de Georgetown, en Washington DC. Decidieron esperar a tener hijos hasta haber obtenido sus doctorados, el de ella en estudios ingleses y el de él en sociología. A continuación consiguieron un trabajo en Nueva York, en la Universidad de Columbia.

Los hijos nunca llegaron, y cuando tenían treinta y cinco años coincidieron en que sus intereses y sus actitudes vitales eran radicalmente opuestos. Ahora, quince años después, Arthur era padre de tres hijos y un participante activo en la política de Nueva York. La arqueología se había convertido en la vocación de Lillian, que, gustosamente, se apuntaba todos los veranos a alguna excavación. Cinco años atrás, a la edad de cuarenta y cinco, había ido a una excavación dirigida por el profesor Jonathan Lyons, y ese viaje había cambiado la vida de ambos para siempre.

Soy la razón por la que Kathleen mató a Jonathan, era el pensamiento que torturaba a Lillian por las noches desde la muerte de Jonathan. La semana pasada vino a verme y me dijo que no podía seguir viviendo así, porque el estado de

Kathleen estaba empeorando y su relación con Mariah se había vuelto insoportablemente tensa.

El recuerdo de ese día era como una grabación que no dejaba de reproducirse en su cabeza durante la mañana del sábado. Aún veía el dolor en los ojos de Jonathan y oía el temblor en su voz. «Lilly, creo que sabes lo mucho que te quiero, y de verdad pensé que cuando Kathleen ya no fuera consciente de los hechos, podría ingresarla en una residencia y divorciarme de ella. Pero sé que no podré hacerlo. Y no puedo seguir estropeándote la vida. Solo tienes cincuenta años. Deberías conocer a alguien de tu edad. Si Kathleen vive diez años más, y yo también, tendré ochenta. ¿Qué vida llevarás conmigo entonces?»

A continuación, Jonathan añadió: «Hay gente que tiene premoniciones sobre su muerte inminente. Mi padre la tuvo. Dicen que Abraham Lincoln, la semana antes de que le dispararan, soñó que estaba metido en un ataúd en la Casa Blanca. Sé que puede sonar ridículo, pero tengo la premonición de que voy a morir pronto».

Lo convencí para que nos viéramos una vez más, recordó Lillian. Se tenían que encontrar el martes por la mañana. Pero Kathleen le disparó el lunes por la noche.

Oh, Dios, ¿qué voy a hacer?

Alvirah había aceptado almorzar con Lillian a la una. Me gusta mucho esa mujer, pensó. Sin embargo, ya sé lo que me dirá que debo hacer. En realidad, sé qué sería lo correcto.

Pero ¿lo haré? Tal vez sea demasiado pronto para tomar una decisión. Aún no pienso con claridad.

Nerviosa, paseó por el apartamento, hizo la cama, ordenó el baño y metió los platos del desayuno en el lavavajillas. El salón, agradable con sus muebles y alfombras en tono tierra, y las paredes decoradas con cuadros de yacimientos antiguos, siempre fue la habitación preferida de Jonathan. Lillian pensó en las noches en que volvían juntos a casa después de cenar y se tomaban una última copa. Lo recordó sentado, con las largas piernas estiradas sobre la banqueta de la amplia butaca de cuero que le había regalado por su cumpleaños. «Es tu pose típica de "sentirte a gusto en casa pero fuera de casa"», le había dicho Lillian.

—¿Cómo se puede querer tanto a alguien y después volverle la espalda? —le gritó con rabia a Jonathan cuando él decidió poner fin a su relación.

—Lo hago precisamente por amor —respondió—. Por amor a ti, a Kathleen y a Mariah.

Alvirah había sugerido que se encontraran en un restaurante relativamente nuevo que estaba a una manzana de su casa en Central Park South, pero enseguida cambió de opinión.

—Mejor en el Russian Tea Room —se corrigió.

Lilly sabía por qué Alvirah había cambiado de idea. El nombre del restaurante de Central Park South se llamaba Marea. Demasiado parecido a «Mariah», pensó.

Esa mañana, Lillian había salido a correr temprano por Central Park, después se duchó y se puso una bata para desayunar. Ahora se dirigió al armario y eligió unos pantalones blancos de verano y una chaqueta de sport azul, un conjunto que a Jonathan le gustaba en particular.

Como siempre, se puso unos zapatos de tacón. Jonathan había bromeado sobre ello. Hacía tan solo unas semanas, le contó que Mariah le había preguntado en tono sarcástico si también llevaba tacones a las excavaciones. Me puse como una furia y Jonathan se disculpó, recordó Lillian mientras se aplicaba colorete en las mejillas y se arreglaba el oscuro cabello corto que le enmarcaba el rostro.

Eran esa clase de comentarios que Mariah hacía continuamente los que acabaron por agotarle la paciencia, pensó Lillian, invadida por la amargura y el resentimiento.

El teléfono sonó cuando estaba a punto de salir.

—Lily, ¿por qué no vienes a casa y salimos a almorzar? —preguntó la voz—. Hoy debe de ser un día terrible para ti.

—Lo es. Pero he quedado con Alvirah Meehan. Ha vuelto de su viaje. Almorzaremos juntas.

Más que oírla, Lillian notó la pausa que se produjo a continuación.

—Espero que no se te ocurra comentar con ella según qué asuntos.

—Aún no lo he decidido —respondió.

—No lo hagas. ¿Me lo prometes? Porque si lo haces, se habrá terminado todo. Tienes que darte tiempo para pensar con calma y ser un poco práctica. No le debes nada a Jonathan. Y, además, si se descubre que te había abandonado y que tal vez tengas algo que él quería, podrías convertirte en la sospechosa número dos, después de su mujer. Confía en mí, el abogado de Kathleen podría declarar que fuiste a la casa porque sabías que la cuidadora se había marchado. Jonathan pudo dejarte la puerta abierta. Podrían decir que entraste con el rostro cubierto, que le disparaste, que colocaste la pistola en la mano de su esposa desequilibrada y después te marchaste. Crearía una duda razonable acerca de su esposa.

Lillian había descolgado el teléfono del salón. Se fijó en la butaca en la que Jonathan se había sentado tan a menudo y recordó las veces que se había acurrucado en ella junto a él. Miró la puerta y lo vio de nuevo, saliendo por ella mientras decía: «Lo siento. Lo siento mucho, Lily».

—Es totalmente ridículo —gritó airada al auricular—. Kathleen mató a Jonathan porque tenía celos de mí. La situación ya es lo bastante dolorosa como para que encima me metas esas ideas en la cabeza. Pero puedes estar seguro de una cosa: no pienso decir una palabra a Alvirah ni a nadie por ahora. Tengo mis propias razones. Te lo prometo.

14

Treinta segundos después de que Lisa Scott irrumpiera en la casa gritando, Simon Benet llamó al departamento de policía de Mahwah para informar sobre el robo de las joyas.

—Ahora vuelvo —espetó Lloyd Scott, y corrió hasta su casa para esperar la llegada del coche patrulla junto a su mujer.

Mariah miró a un detective y después al otro.

—No puedo creer que hayan entrado a robar en casa de los Scott —dijo—. Es increíble. Justo antes de salir de viaje el mes pasado, Lloyd nos contó que había instalado un nuevo sistema de seguridad, con cámaras y sabe Dios qué más.

—Por desgracia, hoy en día hay pocos sistemas que un experto no sepa desactivar —respondió Benet—. ¿Sabía mucha gente que la señora Scott solía guardar joyas de gran valor en su casa?

—No lo sé. A nosotros sí nos los contó, pero desde luego todo el mundo sabe que se dedica a crear sus propios diseños y que siempre lleva joyas preciosas.

Mientras hablaba, Mariah se sintió como una espectadora de lo que estaba sucediendo en la habitación. Desvió la mirada de los detectives hacia la imagen de su padre, colgada encima del piano. Era un retrato maravilloso que capturaba la inteligencia de su expresión y el atisbo de una sonrisa que nunca andaba lejos de sus labios.

El sol se colaba por las ventanas de la pared trasera y creaba dibujos de luz sobre el diseño geométrico de la alfombra color crema. Como ausente, Mariah observó lo mucho que había tenido que trabajar Betty para devolver la limpieza y el orden al amplio salón después de que los investigadores hubieran buscado huellas dactilares. Le parecía increíble que la sala volviera a resultar tan agradable y acogedora, con el conjunto de sofás tapizados con un diseño floral y los sillones orejeros junto a la chimenea, con las mesas auxiliares que podían desplazarse tan fácilmente. Cuando los amigos de su padre iban a visitarlo, siempre acercaban las sillas al sofá para formar un semicírculo en el que tomaban café y una copa después de la cena.

Greg, Richard, Albert y Charles.

¿Cuántas veces se había sentado con ellos a lo largo de los años desde que su padre se jubiló y dejó la enseñanza? Algunas noches cocinaba Betty, pero otras era su padre quien tomaba el mando. Cocinar se había convertido en una afición, y no solo la disfrutaba, sino que se le daba bien de manera natural. Hace tres semanas, preparó una abundante ensalada verde, una pata de jamón ahumado, macarrones y pan de ajo, recordó. Fue la última vez que cenamos todos juntos...

La última vez. La última cena. El setenta cumpleaños de papá.

Tenía que hablar con los detectives sobre el pergamino que su padre tal vez hubiera descubierto.

Sobresaltada, se dio cuenta de que ambos la habían estado observando.

—Lo siento —se disculpó—. Me han preguntado por las joyas de Lisa.

—Por lo que nos ha dicho, no era ningún secreto que las tenía, y puede que algunas personas supieran además que las guardaba en casa. Aunque, sinceramente, señorita Lyons, eso no es lo que nos ocupa ahora. Hemos venido a hablar con usted y con su madre. Como el señor Scott se ha presentado como el representante de su madre, tal vez podamos sentarnos a hablar con usted.

—Sí, claro —respondió Mariah, tratando de mantener la voz firme. ¿Y si sacan el tema de la pistola?, se planteó. ¿Qué debería contarles si lo hacen? En un intento de ganar tiempo, agregó—: Por favor, dejen que primero vaya a ver a mi madre. Ahora tiene que tomar algunos medicamentos.

Sin esperar una respuesta, se dirigió al vestíbulo y vio a Kathleen, seguida por Delia, bajando por las escaleras. Con expresión decidida, Kathleen cruzó con rapidez el vestíbulo en dirección al estudio de su marido, abrió la puerta del armario empotrado y apartó a Delia de un empujón.

—¡Tú no puedes entrar aquí! —gritó.

—Mamá, por favor... —Su tono de súplica se oyó desde el salón.

Benet y Rodriguez se miraron.

—Quiero verlo —dijo Benet en voz baja. Juntos, entraron en el estudio. Kathleen Lyons estaba sentada en un extremo del armario, encorvada contra la pared. «Tanto ruido... tanta sangre», repetía con voz angustiada, una y otra vez.

—¿Intento que salga? —preguntó Delia a Mariah.

—No, es inútil —respondió Mariah—. Pero quédate aquí. Me sentaré a su lado un rato.

Delia asintió con la cabeza y se retiró al lugar que había ocupado la butaca de cuero de Jonathan. Al verla justo allí, a Mariah le asaltó el vívido recuerdo de su padre desplomado en la silla, con la sangre goteándole de la cabeza. La policía se había llevado la silla como una prueba del caso. ¿Me la devolverán?, se preguntó. ¿Quiero que me la devuelvan?

—Señorita Lyons —dijo Benet en voz baja—, nos urge hablar con usted.

—¿Ahora? —preguntó—. Ya ven cómo está mi madre. Me necesita a su lado.

—No la entretendremos demasiado —prometió—. Tal vez la cuidadora pueda ocuparse de ella mientras usted habla con nosotros.

Mariah desvió la mirada vacilante y la dirigió a su madre.

—Está bien. Delia, trae una silla del comedor. No entres en el armario, quédate aquí fuera. —Miró al detective Benet con gesto de disculpa—. Me da miedo dejarla sola. Si sufre un ataque de llanto, puede quedarse sin aire.

Rita Rodriguez percibió el temblor en la voz de Mariah y supo que la joven había leído el escepticismo en el rostro de Simon Benet. Como lo conocía bien, Rita estaba segura de que Simon creía que Kathleen Lyons estaba haciendo una escena delante de ellos.

Delia regresó cargada con la silla del comedor, la dejó justo delante del armario y se sentó.

Kathleen alzó la vista.

—Cierra la puerta —ordenó—. Cierra la puerta. No quiero más sangre encima.

—Mamá, no pasa nada —dijo Mariah en tono tranquilizador—. La dejaré abierta un poco para que te entre algo de luz. Volveré dentro de un par de minutos.

Mordiéndose los labios para evitar que le temblaran, guió a los detectives hasta el salón. Simon Benet fue directo.

—Señorita Lyons, sin duda este robo resulta muy inoportuno y comprendemos que el señor Scott esté sumamente afectado. También entendemos que representará a su madre y querrá tener ocasión de hablar con ella. Sin embargo, estamos en plena investigación de un homicidio y debemos proceder sin dilación. Permítame que sea claro: tenemos que hablar con usted y con su madre y que nos respondan a algunas preguntas cruciales.

Oyeron el timbre y, en esa ocasión, sin esperar respuesta, Lloyd Scott abrió la puerta y entró en la casa. Lívido, comentó:

—La policía de Mahwah está en nuestra casa. Dios mío,

consiguieron entrar sin hacer saltar la alarma de la casa ni la de la caja fuerte. Creí que habíamos instalado un sistema infalible.

—Como le he dicho a la señorita Lyons, tales sistemas han dejado de existir —aclaró Benet—. Es evidente que ha sido obra de un profesional. —A continuación cambió el tono de voz—. Señor Scott, entendemos que esté preocupado con el robo, pero, como le estaba diciendo a la señorita Lyons, nos urge hablar con ella y con su madre.

—Mi madre no está en condiciones de hablar con ustedes —lo interrumpió Mariah—. Debería darse cuenta usted mismo. —Había alzado la voz, y ahora oía el llanto de su madre—. Les he dicho que hablaré con ustedes —recordó a Benet—, pero ¿podríamos hacerlo cuando ella se haya calmado un poco? Tengo que volver a su lado —agregó con gesto de impotencia, y se dirigió a toda prisa al estudio.

Simon Benet miró fijamente a Lloyd Scott.

—Señor Scott, quiero que sepa que ahora mismo tenemos motivos suficientes para detener a Kathleen Lyons por el asesinato de su marido. Se encontraba a solas en casa con él. Sujetaba la pistola, que tiene sus huellas dactilares. No hay señales de que se forzara la entrada ni de que se hayan llevado nada de la casa. Hasta ahora lo hemos aplazado porque queremos asegurarnos de que no le tendieron una trampa. Si no nos permite hablar con ella en el plazo de un par de días, no tendremos más remedio que detenerla.

—En mi casa tampoco hay indicios de que hayan forzado la entrada, pero alguien entró y huyó con joyas valoradas en tres millones de dólares —repuso Lloyd Scott.

—Pero en su casa no encontraron a nadie sosteniendo una pistola —respondió Benet.

Lloyd Scott pasó por alto el comentario y prosiguió:

—Como es evidente, ahora me necesitan en mi casa. Hablaré con Kathleen. Lo que está claro es que en este momento no está en condiciones de hablar con nadie, ni siquiera conmigo. Deme tiempo hasta mañana. Si permito que hable con usted, no lo hará hasta mañana por la tarde. Si decide detenerla, póngase en contacto conmigo. Yo mismo se la entregaré. Como puede observar, la mujer está muy enferma. —A continuación añadió—: También aconsejaré a Mariah que hable conmigo antes de responder a sus preguntas.

—Lo siento —dijo Benet en tono cortante—. Se trata de la investigación de un homicidio. Insistimos en hablar con Mariah en cuanto su madre se tranquilice. Usted no la representa.

—Señor Scott, acaba de oír que Mariah ha dicho que está dispuesta a hablar con nosotros —intervino Rodriguez con firmeza.

Las mejillas habitualmente rubicundas de Lloyd Scott empezaron a recuperarse de la palidez que las había teñido al enterarse del robo que había sufrido en su casa.

—De acuerdo. La decisión depende de Mariah, pero espero que tengan claro que no pueden hablar con Kathleen ahora ni en ningún otro momento sin mi permiso.

—Sí, lo entendemos. Pero si mañana intenta aplazarlo de nuevo y no la detenemos de inmediato, su clienta recibirá una citación para comparecer ante el gran jurado. Si decide acogerse a la quinta enmienda y se niega a testificar, que lo haga —dijo Benet—. Pero eso sería como confesar que cometió el asesinato, ¿no cree? —preguntó en tono sarcástico.

—Teniendo en cuenta su enfermedad, le aseguro que no tiene la menor idea de lo que significa acogerse a la quinta enmienda, y si lo hiciera, sería absurdo extraer de ello esa conclusión. —Lloyd Scott miró en dirección al estudio—. Tengo que volver junto a mi esposa. Cuando Mariah salga, les agradecería que le dijeran que la llamaré más tarde.

—Por supuesto. —Benet y Rodriguez esperaron oír que la puerta principal se cerraba tras el abogado, y a continuación Benet dijo con rotundidad—: Creo que la madre está haciendo una escena.

—Es difícil de saber —respondió Rita, meneando la cabeza—. Pero algo sí sé: Mariah Lyons está triste por la pérdida de su padre y también nerviosa. No creo que tenga nada que ver en el asunto. Apostaría diez contra uno a que está aterrorizada por la idea de que su madre pueda ser culpable y tratará de llevarnos en otras direcciones. Será interesante ver qué se le ocurre.

Transcurrieron veinte minutos hasta que Mariah volvió al salón.

—Mi madre se ha dormido en el armario —dijo en tono inexpresivo—. Todo esto resulta... —Sintió que se ahogaba y empezó de nuevo—. Todo esto resulta insoportable.

Hablaron durante más de una hora. Los detectives tenían experiencia y la interrogaron concienzudamente. Mariah no negó que estaba sumamente resentida con Lily, ni que su padre la había decepcionado.

Respondió con franqueza a todas sus preguntas acerca de la pistola. Diez años atrás, su madre había disfrutado yendo al campo de tiro con su padre, pero no había vuelto desde que se puso enferma. Se mostró sorprendida al descubrir que el arma no estaba ni un poco oxidada. Les dijo que si su padre había vuelto al campo de tiro desde entonces, no lo había mencionado.

—Sé que la guardaba en un cajón de su escritorio —admitió—, y sé qué deben de estar pensando. Pero ¿de verdad creen que si mi padre hubiera estado sentado a la mesa y mi madre hubiera bajado y tratado de abrir el cajón y sacar la pistola, él no se lo habría impedido? Por el amor de Dios, por lo que yo sé, esa pistola podría llevar años fuera de esta casa.

A continuación añadió:

—Justo ayer me enteré de que mi padre había tenido una premonición sobre su muerte y que había encontrado un antiguo pergamino de valor incalculable y estaba preocupado por culpa de uno de los expertos con quien había consultado el tema.

Mariah sintió un alivio enorme cuando los detectives por fin se marcharon. Se quedó mirando su coche mientras se alejaba de la entrada y se permitió sentir un atisbo de esperanza. Los detectives habían telefoneado al padre Aiden y ahora se dirigían a Nueva York para hablar con él sobre el pergamino que Jesucristo tal vez escribiera a José de Arimatea.

15

Cuando la compañía de software que había creado empezó a crecer, Greg Pearson se mostró firme en su decisión de no darse a conocer a la prensa. No tenía el menor deseo de aparecer en las páginas de economía del *Wall Street Journal* o el *Times*, ni de sufrir el acoso de los posibles especuladores que quisieran comprar Pearson Enterprises.

Era el discreto presidente y director ejecutivo de la compañía, y estaba siempre al corriente de todos los detalles. Sus socios lo respetaban, pero su timidez extrema, que a menudo se interpretaba como actitud distante, le impedía establecer relaciones de estrecha amistad. A lo largo de los años, se había inscrito en diversos clubs de golf y en el Racquet and Tennis Club de Nueva York. Nunca había sido un gran deportista y no disfrutaba demasiado con el golf. Sin embargo, sabía que su handicap relativamente alto le permitía competir, por lo que se obligó a intentar participar del entusiasmo de sus compañeros.

El tenis tampoco se le daba nada mal, por lo que siempre era bien recibido como pareja de juego en el Racquet and Tennis Club.

Todo lo que hacía tenía un único objetivo, que era conseguir que Mariah se enamorara de él. A menudo se preguntaba si Jonathan había sabido lo que sentía por su hija. Jonathan le había comentado entre risas que debía encontrar una chica que hablara por los codos. Ese recuerdo siempre le hacía sonreír. Mariah no era muy habladora, pero sí ingeniosa, divertida y una compañía excelente.

Y hermosa.

Cuando la veía en las cenas que organizaba Jonathan, le resultaba difícil no seguir con atención todos sus movimientos. Siempre le encantó observar la relación afectuosa que tenía con su padre. «Oh, Dios nos asista, Betty no está y papá es hoy el chef», solía bromear cuando veía a Jonathan con el delantal. Siempre era muy atenta con su madre y cuando, ya enferma, Kathleen levantaba el cuchillo en lugar del tenedor y se lo llevaba a la boca, Mariah de inmediato le cambiaba el cubierto.

Greg atesoraba el recuerdo de las noches en que el grupo se entretenía tomando café en el salón y él se sentaba junto a Mariah en el sofá. El hecho de sentirla a su lado, de observar la expresión de su rostro y mirarla a los preciosos ojos azul zafiro, tan parecidos a los de Jonathan, era a la vez emocionante y descorazonador.

Es una lástima que hace año y medio Kathleen encontrara esas fotos de Jonathan y Lily, pensó Greg. A partir de entonces, Mariah se puso firme y prohibió que Lily asistiera a las cenas.

Antes de eso, Lily siempre había llegado y se había marchado de Mahwah con Charles, y Greg sabía que Mariah creía que Lily y Charles estaban juntos. Era mejor así. La relación entre Jonathan y Mariah se resintió a partir del momento en que descubrió quién era Lily, y ambos sufrieron.

El sábado por la mañana, Greg jugó a tenis y después se dirigió a su apartamento del Time Warner Center, en Columbus Circle. Llevaba allí cuatro años y aún no había decidido si el diseñador de interiores se había excedido con aquella decoración tan moderna.

Aunque tampoco era algo tan importante.

El trabajo era su gran afición, y se había llevado a casa material de alta tecnología que estuvo examinando hasta que se dio por vencido y sintió que necesitaba hablar con Mariah.

Cuando la joven respondió al teléfono, lo hizo con voz tensa pero amable.

—Greg, qué agradable sorpresa. No te creerás lo que está pasando por aquí...

El hombre escuchó.

—Me has dicho que durante estas tres últimas semanas alguien entró en la casa de tus vecinos y les robó todas las joyas, pero ¿saben exactamente cuándo ocurrió?

—No, no sé si serán capaces de descubrir qué día sucedió —respondió Mariah—. Por otra parte, Lloyd Scott, nuestro vecino, es abogado criminalista. Y va a representar a mi madre. Greg, creo que van a acusarla del asesinato de mi padre.

—Mariah, deja que te ayude. Por favor. No sé si tu vecino es un buen abogado, pero tu madre necesita a un defensor de primera, y puede que tú también. Lamentablemente, todo el mundo estaba al corriente de que tu padre y tú teníais problemas graves. —A continuación, mientras le duraba el valor, añadió—: Mariah, vendré a verte a las seis. Sé que dijiste que la cuidadora de tu madre es una mujer de confianza. Tú y yo saldremos a cenar. Por favor, no digas que no. Quiero verte, y estoy preocupado por ti.

Cuando Greg colgó el auricular, permaneció inmóvil unos segundos, sin creerse lo que acababa de oír.

Mariah había aceptado cenar con él, e incluso había dicho que lo estaba deseando.

16

El profesor Albert West sabía que había asumido un riesgo el viernes por la tarde, durante el trayecto en coche después del funeral, cuando le dijo a su colega el profesor Michaelson que Jonathan creía haber encontrado el pergamino de José de Arimatea. Había entrecerrado los ojos tras las gafas para estudiar con atención el rostro de Charles a la espera de su reacción.

La expresión de sorpresa de Charles pudo haber sido genuina, o tal vez una buena interpretación. Albert no estaba seguro. Sin embargo, el hecho de que Charles hubiera mencionado de inmediato que si Kathleen descubría el pergamino tal vez lo destruyera, abría el camino a otras posibilidades. ¿Se le habría ocurrido lo mismo a Jonathan? Y, de ser así, ¿habría decidido guardarlo fuera de su casa, o era incluso posible que lo hubiera dejado en manos de alguien de confianza?

¿Alguien como Charles?

Insomne de toda la vida, Albert no dejó de dar vueltas a esa idea durante la mayor parte de la noche de ese viernes.

El sábado por la mañana, después de un desayuno ligero, se metió en la pequeña habitación de su modesto apartamento donde tenía el despacho, se sentó a la mesa y se pasó la mañana organizando sus clases. Se alegraba de que el trimestre de otoño empezara la semana siguiente. Durante el verano no había impartido clases, y si bien nunca se sentía solo, disfrutaba enormemente de la interacción con sus alumnos. Sabía que, a causa de su escasa estatura y su voz grave, lo habían apodado el Bajo. El mote no solo le parecía adecuado, sino bastante ingenioso.

A mediodía, Albert se preparó un sándwich para comérselo en el coche, recogió su equipo de acampada y se dirigió al aparcamiento de su edificio. Mientras avanzaba hacia el utilitario, sus palabras favoritas, «y si», volvieron a rondarle por la cabeza. ¿Y si Charles mintió? ¿Y si Charles había visto el pergamino? ¿Y si le había dicho a Jonathan que también él creía que era auténtico?

¿Y si Charles había advertido a Jonathan que no llevara el pergamino a su casa? Era posible que le hubiera recordado que Kathleen había encontrado las fotografías de él y Lily, que creía haber escondido bien.

Era posible.

Tenía sentido.

Jonathan consideraba a Charles un reconocido experto en estudios bíblicos y le respetaba como amigo. Fácilmente podría haber dejado el pergamino a su cuidado. Mientras subía al coche, Albert recordó el escandaloso incidente ocurrido quince años atrás, cuando Charles aceptó un soborno para autenticar un pergamino que sabía que era falso.

Coincidió con la época en la que se estaba divorciando y necesitaba dinero desesperadamente. Por suerte para Charles, Desmond Rogers, el coleccionista que había adquirido el pergamino, era un hombre muy adinerado que se enorgullecía de su propia pericia y cuando descubrió el engaño, telefoneó a Charles y lo amenazó con acudir a la policía. Albert tuvo que interceder y rogarle que no lo hiciera. Consiguió convencerlo de que si el asunto salía a la luz, Charles quedaría en ridículo, puesto que se había burlado abiertamente de los expertos que le habían advertido que el pergamino era una falsificación.

«Desmond, arruinarías a Charles, que a lo largo de los años te ha ayudado a adquirir algunas antigüedades espléndidas y muy valiosas —le dijo Albert—. Te ruego que comprendas que se encontraba en un momento económico y sentimental muy complicado, que le hizo actuar irracionalmente.»

Desmond Rogers finalmente decidió asumir la pérdida de dos millones de dólares y, que Albert supiera, nunca comentó el asunto con nadie. Sin embargo, sí expresó su más absoluto desprecio hacia Charles Michaelson. «Soy un hombre que se ha hecho a sí mismo y conozco a mucha gente que ha atravesado graves apuros económicos. Ni una sola de esas personas habría aceptado un soborno a cambio de engañar a un amigo. Dile a Charles de mi parte que no hablaré con nadie de este incidente, pero dile también que no quiero volver a verlo en mi vida. Es un sinvergüenza.»

Si Charles está en posesión del pergamino de Jonathan, es probable que lo venda, concluyó Albert. Encontrará a un comprador secreto.

¿Hasta qué punto estaba Charles dolido con Jonathan? Para Albert, era evidente que en la primera excursión arqueológica, hacía ya seis años, Charles se había mostrado sumamente interesado por Lillian Stewart, pero esa puerta se le cerró en las narices cuando vio a Lily caer en brazos de Jonathan prácticamente de la noche a la mañana.

El hecho de que Charles permitiera que todos creyeran que Lily y él mantenían una relación porque llegaban juntos a las cenas de Jonathan no era en absoluto propio de él. Debió de hacerlo porque Lily se lo pidió.

¿Qué más estaría dispuesto a hacer por ella?

Me pregunto qué sucederá a partir de ahora, se dijo Albert mientras arrancaba el coche para dirigirse al cámping que había frecuentado en los últimos tiempos, situado en las montañas Ramapo, a tan solo diez minutos del escenario del crimen de Jonathan.

17

El padre Aiden O'Brien acompañó a los detectives Simon Benet y Rita Rodriguez a su despacho situado en el edificio conectado con la iglesia de san Francisco de Asís, en la calle Treinta y uno Oeste de Manhattan. Lo habían telefoneado para preguntarle si podían ir a hablar con él, y el hombre había accedido de buena gana, si bien empezó de inmediato a repasar mentalmente qué podía decirles y cuál sería la mejor manera de expresarlo.

Albergaba el terrible temor de que Kathleen hubiera apretado el gatillo y asesinado a Jonathan. Su personalidad había cambiado radicalmente en los últimos años, desde el momento en que se le manifestaron los primeros síntomas de demencia. Habían transcurrido varios años desde que notara por primera vez indicios de que a la mujer comenzaba a fallarle la cabeza. Había leído que menos de un uno por ciento de la población mostraba señales de demencia entre los sesenta y los setenta años.

El padre Aiden había conocido a Jonathan y a Kathleen cuando eran unos recién casados y él un joven sacerdote. Jonathan, con solo veintiséis años, ya había terminado el doctorado en historia bíblica y trabajaba en la Universidad de Nueva York. Kathleen poseía un máster de asistente social y trabajaba en el ayuntamiento. Vivían en un minúsculo apartamento de la calle Veintiocho Oeste y asistían a misa en san Francisco de Asís. Un día, al salir, se pusieron a charlar con el padre Aiden y al cabo de muy poco tiempo ya era un invitado habitual a cenar a su apartamento.

La amistad continuó después de que se mudaran a New Jersey, y fue él quien bautizó a Mariah cuando, con poco más de cuarenta años, Kathleen dio por fin a luz al bebé que tanto deseaban.

Durante más de cuarenta años disfrutaron de lo que yo llamaría un matrimonio perfecto, recordó el padre Aiden. Sin embargo, entendí los sentimientos de Jonathan cuando la enfermedad de Kathleen no hacía más que empeorar. Dios sabe que en mi propia parroquia veo a diario casos de hijos, maridos y mujeres que hacen frente a lo que implica cuidar de un enfermo de alzheimer, pensó.

«Intento no enfadarme con él, pero hay días en que tengo la sensación de que Sam me hace la misma pregunta, una y otra vez...»

«La dejé sola un minuto y cuando volví había metido en el fregadero toda la ropa que acababa de doblar, y había abierto el grifo...»

«Cinco minutos después de cenar, papá me dijo que se moría de hambre y empezó a sacar toda la comida del frigorífico y a lanzarla al suelo. Que Dios me perdone, padre, pero reconozco que lo empujé y se cayó. Pensé: "Por favor, Dios mío, que no se haya roto la cadera". Pero entonces me miró y me dijo: "Siento causarte tantas molestias". Tuvo un instante de lucidez absoluta. Él lloraba, y yo también...»

Tales pensamientos recorrían la mente del padre Aiden cuando se sentó a su mesa e invitó a Simon Benet y Rita Rodriguez a ocupar las dos sillas de las visitas.

Jonathan tenía una paciencia inquebrantable y era cariñoso con Kathleen hasta que conoció a Lillian, pensó el padre Aiden. Y ahora, ¿era posible que la cabeza perturbada de

Kathleen la hubiera empujado a cometer un acto que jamás habría cometido si siguiera siendo la mujer a la que hacía tantos años que conocía?

—Padre, gracias por recibirnos cuando lo hemos avisado con tan poca antelación —empezó a decir Simon—. Como le expliqué por teléfono, somos detectives de homicidios de la oficina del fiscal del condado de Bergen, y se nos ha asignado la investigación del asesinato del profesor Jonathan Lyons.

—Comprendo —respondió el padre Aiden con amabilidad.

La clase de preguntas que esperaba llegaron a continuación. ¿Cuánto tiempo hacía que conocía a los Lyons? ¿Con qué frecuencia los veía? ¿Estaba al corriente de la amistad del profesor Lyons con Lillian Stewart?

Entramos en terreno peligroso, se dijo el padre Aiden mientras hurgaba en el bolsillo de su sotana, sacaba un pañuelo, se quitaba las gafas, las limpiaba y volvía a guardárselo de nuevo antes de responder con detenimiento.

—He visto a la profesora Stewart en dos o tres ocasiones. De la última vez que la vi han pasado más de tres años, aunque desde el altar, durante la misa de ayer, la vi entrar tarde en la iglesia. No sé en qué momento se marchó.

—¿Alguna vez ha acudido a usted en busca de consejo, padre? —preguntó Rita Rodriguez.

—Muchas de las personas que buscan consejo lo hacen sabiendo que su intimidad queda preservada. Espero que no infiera nada en particular de mi respuesta si le digo que no considero apropiado responder a su pregunta.

Esta atractiva y joven detective de expresión deferente sabe que yo sería la última persona a la que Lillian acudiría en busca de consejo, pensó el padre Aiden. Es una pregunta trampa.

—Padre Aiden, sabemos que a la hija de Jonathan Lyons,

Mariah, le afectó mucho que su padre tuviera una relación con Lillian Stewart. ¿Alguna vez ha hablado de eso con usted?

—De nuevo...

Simon lo interrumpió.

—Padre, hemos hablado con Mariah Lyons hace una hora. Nos ha comentado, de manera franca y espontánea, que se lamentó ante usted de Lillian Stewart y que sentía que la relación de su padre con esa mujer estaba agravando el estado de su madre.

—Entonces ya saben de lo que hablamos Mariah y yo —respondió el padre Aiden en voz baja.

—Padre, ayer le dijo a Mariah que su padre, Jonathan Lyons, lo había visitado hacía diez días, el miércoles, 15 de agosto, para ser precisos —prosiguió Simon.

—Sí, mientras tomábamos una taza de café en el monasterio, le expliqué que Jonathan Lyons creía haber descubierto un objeto de valor incalculable, conocido como «pergamino de José de Arimatea» o «carta vaticana».

—¿Vino Jonathan Lyons a verlo expresamente para hablarle del pergamino? —preguntó Rita.

—Jonathan, como ya les he dicho, era un viejo amigo —respondió el padre Aiden—. No habría sido extraño que, estando cerca, hubiera pasado a visitarme al monasterio. Ese miércoles por la tarde me dijo que estaba ocupado en la revisión de unos pergaminos antiguos descubiertos en una iglesia que llevaba tiempo cerrada y que estaba a punto de ser derruida. Encontraron una caja fuerte en la pared. En su interior había varios pergaminos antiguos y le pidieron que los tradujera. —El padre Aiden se reclinó en la silla—. Tal vez hayan oído hablar del Sudario de Turín.

Los detectives asintieron con la cabeza.

—Muchos creen que es la sábana en la que envolvieron el cuerpo de Jesús crucificado. Incluso nuestro papa actual, Benedicto, ha dicho que cree que pueda ser auténtico. ¿Alguna vez lo sabremos con certeza? Lo dudo, aunque las pruebas son muy convincentes. La carta vaticana o el pergamino de José de Arimatea tiene el mismo valor incalculable. Si es genuina, es la única carta escrita por Jesucristo.

—¿No fue José de Arimatea el hombre que pidió permiso a Poncio Pilatos para llevarse el cuerpo de Cristo y enterrarlo en su propia sepultura? —preguntó Rita Rodriguez.

—Sí. José fue durante mucho tiempo discípulo secreto de Cristo. Como recordarán de sus clases de catequesis, cuando Cristo tenía doce años acudió con Sus padres al templo de Jerusalén para la fiesta de la Pascua, pero cuando terminó no se marchó con el resto. Él se quedó en el templo y pasó tres días desconcertando a los sumos sacerdotes y a los ancianos con Su conocimiento de las Escrituras.

»José de Arimatea era un anciano del templo en ese momento. Cuando oyó hablar a Jesucristo y después supo que había nacido en Belén, creyó que era el Mesías prometido.

Entusiasmado con el tema, el padre Aiden continuó.

—No sabemos nada de Cristo durante el período que va desde que tenía doce años y comentó las Escrituras con los sumos sacerdotes del Templo, hasta las bodas de Caná. Esos años de Su vida son un misterio: los años perdidos. Sin embargo, muchos especialistas creen que pasó algunos de esos años estudiando en Egipto por mediación de José de Arimatea.

»La carta, si es auténtica, fue escrita por Cristo a José poco antes de ser crucificado. En ella le agradece la amabilidad y la protección que le ofreció cuando era pequeño.

»La autenticidad de la carta se ha discutido desde que el apóstol Pedro la llevó a Roma. Algunos papas creyeron que era auténtica, y otros no.

»Se encontraba en la Biblioteca del Vaticano, y corrió el rumor de que el papa Sixto IV planeaba destruirla para acabar con la controversia. Entonces desapareció.

»Ahora, más de quinientos años después, puede que haya aparecido entre esos pergaminos antiguos que Jonathan estaba estudiando.

—Una carta escrita por Cristo. Cuesta de imaginar —dijo Rita Rodriguez con incredulidad.

—¿Qué le contó el profesor Lyons sobre el pergamino? —preguntó Benet.

—Que creía que era auténtico, y que le preocupaba que a uno de los expertos a quien se lo había enseñado solo le interesaba su valor económico.

—¿Sabe dónde está ahora el pergamino, padre? —inquirió Benet.

—No. Jonathan no me dijo nada sobre dónde lo guardaba.

—Padre, nos ha dicho que tomaron café en el monasterio. Antes de eso, ¿se reunió con Jonathan Lyons en la iglesia? —preguntó Rodriguez.

—Quedamos en la iglesia. Al monasterio se entra por el atrio.

—¿Se confesó Jonathan Lyons con usted? —preguntó Rita, ahora en tono inocente.

—Si lo hizo, no se lo diría —respondió el padre Aiden con severidad—. Cosa que sospecho que ya sabe, detective Rodriguez. Me he fijado en que lleva un pequeño crucifijo. ¿Es católica practicante?

—No cumplo a la perfección pero sí, lo soy.

A continuación intervino Simon Benet.

—Padre, Jonathan Lyons mantenía desde hacía tiempo una relación con una mujer que no era su esposa. Si le hubiera confesado sus pecados, ¿le habría absuelto si supiera que tenía intención de continuar su aventura con Lillian Stewart? —Benet esbozó una sonrisa de disculpa—. Yo también soy católico.

—Creí haber dejado claro que si esperan cualquier referencia a Jonathan aparte de lo que me dijo sobre el pergamino, pierden el tiempo. Y eso incluye su especulación, detective Benet. Sin embargo, les diré algo: conozco a Kathleen Lyons desde que se casó, con poco más de veinte años. Y no creo que, por muy perturbada que esté, lamentablemente, haya sido capaz de asesinar al marido al que amaba.

Mientras pronunciaba esas palabras con rotundidad, el padre Aiden se dio cuenta de que, en lo hondo de su corazón, estaba convencido de ellas. Pese a sus temores iniciales, sabía que Kathleen no podía haber matado a Jonathan. A continuación miró a un detective, después al otro, y supo que sus esfuerzos por defender a Kathleen eran en vano.

Se preguntó qué pensarían si les contara que Jonathan había presentido su muerte inminente. Jonathan lo había comentado abiertamente, pero el hecho de mencionarlo conllevaba un peligro. Tal vez lo interpretaran como que Jonathan había llegado a temer los arranques cada vez más violentos de Kathleen. Lo último que el padre Aiden quería era complicarle más las cosas a la mujer.

Simon Benet no se disculpó por formular preguntas inapropiadas.

—Padre Aiden, ¿le dio Jonathan Lyons los nombres del experto o los expertos con los que consultó la autenticidad del pergamino de José de Arimatea?

—No, pero puedo asegurarles que me habló de «uno de los expertos», así que, evidentemente, se lo enseñó a más de una persona.

—¿Conoce a algún experto en la Biblia, padre Aiden? —preguntó Rita.

—Los tres a los que conozco mejor son los amigos de Jonathan, los profesores West, Michaelson y Callahan. Todos ellos son especialistas en la Biblia.

—¿Qué nos dice de Greg Pearson? Mariah Lyons comentó que su padre era buen amigo suyo y siempre lo invitaba a cenar —prosiguió Rita.

—Tal vez, como era su amigo, se lo enseñara a Greg, o le hablara de él, pero no creo que tuviera motivos para hacerle una consulta en calidad de experto.

—¿Por qué cree que no habló con su hija sobre su supuesto descubrimiento?

—No lo sé, pero, tristemente, la relación entre Mariah y su padre se resintió por culpa de la relación de Jonathan con Lillian Stewart.

—¿Consideraría a la profesora Lillian Stewart una experta en pergaminos antiguos?

—No puedo responder a esa pregunta. Sé que Lillian Stewart es profesora de inglés, pero desconozco si tiene los conocimientos suficientes para valorar pergaminos antiguos.

La conversación con los detectives duró aproximadamente una hora, y cuando se levantaron para marcharse, el padre Aiden tuvo la certeza de que volverían a hablar con él. Y cuando lo hagan, se dijo convencido, se centrarán en la relación con Lillian, y en la posibilidad de que Jonathan dejara en sus manos el valioso pergamino.

Cuando se hubieron marchado, cansado y aburrido, volvió a sentarse a su mesa. Antes de saber que Jonathan mantenía una relación con Lillian Stewart, había acudido en alguna ocasión a las cenas que el hombre organizaba para sus colegas. Le cayó bien Lily y siempre tuvo la impresión de que Charles Michaelson y ella eran pareja. Lily adoptaba una actitud de coqueteo cuando hablaba con Charles y solía referirse a las obras o películas que habían ido a ver juntos. No era más que una maniobra para disimular que Jonathan y ella mantenían una relación.

Y Jonathan les seguía el juego, pensó el padre Aiden con tristeza. No es de extrañar que Mariah se sienta traicionada.

¿Sería posible que Jonathan hubiera dejado la carta vaticana en el apartamento de Lily por seguridad?, se preguntó. Y de ser así, ¿admitiría ella que la tenía, teniendo en cuenta que Jonathan me había contado que se estaba planteando dejar la relación?

El padre Aiden se apoyó en los brazos de la silla mientras se incorporaba con dificultad.

La ironía terrible es que si Kathleen asesinó a Jonathan, lo hizo cuando él había decidido dedicar el resto de su vida a cuidarla y a recuperar su relación con Mariah, pensó abatido.

Los caminos de Dios son inescrutables, se dijo suspirando.

18

Richard Callahan enseñaba historia bíblica en el campus Rose Hill de la Universidad de Fordham, en el Bronx. Terminada la universidad, ingresó en una comunidad de jesuitas, pero permaneció solo un año, hasta que se dio cuenta de que no estaba preparado para comprometerse con la vida sacerdotal. A sus treinta y cuatro años, aún no había tomado una decisión definitiva sobre ese asunto.

Vivía en un apartamento próximo al campus. Criado en Park Avenue, sus padres, dos eminentes cardiólogos, le inculcaron la conveniencia de ir a trabajar a pie, pero ese no era el único motivo de su elección. El hermoso campus, con sus edificios góticos y caminos flanqueados por árboles, parecía enclavado en la campiña inglesa. Cuando cruzaba las puertas del recinto, le gustaba perderse entre la diversidad que le ofrecía el poblado vecindario y la abundancia de magníficos restaurantes italianos en la cercana Arthur Avenue.

Había previsto reunirse con unos amigos para cenar en uno de esos restaurantes, pero de camino a casa después del funeral había decidido cancelar la cita. La tristeza por la pérdida de su amigo y mentor Jonathan Lyons lo afectaría durante un tiempo. Sin embargo, la incógnita sobre quién le había quitado la vida ocupaba un lugar primordial en su mente. Sabía que si se demostraba que Kathleen, por culpa de su enfermedad, había cometido el asesinato, la encerrarían en un hospital psiquiátrico, probablemente durante el resto de su vida.

Sin embargo, si la declaraban inocente, ¿quiénes pensarían los detectives que tenían motivos para haber asesinado a Jonathan?

Lo primero que hizo Richard al entrar en su alegre apartamento de tres pisos fue quitarse la chaqueta, la corbata y la camisa de manga larga, y ponerse una camiseta. Luego se dirigió a la cocina y se sirvió una cerveza. Qué ganas de que llegue el frío, se dijo mientras estiraba las largas piernas y se reclinaba en la vieja butaca abatible de cuero sintético que conservaba pese a las objeciones de su madre. «Richard, aún no has hecho voto de pobreza —le había dicho—. Y puede que nunca lo hagas. No hace falta que vivas como un pobre.» Richard sonrió con afecto al recordar la conversación, pero enseguida volvió a pensar en Jonathan Lyons.

Sabía que Jonathan había estado traduciendo unos pergaminos antiguos descubiertos en la caja fuerte de una iglesia que llevaba mucho tiempo cerrada.

¿Habría encontrado el pergamino de José de Arimatea entre ellos? Ojalá no hubiera estado fuera, se dijo Richard. Ojalá me hubiera dicho qué había encontrado exactamente. Era posible que lo hubiera descubierto por casualidad. Richard recordó entonces que, no hacía tantos años, se había descubierto una sinfonía de Beethoven en la estantería de una biblioteca de Pensilvania.

En algún rincón de su mente lo acechaba una idea persistente que se negó a aflorar mientras se preparaba un plato de pasta y una ensalada. Seguía allí cuando, más tarde, eligió una película de televisión y se acomodó para verla.

Continuaba rondándole por la cabeza cuando se fue a la cama, y siguió latente durante el sueño, a lo largo de la noche.

Fue a media mañana del sábado cuando por fin hizo aparición. Lily le había mentido cuando le dijo que no sabía nada del pergamino. Richard estaba seguro de ello. Por supuesto, Jonathan habría compartido el descubrimiento con ella. Era incluso posible que lo hubiera dejado en su casa.

De ser así, ahora que Jonathan estaba muerto, ¿buscaría Lily un comprador en secreto y se embolsaría la que podría ser una enorme cantidad de dinero?

Esa era una posibilidad que quería comentar con Mariah. Tal vez le iría bien salir a cenar esta noche, se dijo.

Sin embargo, cuando la telefoneó, descubrió que Greg se le había adelantado y que había quedado para cenar con él. Richard se sintió profundamente decepcionado.

¿Acaso la decisión que por fin había tomado llegaba demasiado tarde?

19

—Esto sí que es una buena noche —dijo el prestamista a Wally Gruber cuando este le llevó el botín del robo en casa de los Scott—. Desde luego, sabes elegir a tus víctimas.

Wally sonrió satisfecho. De cuarenta años y escasa estatura, con una calvicie incipiente, silueta corpulenta y una sonrisa encantadora con la que se ganaba a la gente, contaba con una larga lista de robos perfectos a sus espaldas. Solo lo habían atrapado una vez, y había pasado un año en la cárcel por ello. Ahora trabajaba como guarda en un aparcamiento de la calle Cincuenta y dos Oeste, en Manhattan.

Mi trabajo de día, solía decirse con ironía. Wally había descubierto una forma nueva y mucho más segura de cometer actividades delictivas sin atraer la atención de la policía.

El plan que había ideado consistía en colocar dispositivos localizadores debajo de los coches de las familias en cuyas casas podría interesarle robar y así seguir los movimientos de esos vehículos a través de su ordenador portátil.

Nunca lo hacía con los clientes habituales del aparcamiento, solo con los que dejaban el coche durante una sola noche. Solía basar su decisión para elegir a sus víctimas en las joyas que llevaba la mujer. A finales de julio colocó un localizador en el Mercedes-Benz de un hombre que iba vestido para una cena de etiqueta. La mujer, aunque debía de tener unos cincuenta años, era preciosa, pero lo que llamó la atención de Wally fueron sus esmeraldas. Pendientes largos de esmeraldas y diamantes, un collar a juego, una pulsera más que llamativa y un anillo de al menos siete quilates. Wally tuvo que hacer un esfuerzo para no recrearse en el conjunto.

Sorpresa, amigo, pensó cuando Lloyd Scott le dio una propina de cinco dólares al final de la noche. No sabes el regalo que acabas de hacerme.

La noche siguiente condujo hasta Mahwah, New Jersey, y pasó frente a la casa de los Scott. Estaba muy iluminada, tanto en su interior como por fuera, por lo que pudo leer el nombre del sistema de seguridad. Es bastante bueno, se dijo con admiración. Difícil de burlar para la mayoría de la gente, pero no para mí.

Durante la semana siguiente, el Mercedes realizó varios viajes de ida y vuelta a la ciudad. Wally fue paciente. A continuación, transcurrió una semana entera sin que el coche se desplazara. Wally volvió a la casa para echar un vistazo. Una habitación del piso de arriba y otra del inferior estaban iluminadas.

Lo habitual, pensó. Luces programadas, para hacer creer que hay alguien en casa. Así que el siguiente lunes por la noche dio el paso definitivo. Con matrículas robadas que colocó en su coche y una tarjeta de peaje que había tomado prestada de uno de los coches del aparcamiento, condujo hasta Mahwah y aparcó al final de calle donde era evidente que sus vecinos estaban celebrando una reunión. Seis o siete coches ocupaban la calle. Wally desactivó la alarma con facilidad y entró en la casa. Justo cuando acababa de vaciar la caja fuerte oyó un disparo. Corrió a la ventana y llegó justo a tiempo de ver a alguien que salía a toda prisa de la casa de al lado.

Lo observó mientras levantaba una mano y se bajaba una bufanda o un pañuelo en el preciso instante en que pasaba por debajo de una de las lámparas que iluminaban el camino adoquinado, en dirección a la calle. A continuación se volvió y desapareció calle abajo.

Wally vio claramente su rostro, y lo grabó en su mente. Tal vez algún día ese recuerdo le fuera útil.

Pensó que tal vez alguien más habría oído el disparo y habría telefoneado a la policía en ese momento. Así que agarró el botín y salió precipitadamente de la casa, pero sin olvidar cerrar la caja fuerte y volver a programar la alarma. Se subió a su coche y se alejó con el corazón acelerado. Sin embargo, cuando se encontró a salvo, de vuelta ya en Manhattan, se dio cuenta de que había pasado por alto un detalle muy importante. Había dejado el dispositivo localizador en el Mercedes Benz, que estaba aparcado en el garaje de la casa en la que acababa de robar.

¿Lo encontrarían? ¿Cuándo sucedería? Había sido cuidadoso, pero ¿era posible que hubiera dejado alguna huella dactilar? Sus huellas constaban en los archivos policiales... Era una idea inquietante. Wally no quería volver a la cárcel. Había leído con sumo interés las noticias relacionadas con el asesinato del doctor Jonathan Lyons y sabía que la policía creía que su mujer, enferma de alzheimer, era la culpable.

Yo sé que no fue así, se dijo Wally. Lo único que lo tranquilizaba en ese momento era pensar que si la policía conseguía seguir la pista del localizador hasta llegar a él, podría facilitarles la descripción del asesino a cambio de una condena más blanda por el robo de las joyas, o tal vez de la inmunidad.

Puede que tenga suerte. Quizá vuelvan a alguna fiesta elegante por la zona y aparquen de nuevo donde trabajo.

Si bien estaba preocupado, era consciente de que sería demasiado arriesgado intentar colarse en el garaje de esa casa para recuperar el localizador del Mercedes.

20

Con la mente ocupada en sus pensamientos, los detectives Simon Benet y Rita Rodriguez guardaron silencio durante los primeros quince minutos del trayecto en coche de regreso a New Jersey.

Cuando llegaron a West Side Highway, Rita observó con aire pensativo los barcos en el río Hudson, y recordó que tan solo unas semanas antes del 11-S se había reunido con su marido, Carlos, a las cinco en punto en una cafetería del muelle para tomar un cóctel y después cenar. Vieron algunos veleros de mástiles altos y Carlos y ella se recrearon en la calidez de la última hora de la tarde, la belleza de los barcos cercanos y la sensación de que Nueva York era una ciudad especial, de lo más especial.

Carlos trabajaba en el World Trade Center cuando tuvo lugar la tragedia. Fue un día de finales de verano como el de hoy cuando estuvimos aquí, pensó Rita. Y, de nuevo, se preguntó quién habría podido imaginar que sucedería tal desastre.

Jamás pensé que lo perdería, se dijo. Nunca.

De igual modo, una semana antes a esa misma hora, ¿quién podría haber previsto que el profesor Jonathan Lyons sería la víctima de un asesinato? Lo asesinaron el lunes, pensó. Me pregunto qué habría hecho el sábado anterior. Una cuidadora se ocupaba de su mujer en todo momento. ¿Haría una escapada a Nueva York para ver a su novia, Lillian Stewart?

Sería interesante seguir el rastro de los movimientos del profesor Lyons durante ese último fin de semana. ¿Y qué pasaba con el pergamino, la carta para José de Arimatea que tal vez hubiera sido escrita por Cristo? ¿De verdad la había encontrado el profesor? Tendría un valor incalculable. ¿Estaría alguien dispuesto a matar por ella?

Por supuesto, lo investigaremos, aunque no creo que guarde relación con el homicidio, pensó Rita. La pistola la disparó una esposa celosa y demente, que se llama Kathleen Lyons.

—Rita, me atrevería a aventurar que nuestro profesor se confesó, o tal vez debería decir que acudió al confesionario, y habló con el padre Aiden. —La voz segura de Simon Benet la sacó de su ensimismamiento—. Sé que he dado en el clavo al hacerle esa pregunta al buen sacerdote.

—¿Crees que Lyons tal vez pensaba dejar a su novia? —preguntó Rita con incredulidad.

—Puede que sí, puede que no. Ya has visto cómo se comporta su mujer. Tal vez solo le dijera: «Padre, no puedo soportarlo más. No sé si hago bien o mal, pero tengo que dejarlo». No sería el primero en hacer algo así.

—¿Y qué hay del pergamino? ¿Quién crees que lo tiene?

—Repasaremos los nombres que nos ha dado el padre Aiden. Los profesores y el otro tipo que se relacionaba con ellos, Greg Pearson. Y también quiero hablar con Lillian Stewart. Si ese valioso pergamino existe y lo tiene ella, ¿quién sabe hasta qué punto se comportará como una persona honrada? Puede que fuera a visitar la tumba del profesor Lyons, pero al cabo de dos minutos ya estaba en el coche con Richard Callahan.

Simon Benet adelantó a un conductor lento.

—Ahora mismo apuesto por Kathleen Lyons, y el próximo paso debe ser conseguir una orden de registro. Quiero examinar hasta el último centímetro de esa casa. Tengo la corazonada de que encontraremos algo más que relacione a Kathleen Lyons con el asesinato.

»Pero lo encontremos o no, recomendaré al fiscal que ordene su detención.

21

Willy estaba sentado cómodamente en su mullida butaca, los pies sobre la banqueta, viendo el partido de los Yankees contra los Red Sox. Iban por el final de la novena entrada. Estaban empatados. Willy, seguidor de toda la vida de los Yankees, contenía la respiración.

Oyó la llave en la cerradura y supo que Alvirah había vuelto de su almuerzo con Lillian Stewart.

—Willy, no sabes las ganas que tengo de hablar contigo.

Alvirah se sentó en el sofá e hizo que Willy quitase el sonido del televisor y se volviera para mirarla.

—Willy —dijo Alvirah en tono enérgico—. Por teléfono tuve la impresión de que Lillian quería pedirme consejo sobre algo, pero cuando la he visto hoy se ha mostrado de lo más evasiva. Le he preguntado cuándo fue la última vez que vio a Jonathan y me ha respondido que el miércoles por la noche. A él le dispararon cinco noches después, al lunes siguiente, y me ha sonado muy extraño.

—Así que has conectado el broche. —Willy sabía que cada vez que Alvirah se olía algo sospechoso, ponía en marcha automáticamente el dispositivo de grabación de su broche de oro en forma de sol.

—Sí, porque Mariah me comentó alguna vez que estaba segura de que Lily y su padre quedaban al menos dos o tres veces por semana, y que siempre se veían por lo menos una noche durante el fin de semana. Jonathan se quedaba en casa durante el día. La cuidadora de fin de semana es una mujer de toda confianza, y si Lily y Jonathan salían a cenar, él se quedaba en su apartamento a pasar la noche.

—Ajá.

—Pero yo me pregunto: ¿por qué no se iban a ver el fin de semana antes de que lo asesinaran? Algo huele mal. Es decir, ¿se habrían peleado? —continuó Alvirah—. En fin, como es normal, Lily me ha dicho lo mucho que lo echa de menos y cuánto lamenta que no ingresara a Kathleen en una residencia, aunque solo fuera para protegerla de sí misma, ya sabes.

»Después se le han humedecido los ojos y me ha comentado que Jonathan le hablaba de lo muy enamorados que habían estado Kathleen y él, y de la maravillosa vida que habían pasado juntos antes de que se le manifestara la enfermedad. Jonathan también le dijo que si Kathleen hubiera podido elegir, cosa que, por supuesto, era imposible, habría preferido morir a verse en ese estado.

—Yo también lo preferiría, cariño —dijo Willy—, y si algún día me ves guardando la llave en el frigorífico, mándame directamente a una buena residencia.

Se permitió una fugaz mirada al televisor, a tiempo de ver a un jugador de los Yankees conectar un globo y conseguir un out.

Alvirah, a quien no se le escapaba una, se fijó en la mirada de reojo.

—Oh, Willy, no importa. Sigue viendo el resto del partido.

—No, cariño, continúa pensando. Se nota que has dado con algo importante.

—¿Entiendes lo que quiero decir, Willy? —La voz de Alvirah se aceleraba con cada palabra—. ¿Y si Jonathan y Lily se hubiesen peleado?

—Alvirah, no estarás insinuando que Lillian Stewart asesinó a Jonathan, ¿verdad?

—No sé qué insinúo. Pero algo tengo claro: voy a llamar a Mariah ahora mismo y a preguntarle si podemos ir a visitarla mañana por la tarde. Necesito saber más sobre lo que ha estado sucediendo. —A continuación, Alvirah se levantó—. Voy a ponerme algo más cómodo. Tú termina de ver el partido.

Mientras se volvía en la butaca, Willy subió el volumen. Cuando miró la pantalla, los Yankees estaban en el centro del campo, saltando y abrazándose.

El comentarista gritaba, casi sin aliento: «¡Victoria de los Yankees! ¡Victoria de los Yankees! ¡Dos outs, final de la novena, dos strikes, y Derek Jeter consigue un home run!».

No puedo creerlo, pensó Willy con tristeza. Llevo tres horas viendo este partido y en el momento en que vuelvo la cabeza, Jeter envía una bola a la tribuna.

22

El domingo por la mañana Mariah asistió a misa y después se detuvo en la tumba de su padre. Habían comprado la parcela hacía diez años, en una bonita zona que en el pasado había sido el suelo de un seminario. La lápida tenía grabado el apellido de la familia, LYONS. Tengo que llamar para que pongan el nombre de papá, pensó mientras se fijaba en la tierra fresca sobre la zona en la que habían enterrado el ataúd de su padre.

Frases de la oración que había elegido para los recordatorios del funeral le volvieron a la mente. «Cuando la fiebre de la vida se extinga y nuestro trabajo esté hecho... concédenos Señor un alojamiento seguro, un santo descanso y paz al fin.»

Espero que descanses en paz, papá, pensó Mariah mientras reprimía las lágrimas. Pero tengo que decirte que nos has dejado un problema bastante horrible. Sé que esos detectives creen que mamá te hizo esto, y yo no sé qué creer. Lo que sí sé es que si detienen a mamá y la ingresan en un hospital psiquiátrico, eso acabará con ella, y entonces os habré perdido a los dos.

Empezó a alejarse pero se volvió.

—Te quiero —susurró—. Debería haber intentado ser más comprensiva con lo de Lily. Sé que fue muy duro para ti.

Durante el trayecto de quince minutos en coche empezó a prepararse para lo que le esperaba ese día. Mientras desayunaban, su madre se había levantado de repente y había anunciado: «Voy a buscar a tu padre». Delia salió tras ella para impedirle que fuera al piso de arriba, pero Mariah negó con la cabeza. Sabía que su madre opondría resistencia si intentaran detenerla.

«Jonathan... Jonathan...»

Mientras buscaba a su marido de habitación en habitación, lo llamaba alternando los gritos y los susurros. A continuación bajó de nuevo. «Se ha escondido», anunció con gesto de sorpresa. «Pero estaba arriba, hace solo unos minutos.»

Me alegro de que Alvirah y Willy vengan esta tarde, pensó Mariah. Mamá les tiene mucho cariño. Y siempre los reconoce de inmediato. Sin embargo, al torcer hacia la calle de sus padres, se inquietó al ver coches de la policía aparcados en la entrada de la casa. Convencida de que le había sucedido algo a su madre, aparcó el coche, corrió por el camino, abrió la puerta y entró en su casa, que estaba llena de voces.

Los detectives Benet y Rodriguez se encontraban en el salón. Tres de los cajones del antiguo mueble secreter estaban en el suelo mientras ellos registraban el cuarto cajón, que habían colocado sobre la mesa auxiliar. De arriba le llegó el ruido de pasos por el pasillo.

—¿Qué...? —empezó a decir.

Benet alzó la vista.

—El jefe está en el piso de arriba, si quiere hablar con él. Tenemos una orden de registro, señorita Lyons —dijo con decisión—. Aquí tiene una copia.

Mariah no prestó atención al documento.

—¿Dónde está mi madre? —preguntó.

—En el estudio de su padre, con la cuidadora.

Mariah sintió las piernas pesadas mientras corría por el pasillo. Un hombre que debía formar parte del equipo de investigación estaba sentado al escritorio de su padre, revolviendo los cajones. Como había temido, su madre se había encerrado en el armario empotrado, apoyada contra la pared del fondo, con Delia a su lado. Tenía la cabeza gacha, pero cuando Mariah la llamó, alzó la vista.

Llevaba un pañuelo de seda alrededor del rostro, de modo que solo se le veían los ojos azules y la frente.

—No deja que se lo quite —aclaró Delia en tono de disculpa.

Mariah entró en el armario. Sintió que los ojos del detective la seguían.

—Mamá... Kathleen, hace demasiado calor para llevar ese pañuelo —dijo con suavidad—. ¿Por qué te lo has puesto?

Se arrodilló y ayudó a su madre a levantarse.

—Vamos, quítatelo.

La mujer permitió que le desatara el pañuelo y la hiciera salir del armario. Fue entonces cuando Mariah se dio cuenta de que los detectives Benet y Rodriguez la habían seguido al estudio, y por la expresión cínica del rostro de Benet, estuvo segura de que seguía creyendo que su madre estaba fingiendo.

—¿Hay algún motivo por el que no pueda salir de casa con mi madre y con Delia mientras ustedes realizan el registro? —preguntó a Benet con sequedad—. Los domingos por la mañana siempre solemos ir a almorzar a Esty Street, en Park Ridge.

—Por supuesto, vayan. Solo una pregunta: ¿estos esbozos los ha hecho su madre? Los hemos encontrado en su dormitorio. —Sostenía un cuaderno de bocetos.

—Sí, es uno de los pocos placeres que le quedan. En el pasado fue una pintora aficionada muy entusiasta.

—Entiendo.

Cuando llegaron al restaurante y el camarero empezó a retirar el servicio del cuarto comensal, la anciana lo detuvo.

—Mi marido también viene. No se lleve el plato.

El camarero miró a Mariah, seguro de que había reservado una mesa para tres.

—Déjelo, por favor —le pidió.

Durante la hora siguiente intentó consolarse con el hecho de que su madre se había comido uno de los huevos escalfados que había pedido, y que incluso había recordado que le encantaba tomar un Bloody Mary con el almuerzo de los domingos. Mariah le pidió uno, y mirando al camarero para que le leyera los labios, agregó: «Sin vodka».

El camarero, un hombre de unos sesenta años, asintió.

—Mi madre sigue igual —dijo en voz baja.

Mariah alargó deliberadamente la sobremesa mientras tomaban café, con la vana esperanza de que los detectives se hubieran marchado cuando regresaran a casa, después de que hubiese pasado ya una hora y media. Los coches patrulla de la entrada le hicieron ver que seguían allí, aunque al entrar en la casa se dio cuenta de que estaban a punto de marcharse. El detective Benet le entregó una lista de los objetos que se llevaban. Mariah le echó un vistazo. Papeles del escritorio de su padre. Una caja de documentos que contenía los pergaminos. Y el cuaderno de dibujo de su madre.

Mariah miró a Benet.

—¿Es necesario que se lo lleven? —preguntó, señalando el cuaderno—. Si lo busca, se disgustará mucho al no encontrarlo.

—Lo siento, señorita Lyons. Tenemos que hacerlo.

—Les advierto que entre los pergaminos puede haber algo de valor incalculable.

—Estamos al corriente de la carta de Cristo a José de Arimatea. Le aseguro que buscaremos a un experto para que los analice con gran cuidado.

A continuación, se marcharon.

—Vamos a dar un paseo, Kathleen —sugirió Delia—. Hace un día precioso.

Kathleen negó con la cabeza con obstinación.

—Bueno, pues entonces vayamos un rato al patio —propuso Delia.

—Mamá, ¿por qué no te sientas un rato fuera? Alvirah y Willy vendrán esta tarde y tengo que prepararlo todo para su visita.

—¿Alvirah y Willy? —Kathleen sonrió—. Iré a sentarme fuera a esperarlos.

Una vez a solas, Mariah empezó a ordenar el salón, donde los detectives no habían cerrado del todo los cajones del secreter y habían apartado el jarrón y las velas de la mesa auxiliar. Las sillas del comedor que habían arrastrado hasta el salón seguían allí. A continuación se dirigió al estudio de su padre. En el amplio escritorio antiguo del que se sentía tan orgulloso estaba desparramado el contenido de los cajones. Supongo que lo que han dejado no son pruebas, pensó furiosa. Tenía la impresión de que habían eliminado la esencia de su padre de la habitación. El intenso sol de la tarde revelaba las zonas desgastadas de la alfombra. Los libros, que su padre había mantenido siempre en orden meticuloso, estaban apilados al azar por los estantes. Las fotografías de su padre y su madre, y de ella con ellos, estaban boca abajo, como si hubieran supuesto una molestia para los ojos indiscretos del detective que había visto allí.

Ordenó el estudio y a continuación se dirigió al piso de arriba, donde era evidente que habían registrado todas las habitaciones. Eran las cinco cuando la casa quedó finalmente arreglada, y cuando por la ventana de su dormitorio vio el Buick de Willy y Alvirah aparcando en la entrada.

Mariah llegó a tiempo para abrirles la puerta antes de que subieran los escalones.

—Me alegro tanto de veros —dijo con entusiasmo, rodeada por el reconfortante abrazo de Alvirah.

—Siento mucho que justo esta semana estuviéramos fuera, Mariah —comentó Alvirah—. Me consumían los nervios de estar en medio del océano sin forma de venir a verte.

—Bueno, ahora estáis aquí y eso es lo que cuenta —respondió Mariah mientras entraban en la casa—. Mamá y Delia están en el patio. Las he oído hablar hace un momento, así que mi madre está despierta. Se ha quedado dormida en el sofá de fuera, lo que es bueno porque no ha dormido mucho desde que mi padre fue... —Mariah se interrumpió; sus labios eran incapaces de formar la palabra que había pensado decir: «Asesinado».

Willy se apresuró a llenar el silencio.

—Nadie consigue dormir bien cuando muere alguien de la familia —dijo con efusividad. Avanzó con rapidez y abrió la puerta corredera de cristal que daba al patio.

—Hola, Kathleen. Hola, Delia. ¿Tomando el sol, chicas?

La risa franca de Kathleen era garantía de que Willy entretendría a su madre durante al menos unos minutos.

—Alvirah, antes de que salgamos tengo que decirte algo. La policía ha estado aquí esta mañana con una orden de registro. Creo que han revuelto hasta el último papel de la casa. Se han llevado los pergaminos que mi padre estaba traduciendo. Les he advertido que uno de ellos podía tener un valor incalculable, ya que puede que sea una carta que Cristo escribió a José de Arimatea. Mi padre creyó descubrirla entre los otros pergaminos, y estaba seguro de que era auténtica.

Alvirah abrió los ojos como platos.

—Mariah, ¿hablas en serio?

—Sí. El padre Aiden me lo contó el viernes, en el funeral. Mi padre fue a verlo el miércoles antes de morir.

—¿Conocía Lillian Stewart la existencia de ese pergamino? —preguntó Alvirah.

—No lo sé. Supongo que le hablaría de él. Es posible que lo tenga ella.

Alvirah se frotó el hombro con la mano y puso en marcha

el micrófono oculto. No puedo pasar por alto ni malinterpretar una sola palabra, pensó. Su cabeza ya era un torbellino.

Jonathan vio al padre Aiden el miércoles por la tarde. Supongamos que Jonathan le dijo que había decidido terminar su relación con Lillian. Lillian quedó con Jonathan el miércoles por la noche. ¿Fue directamente a verla? Y, de ser así, ¿qué le dijo? Según Lily, no volvieron a verse ni hablaron durante los cinco días posteriores.

¿Me mintió?, se preguntó Alvirah. Como comenté ayer con Willy, alguien debe de tener acceso a los registros de las llamadas telefónicas de Jonathan a Lillian y de ella a él entre el miércoles y el lunes por la noche. Si no se produjo ninguna, algo me dice que Jonathan le propuso que dejaran de verse...

Era demasiado pronto para informar de ello a Mariah. En lugar de eso, Alvirah propuso:

—Mariah, preparemos té y mientras tanto me pones al corriente de todo.

—«Todo» es que sé que los detectives creen que mi madre asesinó a mi padre. «Todo» es que no me extrañaría que la detuvieran —respondió Mariah tratando de mantener la voz firme.

Mientras hablaba, llamaron al timbre.

—Dios quiera que no sean esos detectives de nuevo —murmuró mientras se dirigía a la puerta.

Era Lloyd Scott. No se anduvo con rodeos.

—Mariah, acabo de recibir una llamada del detective Benet. Ahora mismo están cursando la orden de detención de tu madre. Me ha permitido que la lleve a la oficina del fiscal en Hackensack, para que se entregue libremente, pero tenemos que ir ahora mismo. Allí le tomarán las huellas y las fotografías, y después la meterán en una celda. Lo siento mucho.

—Pero no pueden encerrarla ahora —objetó Mariah—. Por Dios, Lloyd, ¿es que no se dan cuenta de cómo está?

—Supongo que, además de fijar la fianza, el juez ordenará

un examen psiquiátrico antes de dejarla salir, para establecer las condiciones adecuadas de su fianza. Eso significa que esta noche o mañana ingresará en un hospital psiquiátrico. No volverá a casa, al menos durante un tiempo.

En el otro extremo de la casa, Willy, Kathleen y Delia entraban en el salón desde el patio.

—Tanto ruido... tanta sangre —dijo Kathleen a Willy, esta vez con voz cantarina y alegre.

23

Su refugio secreto se encontraba en un almacén de aspecto abandonado en el extremo este de la parte baja de Manhattan. Las ventanas elevadas del edificio estaban cubiertas con tablones. La puerta metálica de la parte delantera estaba cerrada con candado. Para entrar y salir, tenía que conducir hasta la parte de atrás y pasar por una vieja zona de carga y descarga hasta llegar a una puerta doble de metal oxidado que se abría a un garaje, y que a cualquiera le daría la impresión de que estaba combada e inservible. Sin embargo, cuando abría esa puerta con un control remoto que llevaba en el coche, podía acceder directamente a una enorme nave de aspecto tenebroso.

Había bajado del coche y estaba allí de pie, en medio de ese extenso espacio vacío y cubierto de polvo. Si, por algún terrible contratiempo, alguien lograra entrar en el almacén, no encontraría nada.

Avanzó hasta la pared del fondo y el sonido de sus zapatos resonó en el silencio. Se agachó, abrió la mugrienta tapa de una toma de corriente y pulsó un botón oculto. Un montacargas descendió lentamente desde el techo. Al llegar al suelo, entró en él y a continuación presionó otro botón. Mientras el montacargas se elevaba con lentitud, cerró los ojos durante unos segundos y se preparó para volver al pasado.

Cuando se detuvo, respiró hondo, consciente de lo que le esperaba, y cruzó la puerta. Encendió la luz y se reunió de nuevo con sus tesoros, las antigüedades que había robado o comprado de manera clandestina.

La sala sin ventanas era tan amplia como la del piso inferior. Sin embargo, esa era la única similitud que guardaba con ella. En el centro del espacio había una alfombra maravillosa de figuras y diseños luminosos. Un sofá, sillas, lámparas y mesitas auxiliares formaban un reducido salón en mitad de un museo lleno de tesoros. Estatuas, cuadros, tapices y vitrinas llenas de piezas de cerámica, joyas y cubiertos ocupaban hasta el último centímetro de la sala.

De inmediato, empezó a sentir la calma que le producía envolverse de pasado. Se moría de ganas de quedarse un rato, pero no era posible. Ni siquiera podía visitar los dos pisos superiores.

Sin embargo, se permitió sentarse en el sofá durante unos minutos. Su mirada se dirigió de un objeto a otro de su colección, recreándose en la extraordinaria belleza que lo rodeaba.

No obstante, nada de eso importaba si no podía hacerse con el pergamino de José de Arimatea. Jonathan se lo había enseñado. Supo al instante que era auténtico. No había posibilidad de que fuera una falsificación. Una carta escrita hacía dos mil años por Cristo. En comparación, la Carta Magna, la Constitución y la Declaración de Independencia carecían de valor. Nada, nada podía ser ni sería jamás más valioso. Tenía que conseguirla.

Le llamaron al móvil. Era de prepago, por lo que no podían localizarlo a través de él. Solo daba el número a una persona, después se libraba de él y compraba uno nuevo cuando lo necesitaba.

—¿Por qué me llamas? —preguntó.

—Acabo de ver en las noticias que han detenido a Kathleen

y la han acusado del asesinato de Jonathan. ¿No te hace ilusión?

—Es totalmente innecesario que te pongas en contacto conmigo para contarme algo que habría descubierto dentro de nada. —Habló con frialdad, pero también reconoció en su tono de voz una nota de inquietud. No podía confiar en ella. Y, aún peor, era evidente que la mujer se creía con un creciente poder sobre él.

Puso fin a la llamada. A continuación, durante unos largos minutos que no podía permitirse, consideró cuál sería la mejor manera de hacer frente a la situación.

Cuando lo hubo pensado, volvió a llamarla y le pidió reunirse de nuevo con ella.

Pronto.

24

El domingo por la noche, Lillian Stewart reflexionó aliviada sobre su decisión de no admitir a la policía que Jonathan le había dado el pergamino para que lo guardara. Ya se habían puesto en contacto con ella dos miembros del grupo que solía asistir a las cenas. Ambos le habían dicho sin rodeos que, con la mayor discreción, podían encontrarle un comprador... que pagaría por él una gran suma de dinero.

Su primera intención había sido comunicar a la policía que estaba en posesión del pergamino. Sabía que si se trataba en realidad de lo que Jonathan creía, debía devolverlo a la Biblioteca Vaticana. Sin embargo, después pensó en los cinco años que había dedicado a Jonathan, de los que solo le quedaba un profundo dolor. Tengo derecho a quedarme con lo que me den por él, pensó con amargura. Cuando lo venda, quiero el dinero en efectivo, decidió. Nada de transferencias bancarias. Si en mi cuenta aparecen de repente dos millones de dólares, el banco tendrá que notificarlo al gobierno. Guardaré el dinero en mi caja de seguridad y lo iré sacando poco a poco, así, si me investigan, no encontrarán nada que les llame la atención.

¿Cómo sería tener dos millones de dólares a mi disposición? Preferiría tener a Jonathan, pensó con tristeza, pero como no puede ser, haré las cosas a mi modo.

Lillian consultó el reloj. Eran las seis menos cinco. Se dirigió a la cocina, se sirvió una copa de vino y se la llevó a la sala. Se acurrucó en el sofá y encendió el televisor. Las noticias de las seis empezarían dentro de un par de minutos.

Si mamá estuviera viva, sé lo que opinaría de este asunto, se dijo. Mamá era lista. Papá era un fracasado. Tenía un nombre impresionante: Prescott Stewart. Supongo que, poniéndole un nombre así, la abuela creyó que llegaría a ser algo en la vida.

El padre de Lillian tenía veintiún años y su madre acababa de cumplir los dieciocho cuando se fugaron juntos. Su madre estaba desesperada por marcharse de su casa, pues su padre era un bebedor empedernido que maltrataba física y psicológicamente tanto a ella como a su madre.

Mamá huyó del fuego para caer en las brasas, pensó Lillian. Papá era un jugador compulsivo y jamás tuvieron un céntimo en el bolsillo, pero mamá siguió a su lado hasta que cumplí los dieciocho porque temía que pudiera luchar por mi custodia. Sé que si estuviera aquí me diría con firmeza que el pergamino debería volver a la Biblioteca Vaticana. El simple hecho de que considere quedármelo la habría enfurecido. Supongo que me parezco más a mi padre de lo que suponía.

No deja de ser curioso, pensó. La razón principal por la que Jonathan no estaba dispuesto a divorciarse de Kathleen era que, si lo hacía, sabía que Mariah no volvería a dirigirle la palabra. Mamá no volvería a hablarme si supiera lo que estoy haciendo, pero, por desgracia, no tengo que preocuparme por su reacción. La sigo echando muchísimo de menos.

El dolor de la tarde en que Jonathan la telefoneó para decirle que tenía que hablar con ella volvió a invadirla.

«Lily, me cuesta mucho decirte esto, pero tengo que dejar de verte.»

Sus palabras sonaron como si hubiera estado llorando, pero utilizó un tono resuelto, pensó Lillian furiosa. Me quería tanto que me dejó, y después recibió un disparo pese a sus nobles intenciones de arreglar su relación con Mariah y dedicarse al cuidado de Kathleen.

Su mujer y él habían pasado cuarenta años felices juntos antes de que Kathleen enfermara. ¿Acaso no era suficiente para ella? En los últimos años, durante la mayor parte del tiempo, ni siquiera sabía quién era. ¿Por qué seguía Jonathan a su lado? ¿Es que no podía entender que a mí también me debía algo? Además, al final las cosas se habrían arreglado con Mariah, pues sabía lo mal que estaba su madre y por lo que estaba atravesando su padre. Debía ser honesta y darse cuenta de que ella no tenía por qué soportar el problema todos los minutos del día, como hacía su padre.

Las noticias de las seis estaban empezando. Lillian levantó la vista y descubrió que la noticia principal trataba la muerte de Jonathan. Los alrededores del juzgado estaban llenos de medios de comunicación. El reportero de la CBS desplazado al lugar dijo: «Me encuentro en las escaleras del juzgado del condado de Bergen, en Hackensack, New Jersey. Como se puede apreciar en las imágenes, tomadas hace tan solo una hora, Kathleen Lyons, de setenta años, acompañada por el destacado abogado defensor Lloyd Scott, y por su hija, Mariah Lyons, ha entrado al juzgado y se ha dirigido al segundo piso, donde se ha entregado en la oficina del fiscal del condado de Bergen. Después de casi una semana de investigación, ha sido acusada del asesinato de su marido, Jonathan Lyons, profesor jubilado de la Universidad de Nueva York, que fue hallado muerto en su casa de Mahwah la semana pasada. Hemos sabido que Kathleen Lyons, quien según algunas fuentes padece la enfermedad de alzheimer, fue encontrada acurrucada en el interior de un armario empotrado, con el arma del crimen entre las manos».

Las imágenes mostraban a Kathleen entrando lentamente en el juzgado, entre su abogado y su hija, cada uno sujetándola de un brazo. Por una vez, Rory, la cuidadora, no aparece en escena, pensó Lillian. Nunca me cayó bien. Cuando me miraba, siempre tenía esa expresión de «conozco tu secreto». Sin duda, ella es la culpable de todos los problemas. Jonathan me contó que había escondido las fotografías de nosotros dos en un libro falso de su estudio. ¿Cómo encontró Kathleen ese libro, con todos los que había en la biblioteca? Imagino lo que sucedió. La buena de Rory debió entrar a fisgar y cuando encontró las fotos se las enseñó a Kathleen. Es una lianta nata.

Cuando el reportaje terminó, el reportero comentó con entusiasmo que Lloyd Scott y Mariah Lyons estaban saliendo en ese momento de los juzgados. Mariah parece desconsolada, pensó Lillian. Bueno, pues ya somos dos. Mientras le apuntaban con los micrófonos a la cara, Lloyd Scott la apartaba con gesto protector. «Solo tengo unas palabras que decir —anunció lacónicamente—: Kathleen Lyons comparecerá en los tribunales mañana a las nueve, ante el juez Kenneth Brown. Se declarará inocente de los cargos que se le imputan. Será entonces cuando el juez fije la fianza.» A continuación, rodeando a Mariah con un brazo, bajó las escaleras a toda prisa en dirección al coche que los esperaba.

Cuánto me gustaría estar en ese coche, pensó Lillian. ¿Qué hará Mariah ahora? ¿Llorar? ¿Gritar? Se sentirá como me sentí yo cuando Jonathan decidió que era prescindible en su vida. Me sentí como una mendiga que suplicara, llorando y gritando: «¿Y ya está? Y yo, ¿qué? Y yo, ¿qué?».

Pensó en el pergamino. Estaba guardado en su caja fuerte del banco, a tan solo dos manzanas de distancia. Había gente que lo codiciaba desesperadamente.

¿Cuánto pagarían por él si organizara una especie de subasta secreta?

Cuando Jonathan se lo enseñó tres semanas atrás, Lillian observó el respeto y la reverencia en el rostro del hombre.

A continuación le preguntó si tenía una caja fuerte donde pudiera guardarlo hasta que realizara los trámites necesarios para devolverlo al Vaticano.

«Lily, es la carta más sencilla del mundo. Cristo sabía lo que iba a suceder. Sabía que José de Arimatea reclamaría su cuerpo después de la Crucifixión. Le da las gracias por la bondad que le demostró a lo largo de toda su vida.

»Por supuesto, el Vaticano querrá que sus propios especialistas autentiquen el pergamino. Me gustaría reunirme con ellos, entregársela personalmente y exponer mis razones por las que considero que es el documento que creo que es.»

La última vez que nos vimos, Jonathan quería que nos encontráramos en el banco a la mañana siguiente para que recuperara el pergamino y se lo devolviera. Le di largas, pensó Lillian. Estaba desesperada y lo único que quería es que se diera cuenta de lo mucho que me echaría de menos. Le dije que se lo daría a la semana siguiente si seguía pensando lo mismo. Y entonces lo asesinaron.

Empezó un anuncio. Lillian apagó el televisor y miró el teléfono de prepago que Jonathan le había comprado. Estaba en la mesita de centro. Cuando se agotaban los minutos, volvía a recargarlo, pensó. Con él lo llamaba a su propio teléfono de prepago. Todo para demostrar que yo no existía.

Y ahora tengo tres, se dijo con humor sombrío.

El tercer teléfono de prepago se lo había dado uno de los hombres interesados en el pergamino. «No conviene dejar ningún rastro —le advirtió—. La poli buscará ese pergamino. Debes tener en cuenta que sospechan que lo tienes o que sabes dónde está. Si descubren demasiadas llamadas entre tú y yo, les llamará la atención.»

Cada vez que lo tocaba, lo notaba frío en las manos.

25

El profesor Richard Callahan solía cenar los domingos por la noche con sus padres en el apartamento de Park Avenue donde había crecido. Ambos eran cardiólogos, compartían consulta, y sus nombres aparecían con frecuencia en las listas de los mejores médicos del país.

Ambos tenían sesenta años, pero físicamente no podían ser más distintos.

Su madre, Jessica, era menuda y delgada, con una melena rubia hasta el mentón, que acostumbraba a sujetarse con las gafas que normalmente llevaba apoyadas en la cabeza.

Su padre, Sean, tenía una abundante mata de pelo rizado y entrecano, una barba cuidada y una constitución musculosa fruto de sus días como defensa estrella del equipo de fútbol Notre Dame, y de su entrenamiento diario.

Richard no se dio cuenta de lo callado que había estado hasta que su padre y él terminaron de ver el partido de los Mets contra los Phillies. Cuando su madre entró en la cocina para echar un vistazo a la cena, su padre se levantó, sirvió dos copas de jerez, bajó el volumen del televisor y dijo sin rodeos:

—Richard, es evidente que algo te preocupa. El partido ha sido emocionante hasta el último minuto. Aun así, te has quedado ahí sentado como un muermo. Dime, ¿qué te pasa?

Richard intentó sonreír.

—No, papá, no es que esté preocupado. He estado pensando mucho en el fondo fiduciario que el abuelo me abrió cuando nací. Desde hace cuatro años, cuando cumplí los treinta, tengo libertad para disponer del dinero como quiera.

—Así es, Richard. Es una lástima que no llegaras a conocer a tu abuelo. Eras un bebé cuando murió. Era uno de esos tipos que empezaron de la nada, pero con instinto para los negocios. Las acciones de nuevas compañías que compró por veinticinco mil dólares cuando tú naciste, ahora valen... ¿cuánto?, ¿unos dos millones y pico?

—2.350.022,85 dólares, según el último extracto.

—Ahí está. Nada mal para un inmigrante irlandés que llegó a este país con cinco libras en el bolsillo.

—Debió de ser todo un tipo. Siempre he lamentado no haberlo conocido.

—Richard, tengo la impresión de que estás pensando hacer algo con ese dinero.

—Es posible. Ya veré. Prefiero no hablar de ello todavía, pero te aseguro de que no es nada por lo que mamá o tú tengáis que preocuparos. —Richard echó un vistazo al televisor y se levantó de un salto cuando vio el anuncio del noticiario de las diez. «Kathleen Lyons ha sido detenida por el asesinato de su marido», decía el presentador. Una instantánea de Kathleen junto a Mariah y Lloyd Scott apareció en pantalla.

Richard estaba tan concentrado en el televisor que no advirtió que su padre, sumamente preocupado por la conversación, lo observaba con interés, intentando descubrir qué estaba sucediendo.

26

El domingo por la noche, Alvirah y Willy esperaron en casa de Mariah a que ella volviera del juzgado con Lloyd Scott. Betty les había dejado en la mesa un surtido de sándwiches y fruta antes de que Delia y ella se marcharan esa noche. Alvirah comentó:

—Sé que Mariah no tendrá mucho apetito, pero tal vez coma algo cuando llegue a casa.

Era evidente que cuando Mariah llegó, agradeció que la estuvieran esperando. Lloyd Scott entró con ella en el salón. Alvirah y Willy no lo conocían, pero lo habían visto en las noticias y ambos supieron de inmediato que era el hombre indicado para defender a Kathleen y proteger a Mariah.

Lloyd no tenía previsto quedarse, pero Alvirah le dijo que quería hablar con él sobre su encuentro con Lillian.

—Estaba a punto de contárselo a Mariah antes, pero entonces entró usted con la noticia de que Kathleen tenía que entregarse —aclaró. A continuación, añadió—: Pero hablemos mientras tomamos un bocado.

Se sentaron a la mesa del comedor. Mariah, que se sentía como si la hubiera arrastrado un tsunami, cayó en la cuenta de que apenas había almorzado y de que tenía hambre. Incluso consiguió sonreír cuando Willy le colocó delante una copa de vino tinto.

—Después de lo que has pasado la última semana, la necesitas —dijo decidido.

—Gracias, Willy. Y gracias a los dos por esperarme, y por todo esto —dijo mientras señalaba la comida en la mesa.

Lloyd Scott cogió un sándwich y aceptó la copa de vino que Willy le servía.

—Señora Meehan —empezó a decir.

—Por favor, puede tutearnos. Somos Alvirah y Willy —lo interrumpió Alvirah.

—Entonces yo soy Lloyd. Como sabréis, soy el vecino de Kathleen y Mariah. Conocía muy bien a Jonathan. Era un buen hombre. Por él, y por el bien de Kathleen y de Mariah, haré todo lo que esté en mis manos para ayudar a Kathleen. Sé que es lo que él querría.

Alvirah vaciló un instante y después respondió:

—Voy a decirlo claramente. Todos sabemos que es posible que Kathleen disparara a Jonathan. Sin embargo, no habría sido difícil tenderle una trampa para convertirla en cabeza de turco. No puede defenderse. Así que mirémoslo desde otro ángulo. Ayer almorcé con Lillian Stewart.

—¿Ah, sí? —preguntó Mariah, asombrada.

—Sí. Me telefoneó. Estaba muy afectada. Recuerda, Mariah, que la conocí en aquel crucero en el que viajaba con tu padre. Después de eso, la vi solo una vez, cuando tu padre nos invitó a su charla en la calle Noventa y dos Y. Cenamos juntos, pero entonces ya te conocía y su presencia me incomodó un poco. Esa fue la última vez que supe de ella hasta que ayer me sorprendió con su llamada. Me dijo que quería comentarme algo, de modo que acepté.

—¿Qué te dijo? —preguntó Lloyd Scott.

—Ahí voy. Nada. Cuando me llamó parecía que tuviera muchas ganas de hablar, pero al cabo de unas horas, cuando nos vimos en el restaurante, era evidente que había cambiado de opinión al respecto. Básicamente, me dijo lo mucho que echaba de menos a Jonathan y que hacía mucho tiempo que debería haber ingresado a tu madre en una residencia. —Alvirah se reclinó en la silla—. Sin embargo, sin saberlo, puede que me facilitara una información muy importante.

—¿Qué, Alvirah, de qué se trata? —Lloyd Scott y Mariah preguntaron al tiempo.

—Le pregunté cuándo había hablado con Jonathan por última vez y me respondió que la noche del miércoles anterior al lunes en que lo asesinaron.

—¡Es imposible! —exclamó Mariah—. Sé que mi padre iba a verla todos los fines de semana. Delia, que, como sabes, está en casa los fines de semana cuando Rory libra, me lo ha dicho. Pasaba parte del sábado con mamá y después se marchaba. A menudo no volvía hasta el domingo por la tarde, a menos que supiera que yo iría por la mañana.

—Piénsalo con calma—dijo Alvirah, permitiéndose cierto grado de entusiasmo—. ¿Y si es cierto que no se hablaron durante esos últimos cinco días? ¿Y si pasó algo entre ellos? Mariah, no hemos tenido tiempo de comentarlo, pero he leído en el periódico que es posible que tu padre hubiera descubierto un valioso pergamino, y que nadie sabe dónde está. Me pregunto: ¿es posible que se lo diera a Lillian, y que terminaran peleándose por eso? ¿Y después tu padre aparece asesinado? Y Kathleen se convierte en la segunda víctima de... ¿quizá una trampa?

—Que mi padre no hablara con Lillian durante cinco días es muy significativo —respondió Mariah en voz baja—. El padre Aiden me dijo en el funeral que mi padre había ido a verlo el miércoles por la tarde y le había dicho que estaba seguro de que el pergamino era auténtico, pero también muy preocupado porque uno de los expertos a los que se lo había enseñado parecía interesado solamente por su valor económico. De lo que deduzco que esa persona pretendía venderlo en el mercado negro. Mi padre estaba decidido a devolverlo a la Biblioteca Vaticana.

—¿Sabes si tu padre se confesó ese día con el padre Aiden? —preguntó Alvirah.

—El padre Aiden no me lo dijo, pero sé que si lo hubiera hecho tampoco me lo habría comentado, porque es confidencial.

—No soy católico —dijo Lloyd Scott—, pero si tu padre fue a confesarse, ¿no sería para pedir perdón por algo que creía haber hecho mal?

—Sí —respondió Alvirah con seguridad—. Y vayamos un paso más allá. Si Jonathan quería confesarse, es probable que hubiera tomado la decisión de dejar a Lillian. Supongamos que fue eso lo que sucedió, y supongamos que le dijo que su relación había terminado ese miércoles por la noche, que es, precisamente, la última vez que habló con él.

—Esta mañana la policía se ha llevado cajas repletas de documentos de su estudio —comentó Mariah—. Algunos de ellos eran los pergaminos que estaba traduciendo, pero no creo que guardara allí algo de tanto valor. En realidad, no creo que tuviera la carta en casa, pues sabía que a veces mi madre se dedicaba a fisgar en su estudio. Lo supimos con certeza el día que encontró las fotografías de Lillian y él juntos.

—Me parece lógico que decidiera confiarle a ella el cuidado del pergamino —dijo Lloyd—. Todos sabemos que mantenían una relación íntima. Puede que lo guardara en su apartamento o en cualquier otro lugar seguro. Se me ocurre que tal vez Jonathan quisiera recuperar el pergamino ese miércoles por la noche, a no ser, claro, que Lillian lo tuviera en otro lugar y que no pudiera devolvérselo inmediatamente. En ese caso, habrían vuelto a ponerse en contacto durante los días siguientes. Así que quizá sí se lo devolviera antes de su muerte y es posible que estuviera en su estudio la noche del asesinato.

—Vuelvo a decir que cuando Lillian me llamó era evidente que intentaba tomar una decisión acerca de algo —respondió Alvirah con seguridad—. Lo que fuera que se guardó tiene que ver con ese pergamino y tal vez también con la muerte de Jonathan.

—Deberíamos conseguir los registros de llamadas del teléfono fijo y los móviles de Jonathan de inmediato —intervino Lloyd—. Si utilizó alguno de esos teléfonos para llamarla, entonces sabremos si Lillian dice la verdad cuando asegura que no tuvo contacto con él durante esos últimos días.

—Dudo que mi padre lo hiciera —respondió Mariah—. Una vez lo descubrí utilizando un móvil que sabía que no era el que usaba habitualmente. Me da la impresión de que no encontraremos ninguna llamada a Lillian en las facturas de teléfono que le llegaban a casa. Sinceramente, creo que temía que yo pudiera descubrirlas.

—He visto muchas situaciones parecidas —comentó Alvirah—. Cuando la gente quiere mantener sus conversaciones en secreto, se compra uno de esos móviles de prepago y los recarga según sus necesidades.

—En mi opinión —dijo Lloyd Scott con lentitud—, es muy posible que la última visita de Jonathan a Lillian tuviera como objetivo romper su relación. En ese caso, y si ella tenía el pergamino, tal vez se lo devolviera, de modo que es de esperar que la oficina del fiscal lo encuentre en una de esas cajas. No podemos perder de vista que solo contamos con su palabra para creer que Jonathan no habló con ella durante esos días. También es muy posible que, enfadada, Lillian se negara a devolverle el pergamino y que las veces siguientes que Jonathan hablara con ella para intentar recuperarlo lo hiciera a través de ese otro teléfono.

Muy atenta, Mariah sintió como si le quitaran un enorme peso de encima.

—Hasta ahora, por mucho que me costara aceptarlo, en lo más hondo de mi corazón estaba convencida de que mi madre había matado a mi padre en un arrebato de locura

—dijo con voz queda—. Pero ahora ya no lo creo así. Creo que hay otra explicación, y que tenemos que descubrirla.

Lloyd Scott se levantó de la silla.

—Mariah, necesito asimilar estos datos y decidir qué información desvelamos al fiscal en estos momentos. Pasaré a recogerte a las siete y media mañana. Así tendremos tiempo de sobra para llegar a los juzgados antes de las nueve. Buenas noches a todos.

27

El domingo por la noche, cuando por fin se acostó, a Mariah se le ocurrió que no había telefoneado a Rory para decirle que no era necesario que fuera a trabajar al día siguiente. Era demasiado tarde para llamarla por teléfono, y se dijo que sin duda la mujer habría visto las noticias de la noche. En realidad, le sorprendía que Rory no la hubiera llamado para decirle lo mucho que lamentaba los últimos hechos.

A las siete de la mañana del día siguiente, Mariah, ya vestida, estaba desayunando en la cocina cuando, para su sorpresa, oyó que se abría la puerta principal, tras lo cual le llegó el saludo de Rory.

—Mariah, siento mucho lo ocurrido. Tu pobre madre jamás habría hecho daño a nadie si hubiera estado en sus plenas facultades mentales.

¿Por qué su tono de lástima suena tan falso?, se preguntó Mariah.

—Mi pobre madre no hizo daño a nadie, Rory, aunque no esté en sus plenas facultades mentales.

Rory pareció aturullada. Llevaba su pelo canoso recogido en un moño, del que algunos mechones le habían quedado sueltos. Los ojos, aumentados tras las gafas de montura gruesa, se le humedecieron.

—Oh, Mariah, cariño, lo último que quiero es ofenderos,

a ti o a tu madre. Creí que todo el mundo daba por hecho que su demencia había originado la tragedia. Oí en las noticias que estaba en una celda y que tiene que presentarse ante el juez esta mañana. Espero que la dejen en libertad bajo fianza. Quería estar aquí para cuidar de ella.

—Eres muy considerada —respondió Mariah—. Si, por casualidad, el juez deja que mamá vuelva hoy a casa, necesitaré tu ayuda. La semana pasada no aparecí por la oficina y tengo algunos asuntos que atender.

A las siete y media en punto, Lloyd Scott llamó al timbre.

—Espero que consiguieras conciliar el sueño anoche, aunque sospecho que no debes de haber dormido demasiado.

—No mucho, la verdad. Estaba agotada, pero no dejo de darle vueltas a cómo demostrar que han tendido una trampa a mi madre.

—Mariah, ¿me dejas acompañarte a los juzgados, por si sueltan hoy mismo a tu madre? —preguntó Rory.

Scott respondió por Mariah.

—No es necesario, Rory. Seguramente el juez ordenará una evaluación psiquiátrica antes de fijar la fianza. Y eso llevará dos o tres días.

—Rory, vete a casa. Por supuesto, te pagaré estos días, hasta que dejen a mi madre en libertad. Después te llamaré para contarte cómo va todo.

—Pero... —Rory empezó a oponerse pero enseguida añadió a regañadientes—: De acuerdo, Mariah, espero que vuelvas a necesitarme muy pronto.

Cuando llegaron al juzgado de Hackensack, Lloyd acompañó a Mariah al cuarto piso, a la sala del juez Kenneth Brown. Esperaron en silencio sentados en un banco del pasillo hasta que se abrieron las puertas. Eran solo las ocho y cuarto y sabían que durante la media hora siguiente los medios de comunicación tomarían el lugar.

—Mariah, llevarán a tu madre a la celda adyacente a la sala

unos minutos antes de que aparezca el juez —dijo Lloyd—. Iré a hablar con ella cuando llegue. El agente judicial vendrá a avisarme. Cuando me vaya, tú espera en la primera fila. Y, Mariah, recuerda que es importante que no digas nada a los medios, por muchas ganas que tengas.

Mariah tenía la boca seca. Había sentido la tentación de ponerse la chaqueta blanca y negra que había llevado en el funeral, pero finalmente se decidió por un traje pantalón de hilo de un tono azul claro. Se envolvió las manos con la cinta del bolso azul marino que sostenía en el regazo.

Entonces la asaltó una idea extraña. Este es el traje que llevaba hace dos semanas, cuando quedé con papá para cenar en Nueva York. Me dijo que siempre había pensado que el azul era el color que me sentaba mejor.

—No te preocupes, Lloyd. No les diré nada —respondió al fin.

—De acuerdo. Ya han abierto las puertas. Vamos.

Durante la media hora siguiente, la sala empezó a llenarse de cámaras y reporteros. A las nueve menos diez, el agente judicial se acercó a Lloyd y le dijo:

—Señor Scott, su cliente está en la celda.

Scott asintió con la cabeza y se levantó.

—Mariah, cuando vuelva, estarán a punto de hacer entrar a tu madre. —Le dio una palmadita en el hombro—. Estará bien.

Mariah asintió y mantuvo la vista clavada al frente, consciente de que la estaban fotografiando. Observó al fiscal que, con una carpeta debajo del brazo, ocupaba su lugar en la mesa junto a la tribuna del jurado. Ahora que estaba allí, se sintió aterrada por lo que pudiera acabar pasando. ¿Y si, por alguna razón incoherente, deciden juzgar a mamá y el jurado la declara culpable?, se preguntó. No podría soportarlo. No podría.

Lloyd salió por una puerta lateral y se dirigió a su mesa.

Fue entonces cuando el funcionario judicial anunció: «¡Todos de pie!», y el juez entró en la sala. El juez se volvió hacia el funcionario y le pidió que hiciera pasar a la acusada.

La acusada, pensó Mariah. Kathleen Lyons, la acusada cuyo único «delito» ha sido perder la razón.

La puerta por la que había entrado Lloyd se abrió de nuevo y aparecieron dos agentes judiciales, uno a cada lado de Kathleen, y la acompañaron junto a Lloyd. Kathleen llevaba el pelo alborotado. Vestía un mono de color naranja con las letras negras BCJ, las iniciales de Bergen County Jail, en la espalda. La mujer miró alrededor y vio a Mariah. Su rostro se deshizo en llanto. Mariah se horrorizó al descubrir que iba esposada. Lloyd no se lo había advertido.

El juez empezó a hablar.

—En el caso del Estado contra Kathleen Lyons, orden de arresto 2011/000/0233, por favor, hagan sus presentaciones.

—Señoría, en defensa del Estado comparece el ayudante del fiscal Peter Jones.

—Señoría, en defensa de Kathleen Lyons comparece Lloyd Scott. Hago constar que mi clienta, la señora Lyons, está presente en la sala.

—Señora Lyons —dijo el juez—, esta es su primera comparecencia en el juzgado. El fiscal leerá la acusación en su contra y a continuación su abogado nos dirá cómo se declara. Después determinaré la cantidad y las condiciones de la fianza.

Era evidente que Kathleen sabía que hablaba con ella. Lo miró, pero enseguida volvió la vista hacia Mariah.

—Quiero ir a casa —gimió—. Quiero ir a casa.

Abatida, Mariah escuchó al fiscal mientras leía en voz alta los cargos de asesinato y posesión de arma de fuego con fines delictivos, y después a Lloyd, que pronunció la palabra «inocente» con firmeza a modo de respuesta.

El juez Brown señaló que a continuación escucharía a los abogados para decidir la cuantía de la fianza.

—Fiscal Jones, habida cuenta de que la señora Lyons fue detenida anoche, aún no se ha fijado la fianza. Escucharé su recomendación y después hablará el señor Scott.

Mariah prestó atención mientras el fiscal argumentaba que el Estado tenía pruebas más que suficientes y recomendaba una fianza de quinientos mil dólares. Sin embargo, también pidió que, antes de quedar en libertad, fuera sometida a una evaluación psiquiátrica para que el juez pudiera establecer «las condiciones adecuadas a fin de proteger a la comunidad».

¿Proteger a la comunidad de mi madre? Mariah se enfureció para sus adentros. Necesita que la protejan a ella, eso es lo que necesita.

A continuación llegó el turno de Lloyd Scott.

—Señoría, mi clienta tiene setenta años y su estado de salud es sumamente frágil. Sufre demencia avanzada. Quinientos mil dólares es una cantidad excesiva, e innecesaria en este caso. Lleva treinta años viviendo en Mahwah y no existe el menor riesgo de fuga. Le aseguro a este tribunal que estará bajo vigilancia las veinticuatro horas del día y supervisada en su casa. Rogamos a su señoría que le conceda hoy mismo la libertad bajo fianza y concertemos otra vista dentro de una semana para concretar la cantidad una vez se le haya realizado una evaluación psiquiátrica. Le comunico que ya he dado orden a un fiador judicial para que deposite la cantidad que su señoría elija establecer hoy en este caso.

Mariah se dio cuenta de que estaba rezando. Dios mío, por favor, haz que el juez lo entienda. Haz que le permita volver a casa conmigo.

El juez se inclinó hacia delante.

—El propósito de la fianza es asegurar la comparecencia del acusado ante el tribunal y las condiciones se establecen para proteger a la comunidad. Esta mujer está acusada de asesinato. Se le presume la inocencia, pero teniendo en cuenta las circunstancias, es urgente que sea sometida a una evaluación psiquiátrica con ingreso hospitalario y que se me haga llegar un informe detallado para poder tomar una decisión fundamentada acerca de la cuantía y las condiciones de la fianza. Será remitida al centro médico Bergen Park para que se le realice una evaluación, y celebraré otra vista en esta sala el viernes a las nueve de la mañana. No podrá salir bajo fianza hasta que esa vista haya tenido lugar. Es la decisión de este tribunal.

Atónita, Mariah observó a los agentes judiciales mientras acompañaban a Kathleen a la celda, seguidas de Lloyd. Mariah se levantó en el momento en que el abogado se volvió para pedirle con un gesto que lo esperara. Los fotógrafos que habían podido tomar fotografías durante la sesión empezaron a marcharse por orden de los agentes del juzgado. Al cabo de un par de minutos, se encontró a solas en la sala.

Cuando Lloyd regresó después de diez minutos, Mariah le preguntó:

—¿Puedo ver a mi madre?

—No. Lo siento, Mariah. Está detenida. No lo permiten.

—¿Cómo está? Dime la verdad.

—No te mentiré. Está muy asustada. Quiere su pañuelo. ¿Por qué querría atárselo a la cara?

Mariah lo miró fijamente.

—Lleva haciendo eso desde que asesinaron a mi padre. Lloyd, escúchame. Supongamos que oyó el disparo y corrió a las escaleras. Supongamos que vio a alguien que llevaba la cara cubierta con algo. Y que eso no se le va de la cabeza.

—Mariah, cálmate. De verdad creo que la dejarán en libertad el viernes. Tal vez entonces podamos hablar con ella de eso.

—Lloyd, ¿no te das cuenta? Si alguien entró en casa con la cara tapada, significa que tenía llave o que la puerta se quedó abierta. La última vez que se escapó, instalamos una cerradura que mi madre no puede abrir desde dentro. Sabemos que la policía dijo que no se había forzado la entrada. Ese es parte del motivo por el que culpan a mi madre.

»Betty, nuestra ama de llaves, me dijo que se marchó sobre las siete y media esa noche, después de que mis padres cenaran y ella terminara de limpiar la cocina. Lleva con nosotros más de veinte años. Confío en ella ciegamente. Rory lleva en casa dos años. Estuvo con mi madre mientras cenaba y después la acompañó a la cama. Mi madre no había dormido bien la noche anterior y estaba nerviosa y cansada. Rory dijo que se durmió enseguida. También dijo que comprobó que la puerta delantera estaba cerrada con llave, como hace siempre, y que después se marchó. Según ella, unos minutos después de que lo hiciera Betty.

—Tal vez debamos hablar con Rory —añadió Lloyd—. En alguna ocasión, trabajo con un investigador privado muy bueno. Lo llamaré. Si hay algo de su pasado que debamos saber, él lo descubrirá.

28

El coleccionista recibió de nuevo una indeseada llamada de Rory.

—Acabo de estar en la casa —anunció—. Mariah y el abogado estaban a punto de salir hacia el juzgado. La verdad es que me estoy poniendo nerviosa. Mencionaron que a Kathleen tal vez le hubieran tendido una trampa. Hasta ahora, creí que solo intentarían demostrar que estaba loca. Sabe Dios que es así. ¿Estás seguro de que no dejaste nada que te delatara; huellas en algún sitio o algo parecido?

—Hemos quedado en vernos esta noche. ¿No podías haberte esperado a hablar conmigo entonces?

—Oye, no hace falta que me trates como a un perro. Los dos estamos metidos en esto hasta el cuello. Si por alguna razón empiezan a investigarme, descubrirán mis antecedentes y estaré acabada. Te veré esta noche. Asegúrate de que traes toda mi parte. Las cosas se están complicando demasiado por aquí. Pienso largarme antes de que sea demasiado tarde. Y no temas; no vas a volver a saber de mí después de esta noche, te lo aseguro.

—El hecho de que tengas antecedentes no significa que puedan relacionarte con nada de esto —respondió secamente—. En cambio, si desapareces, sabrán que estás implicada en el asunto y te buscarán. Así que cálmate. Si hablan contigo, haz el papel de cuidadora cariñosa que se muere de ganas de que la buena de Kathleen vuelva a casa.

—No puedo hacer eso. No saldrá bien. Mentí en la agencia cuando solicité el trabajo de cuidadora. Sabes que me inventé el nombre y que violé la condicional. Tengo que largarme de allí.

—Como quieras —espetó—. Te traeré el dinero esta noche. Como acordamos, tomarás el metro hasta la estación de Chambers Street. Tienes que estar allí a las ocho en punto. Yo aparcaré en la esquina un pequeño coche negro, el que ya has visto. Daremos una vuelta a la manzana. Tendrás el dinero y podrás contarlo. Después te dejaré de nuevo en el metro y serás libre de hacer lo que quieras con tu vida.

Mientras colgaba, Rory recordó que había decidido no volver a meterse en problemas cuando salió de la cárcel la última vez. *Si Joe Peck me hubiera pedido que me casara con él...*, se dijo. *Si lo hubiera hecho, jamás habría cogido este trabajo en New Jersey. Y no habría estado en esa casa cuando esta alimaña llegó una noche a cenar y me reconoció. Entonces me chantajeó para que participara en este asunto.*

Se permitió una sonrisa triste. *Por otro lado, detestaba limpiar y dar de comer a todos esos chalados desde que salí de la cárcel. Al menos hubo momentos entretenidos, como cuando encontré esas fotos de Jonathan y Lily y se las enseñé a Kathleen. Supongo que necesitaba un poco de diversión en mi vida.*

Y ahora, con dinero en el bolsillo, podré divertirme de verdad, sin orinales en el horizonte.

29

Los detectives Simon Benet y Rita Rodriguez siguieron la vista del caso de Kathleen Lyons desde la última fila de la sala. Cuando concluyó, bajaron a su oficina del segundo piso, donde los esperaba el padre Joseph Kelly, el especialista en la Biblia al que habían solicitado ayuda. Después de hablar con el padre Aiden y de descubrir que Jonathan podía estar en posesión de un valioso pergamino antiguo, se pusieron en contacto con el padre Kelly y le dijeron que requerirían sus servicios, así como lo que les interesaba descubrir.

Durante el registro de la casa de los Lyons el día anterior, Mariah señaló la caja de documentos en los que había estado trabajando su padre. Simon llamó al padre Kelly por la noche y le pidió que se presentara en la oficina del fiscal esa mañana a las nueve y media.

—Padre —comenzó Rita—, tenemos entendido que esta es la caja de documentos que Jonathan Lyons estaba traduciendo cuando murió. Hemos hecho un repaso rápido del material esta mañana a primera hora, y al parecer es la única que contiene pergaminos.

El padre Kelly, un hombre de ochenta y dos años pero notablemente en forma, respondió con brevedad:

—Les aseguro que una carta escrita por Cristo a José de Arimatea no debe considerarse «un documento». Si la encuentro aquí, me consideraré dichoso por el mero hecho de haberla tenido entre las manos.

—Comprendo —dijo Simon—. Debe saber que, por protocolo, un miembro de la oficina del fiscal debe estar presente cuando cualquier experto revisa pruebas.

—Me parece bien. Puedo empezar cuando quieran.

—Podemos pasar a la oficina de al lado. Ahora le llevo la caja.

Cinco minutos después, Simon y Rita, cada uno con una taza de café en la mano, estaban de nuevo en la oficina que compartían.

—Si el padre Kelly encontrara el pergamino, eso desvelaría que el caso empieza y acaba con Kathleen Lyons —comentó Simon—. La hija nos dijo que cuando no estaba en casa o no trabajaba en los documentos, los guardaba en el cajón archivador de su escritorio. Allí estaban cuando le dispararon. Pero si ese pergamino no está entre ellos, quienquiera que lo tenga debería haberse puesto ya en contacto con Mariah. Incluso ella admitió que era posible que su padre temiera guardarlo en casa después de que Kathleen encontrara y destrozara esas fotografías.

Rita guardó silencio durante un momento y después lo miró fijamente.

—Simon, seré sincera contigo. Después de haber visto a Kathleen Lyons en la sala hoy, me resulta difícil imaginarla cogiendo y escondiendo la pistola, puede que cargándola ella misma, para más tarde colocarse con sigilo detrás de su marido y dispararle, nada menos que desde una distancia de tres metros, y acertando de lleno en la cabeza.

Sabía que Simon se estaba enfadando.

—Oye —continuó—, antes de que te me eches encima, déjame acabar. Sé que solía ir al campo de tiro con su marido, así que seguro que en el pasado supo disparar una arma. Pero ¿tú la has visto hoy? No parece capaz de coordinar movimientos. Miraba de un lado a otro, desconcertada por completo. No fingía. Estoy segura de que el loquero descubrirá que su nivel de atención es casi inexistente. Lo que creo es que si el pergamino no está en esa caja, quienquiera que lo tenga quiere venderlo y tal vez esté implicado en la muerte de Jonathan.

—Rita, ayer por la noche detuvimos a la persona acertada. —Simon elevó el tono de voz—. Kathleen Lyons no se ha comportado hoy de manera distinta a las otras veces que la hemos visto desde que disparó a su marido. Tal vez tenga cierto grado de alzheimer, pero eso no le impidió destrozar las fotos hace un tiempo porque estaba enfadada con él, y al parecer no le impidió dispararle en la cabeza la semana pasada porque seguía enfadada con él.

Una hora después llamaron a la puerta y el padre Kelly entró en la oficina.

—No había muchos documentos en la caja y he podido repasarlos bastante rápido. No hay nada de valor, y desde luego no hay ninguna carta escrita por Cristo, se lo aseguro. ¿Me necesitan para algo más?

30

El lunes por la tarde, después de la comparecencia de su madre en el juzgado, Mariah regresó a la casa de sus padres, subió a su habitación, se puso unos pantalones y una camiseta de algodón, se enroscó el pelo hacia arriba y se lo sujetó con una peineta. A continuación, durante un minuto largo, se miró en el espejo del baño. En el reflejo de su rostro se fijó en los ojos azul intenso, tan parecidos a los de su padre.

—Papá —susurró—, te prometo, te juro, que demostraré que mamá es inocente.

Inmediatamente cogió el ordenador portátil, se dirigió al piso de abajo y entró en el estudio de su padre. Agradecida por cierta sensación de calma después de la desesperación que había sufrido durante la vista en el juzgado, se sentó en la silla del comedor que reemplazaba la butaca de escritorio que la policía se había llevado la noche del asesinato.

La semana pasada no hice nada por mis clientes, pensó Mariah. Tengo que quitarme de encima algo de trabajo antes de empezar a pensar en cómo dejó las cosas papá en el ámbito económico. En realidad, fue un alivio encender el ordenador, leer los correos electrónicos y devolver las llamadas a algunos de los clientes cuyas inversiones supervisaba. Me sirve para recuperar la normalidad, pensó. Aunque nada en mi vida es normal, añadió en tono irónico.

Betty Pierce, que seguía ordenando las habitaciones del piso de arriba tras el registro policial, le llevó un sándwich y una taza de té.

—Mariah, puedo quedarme esta noche si quieres compañía —sugirió con cautela.

Mariah alzó la vista y vio la honda preocupación grabada en las arrugas del rostro de su ama de llaves de tantos años. También ha sido duro para ella, pensó.

—Oh, Betty, un millón de gracias, pero estaré bien sola. Esta noche cenaré con Lloyd y Lisa. Pero mañana por la noche quiero invitar al grupo de amigos de papá a cenar. A los cuatro de siempre. Los profesores Callahan, Michaelson y West, y al señor Pearson.

—Me parece una idea estupenda, Mariah —respondió Betty con efusividad, ahora sonriendo—. Su compañía te levantará el ánimo, y Dios sabe que lo necesitas. ¿Qué quieres que prepare?

—Tal vez salmón. A todos les gusta.

A las cuatro de la tarde, Mariah pensó que al final se había puesto al día con el trabajo de sus clientes. Dios mío, qué bien sienta volver a la rutina, se dijo. Es una auténtica vía de escape. Mientras trabajaba, se prohibió especular sobre cómo estaría su madre en el hospital psiquiátrico, que estaba a tan solo unos kilómetros de allí. Cuando se dispuso a hacer las llamadas telefónicas para organizar la cena, siguió apartando esa idea de su mente.

El primero a quien llamó fue a Greg; al oír su voz se preguntó por qué le había parecido natural telefonearlo a él primero. Agradecía de verdad haberlo visto el sábado por la noche. La admiración evidente que sentía por su padre y las historias entretenidas que le había contado sobre él le hicieron darse cuenta de que se había equivocado por completo al considerarlo anodino y frío. Recordó que su padre le había dicho una vez que, si bien Greg era un hombre tímido, también podía resultar muy interesante y divertido cuando estaba rodeado de gente con la que se sentía cómodo.

Cuando su secretaria le pasó la llamada, pareció sorprendido y contento de oír su voz.

—Mariah, llevo todo el día pensando en ti. Sé lo que ha pasado. Te hubiera llamado ayer por la noche después de ver las noticias, pero no quise molestarte. Mariah, el sábado por la noche te lo pregunté, y lo repito ahora: ¿puedo hacer algo para ayudarte?

—Puedes empezar por venir a cenar mañana por la noche —respondió Mariah, mientras lo imaginaba en su espaciosa oficina, impecablemente arreglado, el pelo castaño repeinado, como si acabara de cortárselo, los ojos de ese interesante tono gris verdoso—. Me gustaría que vinieran también Richard, Charles y Albert. Todos estabais muy unidos a papá. Será una especie de reunión en su honor.

—Claro que iré —respondió Greg de inmediato.

El profundo afecto en su tono de voz era inconfundible.

—Sobre las seis y media —añadió Mariah—. Hasta mañana. —A continuación colgó, consciente de que no quería alargar la llamada. Papá, pensó, me dijiste más de una vez que Greg sentía algo por mí y que podría ofrecerme muchas cosas si le diera una oportunidad...

A fin de no recrearse en esa idea, marcó el número de Albert West.

—El fin de semana estuve de acampada en tu zona —dijo el hombre—. Las montañas Ramapo son preciosas. No sé cuántos kilómetros debí de recorrer. —Su voz retumbante recordó a Mariah que su padre le había dicho que la combinación de esa voz grave y su constitución menuda le había valido el mote de el Bajo. Aceptó la invitación de inmediato y después añadió—: Mariah, necesito preguntártelo. ¿Te comentó tu padre que tal vez había encontrado un valioso pergamino antiguo?

—No, lo siento pero no —respondió Mariah en tono afligido—. Pero alguna vez me habló de la carta vaticana, y ahora sé que es posible que la encontrara entre los pergaminos que estaba estudiando. —Después agregó con tristeza—: Albert, ya sabes cómo estaban las cosas. Mi relación con mi padre se enfrió durante el último año por culpa de Lillian. Si nos hubiéramos llevado como antes, sé que habría sido la primera a quien se lo hubiera dicho.

—Tienes toda la razón, Mariah. Me gustará verte mañana. Tal vez podamos hablar más del tema.

El escueto «¿diga?» de Charles Michaelson le hizo esbozar una sonrisa. Charles siempre parece estar medio enfadado, pensó. Nunca llegó a perdonarle que fingiera salir con Lillian cuando lo invitaban a casa a fin de no levantar sospechas.

Le dijo que le encantaría ir a cenar y a continuación le formuló la misma pregunta que Albert sobre el pergamino.

Mariah repitió lo que le había dicho a Albert, y agregó:

—Charles, lo más natural sería que mi padre te hubiera enseñado lo que creía que era la carta vaticana. Nadie es más experto que tú en ese tema. ¿Llegaste a verla?

—No —respondió Michaelson en tono cortante, casi antes de que Mariah terminara de hacer la pregunta—. Me habló de ella solo una semana antes de morir y prometió enseñármela, pero por desgracia no llegó a hacerlo. Mariah, ¿la tienes tú o sabes dónde está?

—No, Charles, la respuesta a esa pregunta es no.

¿Por qué no te creo?, se dijo nada más colgar el auricular. Habría apostado a que papá habría acudido a ti primero. Frunció el entrecejo, intentando recordar por qué, años atrás, su padre le había dicho que estaba muy decepcionado con Charles. ¿De qué podía tratarse?, se preguntó.

La última llamada fue a Richard Callahan.

—Mariah, he estado pensando en ti. No puedo imaginar

por lo que estáis pasando tú y tu madre. ¿Has podido visitarla?

—No, Richard, aún no. La están examinando. Rezo para que vuelva a casa el viernes.

—Eso espero, Mariah. Eso espero.

—Richard, ¿estás bien? Pareces triste, o preocupado, o algo así.

—Eres muy intuitiva. Mi padre me preguntó lo mismo anoche. Lo he pensado mucho y he tomado una decisión que llevaba aplazando demasiado tiempo. Nos vemos mañana por la noche. —A continuación añadió en voz baja—: Me muero de ganas de verte.

Richard ha decidido completar su formación como jesuita, pensó Mariah, y se preguntó por qué se sentía tan apenada. Nos aporta tantas cosas a todos, y lo veremos con mucha menos frecuencia cuando vuelva a la orden.

A las siete en punto, se puso una falda azul larga y una blusa blanca de seda, se retocó el maquillaje, se cepilló la melena, cruzó el césped hasta la casa de los Scott y llamó al timbre. Lisa abrió la puerta. Como siempre, tenía un aspecto elegante con su camisa multicolor y unos pantalones de sport, un cinturón plateado que le rodeaba las caderas y unas sandalias del mismo color con diez centímetros de tacón.

Lloyd estaba al teléfono. Saludó a Mariah con la mano mientras la joven seguía a Lisa hasta el salón, donde la mesa de centro estaba ocupada por un surtido de quesos y galletas saladas. Lisa sirvió una copa de vino para cada una.

—Creo que habla con la policía —susurró a Mariah—. Nos preguntan por el robo. Cielo santo, ¿no sería fantástico que pudiera recuperar algunas de mis joyas? Echo tanto de menos mis esmeraldas. Aún me culpo por no haberlas llevado a ese viaje.

Minutos más tarde, Lloyd se reunió con ellas y dijo:

—Vaya, qué interesante. La policía de Nueva York ha estado llamando a gente que pueda haber dejado su coche en el aparcamiento de la calle Cincuenta y dos Oeste, al lado del hotel Franklin. Nuestros nombres estaban en la lista de esa fiesta benéfica que se celebró en el hotel y a la que acudimos hace un par de meses. Un guarda del aparcamiento sospechó de otro empleado cuando lo vio colocar lo que resultó ser un localizador GPS en el coche de un cliente. El cliente vivía en Riverdale. La policía revisó su coche, encontró el localizador y les pidió, a él y a su mujer, que se fueran a los Hamptons y se quedaran allí unos días. Según dicen, el modus operandi de ese sinvergüenza consistía en vigilar las idas y venidas del coche, y si durante un tiempo estaba en otro sitio o no se utilizaba, se pasaba por la casa a reconocer el terreno y a comprobar que no hubiera nadie. La policía local mantuvo vigilada la casa de Riverdale. Pasaron solo tres noches hasta que ese tipo intentó entrar a robar en ella. Quieren que compruebe si hay un localizador en nuestro coche. Dicen que si está ahí, que no lo toque, porque intentarán obtener huellas dactilares.

Lloyd se dirigió a su garaje. A su vuelta, anunció:

—Tenemos un localizador en el Mercedes, ¡lo que significa que el tipo que lo colocó tiene que ser quien entró a robarnos!

—¡Mis esmeraldas! —exclamó Lisa sin aliento—. Quizá las recupere.

Lloyd no tuvo el valor de decirle a su esposa que, para entonces, algún perista ya habría arrancado las esmeraldas de su engaste y las habría vendido al primer comprador que se le hubiera presentado.

31

El lunes por la noche, Kathleen estaba tumbada en la cama de una habitación individual en el ala de psiquiatría del centro médico Bergen Park. Había intentado levantarse varias veces, por lo que ahora unas holgadas ataduras en los brazos y en las piernas le impedían que volviera a intentarlo.

Además de su medicación habitual, le habían suministrado un sedante suave para serenarla, de modo que yacía tranquila en la cama mientras ideas y recuerdos contradictorios se le mezclaban en la cabeza.

Sonrió. Jonathan estaba allí. Se encontraban en Venecia, de luna de miel, paseando de la mano por la plaza San Marcos.

Jonathan estaba en el piso de arriba. ¿Por qué no bajaba a hablar con ella?

Tanto ruido... tanta sangre... Jonathan sangraba.

Kathleen cerró los ojos y se revolvió inquieta. No oyó abrirse la puerta de la habitación y no se fijó en la enfermera que se inclinaba sobre ella.

Kathleen estaba en lo alto de las escaleras cuando se abrió la puerta principal. ¿Quién era? Una sombra cruzó el vestíbulo. No le vio la cara...

¿Dónde estaba su pañuelo?

—Tanto ruido... tanta sangre —susurró.

—Kathleen, está soñando —dijo una voz tranquilizadora.

—La pistola —murmuró Kathleen—. Rory la dejó en el parterre. La vi. ¿Estaba sucia?

—Kathleen, no la entiendo. ¿Cómo dice, querida? —preguntó la enfermera.

—Vamos a almorzar al Cipriani —dijo Kathleen.

A continuación sonrió y se quedó dormida. Volvía a estar en Venecia con Jonathan.

La enfermera salió de puntillas de la habitación. Se le había pedido que anotara todo lo que dijera la paciente. Con atención, palabra por palabra, escribió en su informe: «Tanto ruido. Tanta sangre. Después dijo que iba a cenar al Cipriani».

32

Rory divisó el coche esperando en la esquina cuando llegó al escalón superior de la salida del metro el lunes por la noche. Había corrido por la escalera y ahora respiraba con dificultad. La sensación de que la estaban cercando era insoportable. Tenía que conseguir el dinero y escapar. Años atrás había desaparecido y podía hacerlo de nuevo. En cuanto salió de prisión después de cumplir siete años de condena por robar a una anciana, violó la libertad condicional.

Me reinventé, se dijo. Había adoptado la identidad de una prima que se había jubilado tras años de trabajar como cuidadora y que se había trasladado a Italia, donde murió de manera repentina. Trabajé duro, pensó furiosa. Y ahora, aunque no puedan demostrar que dejé la pistola fuera y la puerta abierta, volveré a la cárcel por haber violado la condicional. Y vi a la chiflada de Kathleen mirando por la ventana cuando escondí la pistola en el parterre. ¿Me vería? Tiene un don para dejar caer detalles que nadie diría que ha observado.

La puerta del acompañante se abrió desde el interior. En la calle había mucho movimiento, sobre todo de gente acalorada que se desplazaba deprisa. Todo el mundo corre en busca de aire acondicionado, pensó Rory mientras notaba que el sudor empezaba a aflorarle en la frente y en el cuello. Se retiró un mechón de pelo que le rozaba la mejilla. Estoy hecha un desastre, pensó mientras subía al coche. Cuando me marche, iré a un balneario a recuperarme. ¿Quién sabe? Si me pongo guapa y tengo dinero, tal vez haya otro Joe Peck esperándome en algún sitio.

Agarró el tirador y cerró la puerta.

—Las ocho en punto —comentó el hombre en tono de aprobación—. Eres puntual. Acabo de llegar.

—¿Dónde está mi dinero?

—Mira en el asiento trasero. ¿Ves las maletas?

Rory torció el cuello.

—Parecen pesadas.

—Lo son. Querías una bonificación y aquí la tienes. Te la mereces.

Puso una mano en el cuello de la mujer. Con el pulgar, le presionó una vena con todas sus fuerzas.

La cabeza de Rory se desplomó hacia delante. No sintió la aguja que le clavó en el brazo ni oyó el sonido del motor cuando el coche arrancó en dirección al almacén.

—Lástima que no vivas lo suficiente para disfrutar el sarcófago que te he preparado, Rory —dijo en voz alta—. Por si no lo sabes, se trata de un ataúd. Este en concreto es digno de una reina. Aunque lamento decir que no creo que pudieras pasar por alguien de la realeza —añadió con una sonrisa de suficiencia.

33

Los detectives llegarían para entrevistarla a las diez de la mañana del martes. El lunes por la noche, Lillian no pudo dormir. ¿Qué iba a decirles?

Había cometido una estupidez al comentar con Alvirah que no había hablado con Jonathan desde el miércoles anterior a su muerte. ¡Una absoluta estupidez!

¿Podría decirles que Alvirah había entendido mal sus palabras? ¿O tal vez que cuando quedaron para almorzar estaba tan afectada que se expresó mal, y que lo que en realidad quiso decir era que no había visto a Jonathan desde el miércoles, porque Kathleen estuvo muy agitada durante el fin de semana y Jonathan prefirió no salir de casa? ¿Podía recalcar que no se habían visto pero que habían hablado todos los días?

Eso tenía sentido, decidió.

Podía decirles que ella y Jonathan hablaban solo por móviles de prepago y que, después de que Kathleen lo asesinara, ella se había desecho del suyo.

Recordó la última noche que se vieron, cuando él le dio su móvil.

«No voy a necesitarlo más. Por favor, tíralo, y también deshazte del tuyo», le había pedido. Sin embargo, Lillian los había conservado. Aterrada, se preguntó si la policía pediría una orden de registro de su apartamento.

Estaba demasiado nerviosa para hacer otra cosa que no fuera beber café, así que se llevó la taza al baño, donde se duchó y se lavó la cabeza. Tardó solo unos minutos en secarse el pelo y recordó que Jonathan solía despeinarla juguetonamente cuando se sentaba en su regazo en la amplia butaca. «Pero si está perfecto», bromeaba cuando ella se quejaba.

Jonathan, Jonathan, Jonathan. Aún no puedo creer que no estés, se dijo mientras se aplicaba el maquillaje alrededor de los ojos, intentando disimular las ojeras. Todo mejorará cuando empiecen las clases, pensó. Necesito estar con gente. Necesito estar ocupada. Necesito volver a casa cansada.

Tengo que dejar de esperar que suene el teléfono.

La temperatura había caído por la noche y ahora estaban a unos agradables veintiún grados. Decidió ponerse un chándal y unas zapatillas deportivas para dar la impresión a los detectives de que tenía intención de salir en cuanto se marcharan.

Puntualmente, a las diez, sonó el timbre. Reconoció a las dos personas que estaban en la puerta; el tipo de aspecto desaliñado y con entradas, y la mujer con la tez de color aceituna a los que había visto con Rory en la funeraria, cerca de la entrada a la sala donde se había instalado el féretro de Jonathan.

Simon Benet y Rita Rodriguez se presentaron. Lillian los invitó a pasar y les ofreció café, que rechazaron, y a continuación los acompañó al salón. Lillian se sintió vulnerable y sola mientras se sentaba en el sofá y los detectives lo hacían en una silla de respaldo alto.

—Señorita Stewart, la semana pasada hablamos brevemente por teléfono y decidimos esperar a hablar con usted en persona porque era evidente que estaba muy afectada —empezó a decir Benet—. Creo que nos dijo que se encontraba aquí, en su apartamento, la noche que el profesor Lyons fue asesinado.

Lillian se tensó.

—Sí, así es.

—Entonces, ¿le prestó a alguien su coche? Según el guarda del aparcamiento de abajo, esa noche sacó su Lexus sobre las siete y media y volvió poco después de las diez.

Lillian sintió que se le formaba un nudo en la garganta. El detective Benet acababa de decir que cuando la telefonearon la semana anterior, estaba muy afectada, así que utilizaría eso como excusa. ¡Maldito guarda!

Pero se recordó que era Kathleen a quien habían detenido por el asesinato de Jonathan. Sin embargo, su tarjeta de peaje... No les costaría averiguar a qué hora pasó por el puente George Washington de vuelta a Nueva York.

Ten cuidado, ten cuidado, se advirtió. No hables de más como hiciste con Alvirah.

—Cuando hablé con ustedes estaba tan abrumada por el horror y el dolor que era incapaz de pensar con claridad. Estaba confusa. Me llamaron el miércoles, ¿no es así?

—Sí —confirmó Rodriguez.

—Cuando les dije que estaba en casa me refería a la noche anterior a su llamada. Fue el martes por la noche cuando estuve en casa.

—Entonces salió la noche del lunes —la presionó Benet.

—Sí. —Anticípate a ellos, pensó—. Verán, Jonathan estaba empezando a sospechar que Rory, la mujer que cuidaba a su esposa de lunes a viernes, la alteraba a propósito. Estaba convencido de que había fisgoneado en su estudio, había encontrado los libros huecos en los que guardaba las fotografías de nosotros dos y se las había enseñado a Kathleen.

—Por lo que sabemos, eso sucedió hace año y medio. ¿Por qué el profesor Lyons no la despidió entonces?

—Entonces no sospechaba de ella, pero hace unas semanas la encontró en su estudio con Kathleen, mientras su mujer registraba su escritorio. Rory dijo que no había podido impedírselo, pero Jonathan supo que mentía. Cuando se acercaba a la habitación, oyó que Rory le decía a Kathleen que tal vez encontrara más fotografías en los cajones.

Simon Benet la miraba con gesto impasible.

—De nuevo, ¿por qué no la despidió de inmediato?

—Primero quería hablar de ello con Mariah. Creo que en el pasado habían empleado a cuidadoras que no aseaban adecuadamente a Kathleen y que se confundían con la medicación. Temía que si la despedían acabarían pasando de nuevo por algo así.

Entonces, sintiéndose más segura, añadió:

—Jonathan estaba armándose de valor para decirle a Mariah que había llegado el momento de ingresar a su madre en una residencia para poder rehacer su vida conmigo.

Con los ojos muy abiertos, miró directamente a Simon Benet y después a Rita Rodriguez. Ambos permanecieron imperturbables. No muestran ni una pizca de comprensión, se dijo.

—¿Adónde fue ese lunes por la noche, señorita Stewart? —preguntó Benet.

—Estaba inquieta. Me apetecía salir a cenar. No quería estar con nadie. Conduje hasta un pequeño restaurante de New Jersey.

—¿En qué parte de New Jersey?

—En Montvale. —Lillian supo que no había forma de evitar la respuesta—. Jonathan y yo solíamos ir allí juntos. Se llama Aldo y Gianni.

—¿Qué hora era?

—Sobre las ocho. Pueden comprobarlo. Allí me conocen.

—Conozco el Aldo y Gianni. No está a más de veinte minutos de Mahwah. ¿Y fue hasta allí solo porque estaba inquieta? ¿O tenía previsto encontrarse con el profesor Lyons?

—No... Es decir, sí. —Cuidado, pensó Lillian, dejándose llevar por el pánico—. Teníamos un móvil de prepago cada uno para comunicarnos. Jonathan no quería que nuestras llamadas quedaran registradas en su teléfono móvil ni en el fijo. Supongo que deben de haber encontrado el suyo en algún sitio. Tenía previsto hacer una escapada para cenar conmigo después de que la cuidadora hubiera acostado a Kathleen, pero resultó que la mujer tenía que irse, de modo que no habría nadie en casa con su mujer y, por supuesto, no podía dejarla sola. Así que cené y volví a casa. Puedo enseñarles el resguardo del pago con tarjeta de crédito en el restaurante.

—¿A qué hora la telefoneó el profesor Lyons para decirle que no podría ir?

—Sobre las cinco y media, cuando llegó a casa y se enteró de que la cuidadora tenía que marcharse. Decidí salir a cenar de todos modos.

—¿Dónde está su móvil de prepago, señorita Stewart? —preguntó Rita en tono amable.

—Cuando supe que Jonathan había muerto, tiré el teléfono a la basura. No podía soportar oír de nuevo su voz. Cuando me llamaba y no le respondía, me dejaba un mensaje en el contestador. Supongo que han encontrado el suyo.

—Señorita Stewart, ¿cuál era su número de teléfono, y cuál el del profesor Lyons?

Asombrada por la pregunta, Lillian tuvo que pensar deprisa.

—No lo recuerdo. Jon los configuró de manera que nos llamábamos directamente. Solo los utilizábamos para hablar entre nosotros.

Ninguno de los detectives reaccionó de manera evidente a su respuesta. A continuación, Simon Benet hizo una pregunta inesperada.

—Señorita Stewart, hemos sabido que es posible que el profesor Lyons estuviera en posesión de un valioso pergamino antiguo. No lo encontramos entre sus pertenencias. ¿Sabe usted alguna cosa de él?

—¿Un valioso pergamino? Nunca me habló de él. Por supuesto, sé que Jonathan estaba revisando unos documentos que había encontrado en una iglesia, pero no me dijo que uno de ellos fuera valioso.

—Si hubiera encontrado algo de gran valor, ¿no le sorprende que no se lo enseñara, o que, por lo menos, no se lo comentara?

—Dicen que es posible que lo tuviera. ¿Significa eso que no están seguros de ello? Porque estoy convencida de que me lo habría contado.

—Entiendo —respondió Benet secamente—. Permítame que le haga otra pregunta. Al parecer, el profesor Lyons era un buen tirador. Él y su mujer solían ir a un campo de tiro, actividad que cesó cuando la demencia comenzó a manifestarse. ¿Fue alguna vez al campo de tiro con él?

Lillian sabía que no tenía sentido mentir.

—Jonathan empezó a llevarme a un campo de Westchester poco después de conocernos.

—¿Con qué frecuencia iban?

Pueden comprobar el registro, pensó Lillian.

—Una vez al mes, más o menos. —En su mente apareció la imagen del certificado de puntería que había recibido, así que antes de que preguntaran, aclaró—: Soy buena tiradora.

—A continuación espetó—: No me gusta cómo me miran. Amaba a Jonathan. Le echaré de menos cada día de mi vida. No pienso responder a una sola pregunta más. Ni a una. Han detenido a su esposa demente por asesinato y han hecho bien. Jon le tenía miedo, ¿lo sabían?

Los detectives se levantaron.

—Tal vez quiera responder a esta pregunta, señorita Stewart. A usted no le gustaba ni confiaba en la cuidadora, Rory, ¿verdad?

—A eso sí responderé —dijo Lillian en tono indignado—. Era una víbora. Encontró las fotografías y ahí empezaron todos los problemas. La mujer y la hija de Jonathan jamás habrían sospechado que había algo entre nosotros de no haber sido por ella.

—Gracias, señorita Stewart.

Se marcharon. Temblorosa, Lillian intentó reproducir las palabras que les había dicho. ¿La habrían creído? Tal vez no. Necesito un abogado, pensó desesperada. No debería haber hablado con ellos sin un abogado.

En ese momento sonó el teléfono. Temerosa tanto ante la posibilidad de descolgar como de no hacerlo, al fin levantó el auricular. Era Richard, pero su tono de voz no era al que estaba acostumbrada.

—Lillian —dijo con decisión—, no he sido del todo honesto contigo y, desde luego, tú me has mentido descaradamente. Vi el pergamino. Jonathan me dijo que te lo había dado a ti para que lo guardaras en un lugar seguro. Y eso es lo que voy a decirle a la policía. Sé que ya has recibido ofertas, pero este es el precio de mi silencio. Te pagaré dos millones de dólares por él. Lo quiero y será mío. ¿Está claro?

Colgó sin esperar respuesta.

34

El martes, a las once de la mañana, Wally Gruber compareció ante la juez de Nueva York Rosemary Gaughan acusado de un delito de allanamiento de morada e intento de robo. Su rostro redondeado no mostraba su sonrisa habitual. Su robusto cuerpo estaba cubierto por un mono naranja de presidiario. Llevaba las manos esposadas y grilletes en los pies.

El ayudante del fiscal del distrito empezó:

—Señoría, el señor Gruber está acusado de allanamiento de morada e intento de robo en la dirección que se especifica en la denuncia. Tiene una condena previa por robo, que le valió una pena de cárcel. Las pruebas que presentamos son concluyentes. El señor Gruber fue detenido por la policía en el momento del allanamiento. Que conste también que la policía está investigando otro robo en New Jersey, del que también podría ser responsable. Trabaja como guarda en un aparcamiento de la ciudad y tenemos pruebas de que ha estado colocando localizadores de GPS en coches para saber en qué momento los propietarios no estaban en casa. En un reciente allanamiento de morada en New Jersey se robaron más de tres millones de dólares en joyas, mientras la familia estaba de vacaciones. Se nos ha informado de que un localizador similar al que se colocó subrepticiamente en el vehículo del propietario de la casa de Nueva York se ha descubierto también en el vehículo del propietario de la casa de New Jersey. Anticipamos que la denuncia penal de New Jersey se presentará en los próximos días. Cabe señalar también que el acusado es soltero y vive solo en un apartamento alquilado. Teniendo en cuenta todas estas circunstancias, creemos que hay un riesgo alto de fuga y solicitamos una fianza de doscientos mil dólares en efectivo.

El abogado defensor, Joshua Schultz, de pie junto a Wally, habló a continuación:

—En primer lugar, su señoría, el señor Gruber se declara inocente. Con respecto a la fianza solicitada por el ayudante del fiscal, la consideramos excesiva. Hasta el momento no se ha presentado denuncia penal alguna por el caso de New Jersey. El señor Gruber lleva años viviendo en la ciudad de Nueva York y tiene intención de comparecer a todas las vistas judiciales. Es un hombre de recursos muy limitados. El señor Gruber me ha hecho saber que si le permite utilizar los servicios de un agente de fianzas, puede depositar quince mil dólares.

La juez Gaughan los miró desde el estrado.

—Si bien al acusado se le presume inocente, el fiscal del distrito ha presentado lo que parecen pruebas consistentes en el caso. Teniendo en cuenta que si acaba siendo condenado se expone a una pena larga de prisión, concluyo que existe un riesgo de fuga considerable. No permitiré la intervención de un fiador. La fianza queda fijada en doscientos mil dólares, solo en efectivo. Por supuesto, si se presenta una denuncia en New Jersey, el juez de esa jurisdicción decidirá una cantidad adicional.

Tres horas después, incapaz de depositar la fianza, Wally se encontraba de camino a la prisión de Rikers Island. Mientras lo empujaban para que entrara en la furgoneta, intuyó el despuntar del otoño en la brisa fresca y la comparó con el ambiente viciado de la celda del juzgado. Tengo un as en la manga, recordó. Intentarán negociar conmigo. Cuando oigan lo que sé, tendrán que concederme la condicional.

Esbozó una sonrisa irónica. Puedo sentarme con el tipo que hace los retratos robot y darle todos los detalles de la cara de la persona que le voló la cabeza al profesor, pensó. Pero si no quieren seguirme el juego, llamaré al elegante abogado de la anciana y le diré que soy su billete para volver a casa.

35

Lo primero que Mariah hizo el martes por la mañana fue telefonear al hospital. La enfermera que atendía la recepción de la unidad de psiquiatría la tranquilizó.

—Le dimos un sedante suave ayer por la noche y ha dormido bastante bien. Esta mañana ha tomado un desayuno ligero y parece muy serena.

—¿Pregunta por mí o por mi padre?

—En el informe se indica que ayer por la noche se despertó varias veces y dio la impresión de estar manteniendo una conversación con su padre. Al parecer, creía que estaban juntos en Venecia. Esta mañana ha estado repitiendo el nombre «Rory». —La enfermera vaciló—. ¿Es una familiar o una cuidadora?

—Su cuidadora —respondió Mariah, intuyendo que la enfermera le ocultaba información—. ¿Hay algo que no me haya dicho? —preguntó sin rodeos.

—Oh, no, claro que no.

Tal vez sí, tal vez no, pensó Mariah. Entonces, consciente de que si solicitaba visitar a su madre antes de la siguiente vista judicial recibiría una negativa rotunda, preguntó:

—¿La nota asustada? A veces, en casa, quiere esconderse en un armario.

—Por supuesto, está desconcertada, pero no diría que esté asustada.

Mariah tenía que contentarse con eso.

Pasó el resto de la mañana sentada frente al ordenador en el estudio, agradecida por poder adelantar tanto trabajo desde casa. Después se dirigió al piso superior, al dormitorio de su padre, y estuvo varias horas sacando su ropa de armarios y cajones, doblándola cuidadosamente y colocándola en cajas para llevarla a un centro de beneficencia.

Con escozor en los ojos por las lágrimas no vertidas, recordó que su madre no había sido capaz de vaciar el armario de su abuela hasta casi un año después de su muerte. No tiene sentido, se dijo Mariah. Hay mucha gente que necesita ropa. Papá querría que diéramos hasta la última de sus pertenencias de inmediato.

Mariah se quedó con la chaqueta con trenzas de punto irlandés que le había regalado por Navidad siete años atrás. Cuando llegaba el frío, se convertía en la prenda preferida de su padre para estar por casa. Lo primero que hacía al volver de la universidad era colgar la chaqueta del traje, quitarse la corbata y ponerse la chaqueta de lana. Solía llamarla su segunda piel.

En el baño de su padre, abrió el armario de los medicamentos y se deshizo de las pastillas para la hipertensión, las vitaminas y el aceite de pescado que tomaba religiosamente todas las mañanas. Se sorprendió al encontrar un bote medio vacío de Tylenol para la artritis. Nunca me dijo que tuviera artritis, pensó.

Un nuevo y doloroso recordatorio del distanciamiento entre ambos.

Mariah decidió conservar también su loción para después del afeitado. Cuando desenroscó el tapón y olió la sutil fragancia familiar, se sintió por un momento como si su padre estuviera allí con ella.

—Papá, ayúdame a saber lo que tengo que hacer —rogó en voz baja.

A continuación se preguntó si había recibido una respuesta. Esa noche debía invitar también al padre Aiden y a Alvirah y a Willy Meehan. Era el sacerdote a quien su padre había confiado que estaba seguro de que el pergamino era el que habían robado de la Biblioteca Vaticana y que uno de los expertos a quienes se lo había enseñado estaba interesado únicamente en su valor económico. Era Alvirah a quien Lillian había admitido que no había visto ni hablado con su padre durante los cinco días previos a su muerte. Por una coincidencia afortunada, Alvirah y Willy conocían al padre Aiden desde mucho antes de conocer a Mariah.

Mariah se dirigió al piso de abajo y los telefoneó para invitarlos.

—Siento avisarte con tan poco tiempo, Alvirah —se disculpó—, pero se te da bien juzgar a las personas. No me creo que mi padre no enseñara el pergamino al menos a alguno de sus amigos. Tú los has visto en cinco o seis ocasiones. Esta noche quiero sacar el tema y observar sus reacciones. Me gustaría saber tu opinión sobre lo que sucede. Y si el padre Aiden está dispuesto a repetir esta noche lo que mi padre le dijo, a cualquiera de ellos le costará insinuar que mi padre estaba equivocado acerca de la autenticidad del pergamino. Que Dios me perdone, y espero estar equivocada, pero empiezo a pensar que puede que Charles Michaelson esté implicado de algún modo. No olvidemos que Lily y él solían mostrarse muy cariñosos cuando venían a cenar. Y recuerdo claramente que una vez mi padre mencionó que Charles se había visto implicado en un problema legal, o ético, que supongo que fue un asunto muy serio.

—Será un placer —respondió Alvirah con entusiasmo—. Y deja que te ayude. Telefonearé al padre Aiden y si puede ir, pasaremos a recogerlo. Te llamaré dentro de cinco minutos. Por cierto, ¿a qué hora quieres que estemos allí?

—A las seis y media sería perfecto.

Cuatro minutos después, sonó el teléfono.

—Aiden puede ir. Nos vemos esta noche.

A última hora de la tarde, Mariah salió a dar un largo paseo e intentó despejar la mente para prepararse ante lo que pudiera suceder esa noche.

Las cuatro personas que con mayor probabilidad han visto el pergamino estarán sentadas a la mesa de mi padre, se dijo. Charles y Albert ya me han preguntado si lo he encontrado. La otra noche, durante la cena, Greg me dijo que papá le habló de él pero que no se lo enseñó. Richard es el único que no lo ha mencionado.

Bueno, de un modo u otro, esta noche saldrá el tema.

Mariah aceleró el paso y empezó a caminar deprisa para intentar librarse de la rigidez en las piernas. La ligera brisa se estaba volviendo más intensa. Se había recogido el pelo en un moño flojo y sintió que se le empezaba a deshacer sobre los hombros. Con una media sonrisa en el rostro, se acordó de que su padre le había dicho que con su melena larga y negra le recordaba a Bess, la hija del posadero del poema «El salteador de caminos».

Cuando regresó a la casa, Betty le dijo que nadie había telefoneado en su ausencia. Lo primero que hizo fue llamar al hospital y escuchar prácticamente la misma información que le habían dado por la mañana. Su madre estaba tranquila y no preguntaba por ella.

Era hora de vestirse. La caída de la temperatura hizo que una blusa de seda blanca de manga larga y unos anchos pantalones negros le parecieran una buena elección para esa noche. En un impulso, se soltó el pelo y recordó de nuevo la referencia que su padre había hecho a Bess, la hija del posadero.

Greg fue el primero en llegar. Al abrir la puerta, el hombre la abrazó de inmediato. Cuando la dejó en casa el sábado por la noche, le dio un beso en los labios, breve e indeciso. Ahora la abrazaba con fuerza mientras le acariciaba el pelo.

—Mariah, ¿no sé si realmente te haces una idea de lo mucho que me importas?

Cuando Mariah se apartó, él la soltó de inmediato. La joven le apoyó las manos en la cara con dulzura.

—Greg, eso significa mucho para mí. Es solo que, bueno... ya sabes todo lo que está pasando. Mi padre fue asesinado hace solo ocho días. Mi madre está ingresada en un hospital psiquiátrico. Soy hija única. Al menos hasta que esta pesadilla de la acusación contra mi madre esté resuelta, no puedo pensar en mi propia vida.

—Y no deberías —respondió—. Lo entiendo perfectamente. Pero tienes que saber que si necesitas algo, a cualquier hora del día o de la noche, solo tienes que pedírmelo. —Greg hizo una pausa, como si necesitara recuperar el aliento—. Mariah, lo diré una vez y no volveré a sacar el tema mientras estés pasando por esta situación. Te quiero y quiero ocuparme siempre de ti. Pero ahora ante todo quiero ayudarte. Si los psiquiatras que evalúan a tu madre en el hospital no hacen bien su trabajo, contrataré a los mejores especialistas del país. Sé que los médicos concluirían que padece un alzheimer en estado avanzado, que no puede ser procesada y que, con la supervisión adecuada, no supone un peligro para nadie, por lo que debería estar en casa.

Como ya era habitual, Albert y Charles llegaron juntos en el coche de Charles. Justo cuando Greg terminó de hablar, llamaron al timbre.

Mariah se alegró enormemente por la interrupción. Siempre había sabido que a Greg le gustaba, pero hasta entonces no había percibido con claridad la intensidad de sus sentimientos. Si bien apreciaba de corazón su ofrecimiento de ayudarla, su pasión añadía a la situación otro matiz de tensión que la molestaba y la asfixiaba al mismo tiempo. Durante los últimos días, había comenzado a darse cuenta, de manera inconsciente, de que a lo largo de los últimos años, la terrible preocupación por el agravamiento de la demencia que padecía su madre y después la angustia por la relación de su padre con Lillian la habían exprimido sentimentalmente.

Tengo veintiocho años, se dijo. Desde los veintidós he estado sufriendo por mamá, y después, durante el pasado año y medio, me he estado alejando de un padre al que adoraba. Me encantaría tener un hermano o una hermana con quien compartir todo esto, pero tengo una cosa clara. Debo conseguir que mamá vuelva a casa y encontrarle una buena cuidadora. Después me centraré en organizar mi vida.

Aunque esos pensamientos le inundaban la mente mientras saludaba a Albert y a Charles, de inmediato percibió la tensión que había entre ellos. Charles mostraba su habitual ceño fruncido, solo que en esa ocasión parecía más bien un gesto de pocos amigos. Albert, por lo general un hombre de trato amable, parecía preocupado. Mariah se apresuró a acompañarlos al salón, donde Betty había servido una bandeja de entrantes fríos y calientes. En el pasado, solían tomar un cóctel en el estudio de su padre antes de cenar. Mariah notó que comprendieron por qué no entrarían en la habitación esa noche.

Unos minutos después, volvió a sonar el timbre. En esa ocasión eran Alvirah, Willy y el padre Aiden.

—Me alegro tanto de que hayáis podido venir —dijo Mariah mientras los abrazaba a uno tras otro—. Entrad, solo falta Richard.

Transcurridos unos minutos, mientras charlaban animadamente, Mariah se dio cuenta de que Richard, siempre puntual, llegaba casi media hora tarde.

—Seguramente esté en un atasco —comentó a los otros—. Como todos sabemos, Richard siempre llega como un clavo.

Recordó que Richard le había dicho que acababa de tomar una decisión importante. Se preguntó si le explicaría de qué se trataba esa noche. Mariah no sabía cómo encajar el hecho de que Greg estuviera adoptando el papel de anfitrión. Era él quien hacía circular la bandeja del delicioso sushi que Betty había preparado, y quien rellenaba las copas con el exquisito merlot que tanto le gustaba a su padre.

Entonces volvió a sonar el timbre de la puerta principal. Betty abrió y, un momento después, Richard hizo entrada en el vestíbulo y se dirigió al salón. Sonreía.

—Lo siento, lo siento —se disculpó—. Estaba en una reunión que se ha alargado. Me alegro de veros a todos —agregó, mirando a Mariah.

—Richard, ¿qué te apetece? —preguntó Greg.

—No te preocupes, Greg —respondió mientras avanzaba hacia el bar—, me serviré yo mismo.

Al cabo de unos minutos, Betty apareció por la puerta e indicó a Mariah que la cena estaba lista.

Mariah había decidido que no sacaría el tema del pergamino hasta el postre. Quería crear una atmósfera de calidez e intimidad, y había dicho a un par de sus invitados que esa reunión pretendía ser una suerte de tributo a su padre. Sin embargo, también quería que se soltaran hasta el punto de, sin duda con la ayuda de Alvirah, poder hacerse una idea sobre quién sabía algo acerca del pergamino.

Cuando Betty empezó a retirar los platos de la mesa, las anécdotas sobre su padre habían creado un ambiente de nostalgia y buen humor. Mariah observó que Alvirah había conectado el micrófono de su broche de diamantes mientras Albert comentaba lo mucho que Jonathan disfrutaba en las excavaciones, sin que le importara jamás la falta de comodidades, pero en cambio detestaba la idea de ir de cámping si no había necesidad.

—Me preguntó qué demonios me resultaba agradable en

el hecho de levantar una tienda y arriesgarme a recibir la visita de osos en plena noche. Le dije que desde que descubrí las montañas Ramapo, podía disfrutar del cámping y mantenerlo vigilado al mismo tiempo.

Fue en ese momento cuando Alvirah se rozó el broche que llevaba en el hombro, pero Albert no añadió nada más sobre el hecho de vigilar a Jonathan.

Lo habitual era que, después de los postres, tomaran el café en el salón. En esa ocasión Mariah pidió a Betty que lo sirviera en la mesa. No quería que el grupo estuviera separado cuando sacara el tema del pergamino.

Fue Greg quien, sin querer, le ofreció la oportunidad de mencionarlo de un modo que parecía espontáneo.

—Siempre me sorprendió la habilidad de Jonathan para leer una inscripción antigua y traducirla, o de descubrir la procedencia y la antigüedad de una pieza de cerámica con tan solo verla —comentó.

—Por eso mismo debemos encontrar el pergamino desaparecido del que os habló a todos —dijo Mariah—. Padre Aiden, mi padre le habló de ese pergamino. Por lo que sé, también lo mencionó a Albert, Charles y a Greg. Richard, ¿a ti te habló de él o te lo enseñó?

—Me dejó un mensaje en el contestador en el que me decía que se moría de ganas de hablar conmigo sobre un descubrimiento increíble, pero no llegué a verlo.

—¿Cuándo recibisteis cada uno esa llamada? —preguntó Alvirah con naturalidad.

—La semana pasada no, la anterior —respondió Greg sin demora.

—Hará unas dos semanas —dijo Charles pensativo.

—Ayer hizo dos semanas —coincidió Albert con firmeza.

—Sí, también fue entonces cuando dejó el mensaje en mi contestador —ofreció Richard.

—Sin embargo, ¿no os dijo a ninguno de qué se trataba ni

os lo enseñó? —Mariah permitió que el escepticismo se filtrara a su voz.

—Me dejó un mensaje en el contestador de casa en el que me decía que creía haber encontrado el pergamino de Arimatea —aclaró Albert—. Estaba de excursión en las montañas Adirondack y volví la mañana siguiente a su muerte. Por supuesto, entonces ya me había enterado de la noticia.

—El pergamino no estaba en esta casa —comentó Mariah—. Creo que todos deberíais saber lo que mi padre dijo al padre Aiden.

Antes de que el padre Aiden dijera nada, Charles Michaelson sugirió:

—Por supuesto, cabe la posibilidad de que Jonathan se precipitara al concluir que era el pergamino de Arimatea y que, después de hacer esas llamadas, se diera cuenta de que había cometido un error y no quiso volver a telefonearnos. Todos sabemos que a ningún experto le gusta admitir que se ha equivocado.

El sacerdote había observado en silencio a los hombres sentados a la mesa.

—Charles —dijo—, Albert, Richard y tú sois especialistas en la Biblia. Greg, sé que te interesa mucho el estudio de ruinas y objetos antiguos —empezó a decir—. Jonathan vino a verme el miércoles de la semana anterior a su muerte. Fue muy claro sobre el tema. Me dijo que había encontrado la carta vaticana, nombre con el que también se conoce al pergamino de Arimatea. —Dirigió una mirada a Alvirah y a Willy—. Como os he explicado en el coche de camino aquí, se cree que se trata de una carta escrita por Cristo poco antes de su muerte. En ella daba las gracias a José de Arimatea por su amabilidad desde que Cristo era niño. San Pedro la llevó a Roma y siempre ha sido objeto de debate.

»Algunos expertos creen que José de Arimatea estaba en el templo de Jerusalén durante la Pascua cuando Cristo, entonces un niño de doce años, pasó allí tres días predicando. José estaba en el templo cuando sus padres fueron a buscarlo y le preguntaron por qué no había vuelto a casa. José lo oyó responder: «¿Es que no sabéis que debo ocuparme de los asuntos de mi Padre?». En ese momento, José se convenció de que Jesús era el tan esperado Mesías.

El padre Aiden hizo una pausa, y a continuación agregó:

—Más adelante, ese mismo año, los espías de José le comunicaron que el hijo del rey Herodes, Arquelao, sabía que Jesús había nacido en Belén y que, por tanto, podía ser el rey de los judíos que los Reyes Magos habían estado buscando. Arquelao, temeroso de su poder, planeaba asesinarlo.

»José se apresuró a ir a Nazaret y convenció a María y a José para que le permitieran llevarse a Jesús a Egipto, donde estaría a salvo. Jesús estudió en el templo de Leontópolis durante un tiempo y a continuación estuvo yendo y viniendo de su casa en Nazaret a Leontópolis para seguir con sus estudios hasta que empezó su misión pública. Por supuesto, la presencia de cristianos coptos en esa área de Egipto apoya tal teoría.

El padre Aiden habló en tono enfático.

—Ese pergamino debe estar en la Biblioteca Vaticana. Lo robaron de allí hace más de quinientos años. Análisis científicos recientes sugieren que el Sudario de Turín es, realmente, la sábana con la que enterraron a Cristo. Pruebas similares podrían demostrar sin lugar a dudas que este pergamino es auténtico. Pensadlo: ¡una carta escrita por Cristo a uno de sus discípulos! Tiene un valor incalculable. Si Jonathan no os la enseñó a ninguno de vosotros, que erais sus amigos más íntimos y también expertos en el campo, y en cuyas opiniones confiaba, de todos modos seguro que seréis capaces de deducir a qué otro experto o expertos pudo haber consultado su autenticidad.

Antes de que respondieran, el insistente sonido del timbre los sobresaltó a todos. Mariah se puso en pie de un salto y corrió a la puerta. Cuando la abrió, vio a los detectives Benet y Rodriguez en el porche. Con el corazón acelerado, los invitó a pasar.

—¿Le pasa algo a mi madre? —preguntó, en un tono cada vez más elevado.

Sus invitados la habían seguido desde el salón.

—¿Está Rory Steiger en casa? —intervino Benet secamente.

Aliviada, Mariah descubrió que su presencia no guardaba relación con su madre, pero enseguida cayó en la cuenta de que Benet podría haber telefoneado para hacerle esa pregunta. No tenía por qué haberse desplazado hasta allí.

—No, no la necesitamos mientras mi madre esté en el hospital —respondió—. ¿Por qué lo pregunta?

—Hoy hemos ido a ver a la señora Steiger y no estaba en su casa. Al llegar allí, los vecinos de Rory nos han dicho que Rose Newton, una amiga con quien había quedado ayer por la noche, había llamado a su puerta esta mañana. Estaba preocupada porque tenían una cena de celebración, pero Rory no apareció. No respondía al móvil. A petición nuestra, el portero del edificio ha entrado en su apartamento mientras estábamos allí. No ha encontrado nada extraño. La señorita Newton dejó el número de teléfono a los vecinos de Rory, y ellos nos lo han dado a nosotros. Nos hemos puesto en contacto con ella. Aún no ha sabido nada de Rory. Está muy preocupada y cree que le ha sucedido algo malo.

No me han llamado por teléfono porque lo que querían es observar mi reacción cuando oyera que Rory ha desaparecido, pensó Mariah.

—Estoy de acuerdo —dijo Mariah lentamente—. Cuando llegaba tarde por culpa del tráfico, aunque solo fueran quince minutos, siempre llamaba para avisar de que estaba de camino y solía mostrarse muy disgustada por el retraso.

—Eso es lo que tenemos entendido —comentó Benet, y a continuación miró a las personas que ocupaban el vestíbulo.

Mariah se volvió y se los presentó.

—Sé que ya conoce al padre Aiden, detective Benet. —Señaló a Richard, Albert, Charles y Greg, de pie en un semicírculo—. Ellos son los amigos y colegas de mi padre.

El móvil de Richard sonó en ese momento. El hombre murmuró una disculpa, se retiró y hurgó en los bolsillos hasta encontrarlo. No se fijó en que Alvirah, justo detrás de él, también se separó del grupo. De inmediato conectó el micrófono de su broche en forma de sol y sintonizó el amplificador al máximo.

Cuando Richard por fin encontró y atendió la llamada, ya había saltado el contestador. Incluso sin el micrófono, Alvirah oyó la voz agitada y sombría de Lillian mientras Richard escuchaba el mensaje. «Richard, he decidido aceptar tu oferta de dos millones de dólares. Llámame.»

Al sonoro «clic» que indicaba el final del mensaje siguió el ruido del teléfono de Richard al cerrarse de golpe.

36

Tan pronto como Willy, Alvirah y el padre Aiden emprendieron el viaje de regreso a casa después de la cena, Alvirah reprodujo el mensaje que Lillian había dejado en el móvil de Richard. El horror y la decepción que ella había sentido al oírlo fue la misma reacción que mostraron los dos hombres. Todos estaban seguros de que cuando Lillian dijo que había decidido aceptar la oferta de Richard, se refería a la carta vaticana.

—Suena a que ha recibido otras ofertas —observó Willy—, si Richard está dispuesto a pagarle nada menos que dos millones de dólares por él.

—Yo diría que cualquier oferta que haya recibido ha sido como mínimo de un millón de dólares —respondió Alvirah—. No habría imaginado que Richard tuviera esa cantidad de dinero. Ser profesor de universidad no es exactamente lo mismo que trabajar en Wall Street.

—Creció en Park Avenue —terció el padre Aiden—. Sé que su abuelo fue un hombre de negocios de mucho éxito. Lo que me pregunto es: ¿qué hará Richard con el pergamino?

—Imagino que querrá devolverlo a la Biblioteca Vaticana —respondió Alvirah esperanzada.

—Eso sería muy noble, pero el hecho es que Richard ha negado haber visto el pergamino. Hemos descubierto que no solo sabe que Lillian lo tiene, sino que ha estado intentando hacerse con él —señaló el padre Aiden—. Y eso significa que sus motivos no están claros. Estoy seguro de que conoce a coleccionistas que pagarían una fortuna para hacerse con ese pergamino, solo por la emoción de poseerlo.

Alvirah reconoció con tristeza que el padre O'Brien había dado en el clavo.

—Esos dos detectives han quedado con Charles, Albert y Greg para hablar con ellos mañana —comentó la mujer—. Eso los mantendrá bastante ocupados. No me gustaría que ese par me interrogaran, si tuviera algo que ocultar.

—No los someterán a ningún interrogatorio —observó Willy—. Eso solo lo hacen en el juicio. Pero intentarán presionarlos. —A continuación agregó—: ¿Y qué me dices de esa cuidadora desaparecida? Alvirah, ¿la conocíamos?

—¿A Rory? Creo que la vimos una vez, el año pasado, mientras acompañaba a Kathleen a su habitación. No me fijé mucho en ella.

—Estuvo al lado de Kathleen en la funeraria, y todo el día durante el entierro —respondió el padre Aiden—. Sin duda estaba muy pendiente de ella.

—Tal vez se olvidó de que tenía esa fiesta y se marchó —sugirió Willy—. Mariah dijo a la policía que tenía intención de pagarle la semana entera, pero que Kathleen no volvería a casa hasta el viernes, como pronto. Rory no sería la primera en olvidar una cita. Tal vez haya decidido marcharse un par de días. Apuesto a que aparecerá el viernes.

—No creo que sea tan sencillo —respondió Alvirah—. Aunque se haya marchado, ¿por qué no responde al móvil?

Todos permanecieron en silencio durante los quince minutos siguientes, hasta llegar a las cabinas de peaje del puente George Washington en dirección a Manhattan. Entonces Willy preguntó:

—Cariño, ¿crees que habría sido mejor si hubieras reproducido ese mensaje delante de los detectives, allí mismo?

—Lo pensé, pero decidí que era demasiado pronto —respondió—. Richard podría haber dicho que la oferta era para comprar el coche de Lillian, y que habían bromeado sobre la cantidad. Tengo que hacer otra visita a la señorita Lillian mañana por la mañana. La cogeré desprevenida y reproduciré el mensaje. Ya has oído cómo suena su voz. Está nerviosa y asustada, y cuando alguien está en ese estado, necesita una buena amiga que le ayude a ver las cosas con claridad. Yo seré esa buena amiga.

Albert West y Charles Michaelson se habían peleado de camino a la cena. El rotundo comentario de Albert sobre que creía que Charles había visto el pergamino y que era posible que lo tuviera en su poder había provocado una respuesta mordaz por parte de Charles.

—Solo porque me ayudaras cuando tuve aquel problema no significa que tengas derecho a acusarme de mentir sobre el pergamino —dijo Charles, furioso—. Como he repetido mil veces, Jonathan me dijo que quería enseñármelo, pero después lo asesinaron. No tengo ni idea sobre dónde está. Supongo que se lo daría a Lillian por seguridad, para evitar que la chiflada de su mujer lo encontrara y lo destrozara. ¿Quieres que te recuerde lo que hizo con esas fotos? Y, Albert, ya que hablamos del tema, ¿qué hay de ti? ¿Cómo puedo estar seguro de que no sabes mucho más de lo que dices? A lo largo de los años has ganado mucho dinero vendiendo antigüedades. Sin duda, sabrías dónde encontrar un comprador en el mercado negro.

—Como sabes bien, Charles, trabajé para interioristas comprando antigüedades que habían salido a la venta en el mercado legal —espetó Albert—. Nunca me he visto implicado en la compra ni en la venta de documentos bíblicos.

—Siempre hay una primera vez cuando lo que está en juego es tanto dinero —respondió Charles—. Has vivido toda la vida con un sueldo de profesor. Estás a punto de jubilarte con una pensión de profesor. No podrás trotar mucho por el mundo con esos ingresos.

—Lo mismo podría decir de ti, Charles. Yo, en cambio, nunca he ganado un céntimo timando a un coleccionista.

La conversación terminó cuando llegaron a casa de Mariah.

De regreso a Manhattan, la tensión fue en aumento. Ambos tenían que presentarse en la oficina del fiscal a la mañana siguiente para prestar declaración ante los detectives.

Los dos eran conscientes de que los policías comprobarían las llamadas de sus teléfonos móviles. Pese a la detención de Kathleen, era evidente que seguían investigando las circunstancias que rodeaban la muerte de Jonathan, el pergamino desaparecido y ahora a la cuidadora desaparecida.

El apartamento de Greg en el Time Warner Center tenía buenas vistas de Central Park South. Cuando llegó a casa después de la cena, se quedó un buen rato de pie junto a la ventana, observando a los paseantes nocturnos caminar por las aceras que bordeaban el parque. Era un hombre analítico por naturaleza y procedió a repasar mentalmente los acontecimientos de esa noche.

¿Era demasiado esperar que Mariah estuviera empezando a sentir algo por él? Había notado que, durante un instante, había respondido a su abrazo antes de apartarse. El secreto para ganarse su cariño era sacar a su madre de ese lío, se dijo. Incluso si el fiscal tenía las pruebas suficientes para demostrar que Kathleen había asesinado a Jonathan, si la declararan enferma mental, entonces el juez podría permitir su vuelta a casa, aunque tuviera que estar vigilada las veinticuatro horas del día. Puedo ayudar a Mariah a encontrar a los psiquiatras adecuados y también proporcionarle la vigilancia necesaria para su madre, pensó.

¿De cuánto dinero dispondrá Mariah en estos momentos?, se preguntó. No creo que Jonathan tuviera una pensión muy elevada. Llevaba mucho tiempo costeando cuidadoras, así que debió dejarse mucho dinero en ello. Mariah no querrá vender la casa. Quiere que su madre siga viviendo allí. Si su madre termina volviendo a ella, los gastos en seguridad ascenderán a una fortuna. Y tendría que afrontarlo antes incluso de que se celebre el juicio; si su madre queda en libertad el viernes, el juez insistirá en que la seguridad se contrate de inmediato.

Al parecer, esos detectives creen que la desaparición de Rory puede estar relacionada con la muerte de Jonathan. ¿Piensan que Rory se marchó porque estaba implicada de algún modo en el asesinato? ¿O creen que alguien se libró de ella porque sabía demasiado?

Greg se encogió de hombros, se dirigió a su estudio y encendió el portátil. Era el momento de empezar a buscar a los mejores psiquiatras forenses, decidió.

Richard regresó a su apartamento cercano a la Universidad de Fordham, exultante porque Lillian hubiera decidido aceptar su oferta. Cumpliré mi parte del trato, pensó. Nunca diré que fue Lillian quien me lo vendió. Me ha dicho que además de la mía tiene otras dos ofertas, pero la creo cuando dice que no ha admitido ante nadie que lo tiene. Richard sonrió mientras aparcaba en el garaje. Estoy seguro de que se ha creído la historia que le conté, pensó.

No debería ser tan crédula.

37

El miércoles por la mañana, los detectives Simon Benet y Rita Rodriguez repasaban en su oficina las novedades del caso, cada vez más complicado, del asesinato del profesor Jonathan Lyons.

Habían llevado a cabo una revisión de los antecedentes de la desaparecida Rory Steiger. Para su sorpresa, descubrieron que su nombre auténtico era Victoria Parker, y que había cumplido una condena de siete años de cárcel por robar dinero a una anciana que había contratado sus servicios como cuidadora.

—Bueno, nuestra Rory no solo ha desaparecido ahora, sino que también lo hizo hace tres años, cuando violó la condicional —comentó Rita, con una nota de satisfacción en la voz—. Robó cuando trabajó como cuidadora en el pasado, y puede que siga siendo una delincuente. Es probable que oyera al profesor Lyons hablando por teléfono sobre el pergamino. Y desde luego sabía lo fácil que resultaría tenderle una trampa a Kathleen.

—Eso no exime de culpa a Kathleen Lyons —respondió Simon con rotundidad—. Estoy de acuerdo en que Rory, o Victoria, o como quiera llamarse, pudo haber robado el pergamino. Sin duda es lo bastante lista para saber que la investigaríamos como parte del caso, y ha sido lo bastante espabilada para escapar.

—También ha sido lo bastante lista para deshacerse de su teléfono móvil —señaló Rita—. La compañía telefónica nos ha informado de que no emite ninguna señal, por lo que no podemos localizarlo. Está claro que sabe cómo desaparecer. Y si se llevó el pergamino, puede que las conversaciones mantenidas durante las cenas en esa casa le proporcionaran suficiente información para saber cómo venderlo en el mercado negro. —Vaciló y acto seguido agregó—: Simon, sé que no te hizo gracia que lo comentara el otro día, pero ahora en particular, con la nueva información que tenemos sobre Rory y su desaparición, me inquieta mucho que Kathleen Lyons pueda ser inocente.

Durante unos segundos, Rita no se atrevió a mirar a Simon, convencida de que estaría a punto de estallar. Pero no lo hizo. En lugar de eso, respondió:

—Veámoslo de este modo. Si Rory se llevó el pergamino, es posible que ya haya encontrado un comprador. El padre Aiden dijo que Jonathan Lyons estaba preocupado porque un experto con quien había hablado estaba interesado en él tan solo por su valor económico. No me creo en absoluto que esos cuatro tipos que estaban en la casa ayer por la noche no sepan nada más. Me muero de ganas de hablar con ellos por separado esta tarde.

—Creo que deberíamos presentar una solicitud ante el juez hoy mismo para obtener los registros de sus llamadas telefónicas durante el último mes —dijo Rita—. La oportuna amnesia de Lillian sobre los números de esos móviles de prepago nos impide hacer cualquier comprobación. Pero, Simon, debemos tener en cuenta otra posibilidad. Si alguien pagó a Rory para que robara el pergamino y después se lo entregó a esa persona, no solo habrá dejado de ser una pieza útil, sino que se habrá convertido en una amenaza. Tal vez ese alguien se haya librado de ella. En su apartamento había muchos objetos personales que podría haberse llevado fácilmente si se hubiera marchado sola. Y no olvides que su coche sigue en el garaje.

Rita empezó a hablar con mayor rapidez.

—Y su amiga Rose dijo que Rory la había invitado a celebrar algo, pero no nos comentó qué. Rory le dijo que quería sorprenderla. Tal vez quisiera celebrar que le habían pagado por robar el pergamino. Aunque no creo que le dijera eso a Rose. Es probable que tuviera intención de decirle algo como que le habían ofrecido un empleo muy bien pagado en algún otro lugar. Mi instinto me dice que Rose no nos mintió cuando nos dijo que no sabía por qué Rory no había acudido a la cita.

—¿Quién sabe? Tal vez Rory advirtió que estaba en peligro, se puso nerviosa y decidió largarse. —Simon tamborileó con los dedos sobre el escritorio, señal de que intentaba tomar una decisión—. Estoy muy lejos de creer que Kathleen Lyons sea inocente. No olvidemos que la última vez que cenaron todos juntos, la mujer despotricó sobre su marido y su amante, y al cabo de unas horas él apareció muerto. Y no olvidemos que Kathleen sabía disparar una arma. Pero creo que deberíamos reunirnos con el fiscal Jones y ponerlo al corriente de todo esto.

Rita Rodriguez asintió con la cabeza, con la precaución de no demostrar su satisfacción por el hecho de que Simon estuviera cambiando claramente su opinión inicial, según la cual no había ninguna duda de que Kathleen había asesinado a su marido.

38

El miércoles por la tarde, el ayudante del fiscal, Peter Jones, se encontraba en su oficina repleta de expedientes, tratando de asimilar la información que Benet y Rodriguez acababan de entregarle. Le pareció evidente que Rita estaba convencida de que se había realizado una detención errónea. Y era también evidente que Simon ya no estaba seguro de que Kathleen Lyons fuera la asesina.

Jones, un hombre de cuarenta y seis años, de facciones duras y atractivas y con veinte años de experiencia en la oficina del fiscal, esperaba ascender a lo más alto cuando su jefe se jubilara dentro de cinco meses. Su reputación como abogado litigante agresivo pero justo le daba razones para creer que era el candidato más firme. Sin embargo, ahora se sentía invadido por el miedo. Pensó en su madre de setenta y dos años, que empezaba a mostrar indicios de demencia. El hecho de imaginarla esposada y acusada de un delito que no había cometido hacía que se le formara un nudo en la garganta. El recuerdo de la aterrada y perpleja Kathleen Lyons, temblorosa frente al juez, le ardió en la mente.

Si hemos cometido un error, el escándalo será un festín para la prensa, pensó mientras el sudor le perlaba la frente. Publicarán su fotografía con aspecto desamparado una y otra vez. Ayer copó todas las portadas. Será mejor que me olvide del ascenso. Repasé todas las pruebas con lupa, se recordó con tristeza, y sigo pensando que es culpable. Por el amor de Dios, ¡estaba escondida en el armario, sujetando el arma y cubierta de sangre!

Sin embargo, que su cuidadora haya resultado ser una ex convicta y haya desaparecido, da un vuelco al asunto, reconoció para sí.

En ese momento sonó el timbre del teléfono de su oficina. Estaba a punto de decirle a su secretaria que no quería hablar con nadie cuando la mujer le dijo que quería hablar con él sobre el caso de Kathleen Lyons un tal Joshua Schultz, abogado de Manhattan.

—Dice que tiene información importante, Peter —anunció en tono de escepticismo—. ¿Quieres hablar con él?

¿Qué más puede haber de nuevo?, se preguntó.

—Pásame la llamada, Nancy —le pidió.

—Peter Jones, ayudante del fiscal —dijo en tono enérgico.

—En primer lugar, señor Jones, muchas gracias por atender mi llamada —respondió una voz suave con marcado acento neoyorquino—. Soy Joshua Schultz, abogado penalista de Manhattan.

—Sí, he oído hablar de usted —dijo Peter. Y por lo que he oído, no es nada del otro mundo, pensó.

—Señor Jones, me he puesto en contacto con usted por una información que me parece que tiene suma importancia en el caso de asesinato de Jonathan Lyons. Represento al acusado Wally Gruber, a quien se le imputa un delito de intento de robo en una residencia de Riverdale y otro de robo en Mahwah. Mi cliente está detenido en Rikers Island, y se ha presentado una denuncia contra él en New Jersey por el caso de Mahwah.

—Estoy al corriente del caso de Mahwah —respondió Peter Jones lacónicamente.

—He hablado con mi cliente y reconoce que poco puedo

hacer por él en el caso de su jurisdicción. Se nos ha informado de que han encontrado sus huellas dactilares en el lugar. También se nos ha comunicado que la policía de Nueva York está llevando a cabo una investigación sobre otros robos en casas cuyos propietarios habían dejado sus vehículos en el aparcamiento de Manhattan en el que el señor Gruber trabajaba antes de ser detenido.

—Siga —respondió Peter, incapaz de deducir adónde quería ir a parar.

—Señor Jones, le hago saber que mi cliente me ha informado de que cuando estaba en el primer piso de la casa de Mahwah durante el robo, oyó un disparo procedente de la casa de al lado. Corrió a la ventana y vio a alguien que salía a toda prisa de la casa. No voy a revelarle todavía si se trata de un hombre o de una mujer, pero le aseguro que aunque llevaba la cara cubierta con un pañuelo, en un momento determinado se lo quitó, y mi cliente pudo verle la cara. El señor Gruber me ha dicho que hay una farola muy cerca del sendero que conduce a la calle, y que ilumina toda la zona.

Se produjo una larga pausa mientras Peter Jones asimilaba el hecho de que, sin duda, Schultz se estaba refiriendo al asesinato de Jonathan Lyons.

—¿Qué intenta decirme? —preguntó.

—Lo que intento decirle es que el señor Gruber ha visto la fotografía de Kathleen Lyons en el periódico, y está convencido de que ella no es la persona que huía de la casa. Está seguro de que podría sentarse con su experto en retratos robot y ayudarlo a trazar un esbozo muy preciso de la persona a la que vio. Por supuesto, a cambio de su colaboración espera una ayuda considerable por su parte para reducir las condenas de los casos de Nueva York y New Jersey.

Peter se sintió como si el mundo se hundiera bajo sus pies.

—Qué casualidad que el señor Gruber estuviera allí esa noche, y en ese preciso momento —comentó con sarcasmo—.

Los propietarios de la casa contigua a la residencia de los Lyons estuvieron varias semanas fuera del país, por lo que el robo pudo cometerse en cualquier momento durante ese período.

—Pero, señor Jones, no se cometió, como usted dice, en ningún otro momento durante ese período. —Ahora el tono de Schultz era igualmente sarcástico—. Se cometió al mismo tiempo que asesinaban a Jonathan Lyons. Y podemos demostrárselo. El señor Gruber condujo su coche hasta New Jersey esa noche, pero utilizó matrículas robadas y una tarjeta de peaje también robada. Por petición mía, un primo suyo fue al depósito que el señor Gruber tiene alquilado y recuperó las matrículas y la tarjeta. Las tengo aquí. La tarjeta de peaje pertenece a un sedán Infiniti, propiedad de Owen Morley, un cliente asiduo del aparcamiento en el que trabajaba el señor Gruber. El señor Morley está en Europa este mes, pero la tarjeta le demostrará el cargo de esa noche. Estoy seguro de que si comprueba la cuenta asociada a esa tarjeta que utilizó, podrá corroborar la versión de mi cliente cuando afirma que pasó por el puente George Washington de New Jersey a Nueva York aproximadamente cuarenta y cinco minutos después de que Jonathan Lyons fuera asesinado.

Peter Jones hizo un esfuerzo para elegir las palabras con cuidado y sonar tranquilo.

—Señor Schultz, tiene que entender que la credibilidad de su cliente es, en el mejor de los casos, dudosa. Basándome en lo que acaba de decirme, sin embargo, creo que tengo la obligación moral de entrevistarme con él. Veremos adónde nos lleva. Es posible que el señor Gruber estuviera allí al mismo tiempo, pero ¿cómo sé que no se inventará una cara y nos dirá que esa es la persona a la que vio saliendo de la casa de los Lyons?

—Señor Jones, este es un caso fascinante, que seguía incluso desde antes que el señor Gruber contratara mis servicios. Me parece que si la señora Lyons no estuvo implicada, entonces esa arma debió de ser disparada por alguien cercano a la víctima. Por lo que he leído, no se apunta a la posibilidad de que pudiera haber sido obra de un desconocido. Es muy probable que con un retrato robot de calidad, el rostro resultaría reconocible a los familiares o amigos de la víctima.

—Como ya le he dicho —espetó Peter—, reconozco mi deber ético de seguir este hilo, pero desde luego no puedo prometerle nada por adelantado. Quiero hablar con el señor Gruber, y quiero ver esas matrículas. Comprobaremos que el cargo en la tarjeta de peaje aparezca en la cuenta del señor Morley. Si, después de eso, decidimos que se reúna con nuestro retratista, veremos qué nos ofrece el esbozo. Le doy mi palabra de que cualquier muestra de colaboración útil será puesta en conocimiento de sus jueces. En este momento, me niego a concretar nada más.

La voz de Schultz sonó airada y fría.

—No creo que el señor Gruber responda muy bien ante una propuesta tan vaga. Tal vez debiera pasar esta información al señor Scott, representante legal de Kathleen Lyons. Resulta irónico que él sea además la víctima de este robo, y supongo que tendría que aconsejar a la señora Lyons que se buscara otro abogado. Pero he leído que las familias mantienen una buena amistad, y estoy seguro de que cualquier información que ayude a exonerar a esa mujer inocente será bien recibida. Además, no dudo que el señor Scott se aseguraría de que la colaboración por parte de mi cliente llegara a oídos de los jueces del caso.

Peter notó que Schultz estaba a punto de colgar.

—Señor Schultz —dijo con énfasis—, los dos somos abogados penalistas con experiencia. Ni siquiera he visto al señor Gruber, pero sé que es un delincuente que busca su propio beneficio. Sería del todo irresponsable por mi parte hacer promesas más específicas en este momento, y lo sabe. Si la información que nos proporciona nos resulta de utilidad, le aseguro que los jueces de su caso estarán al corriente de su colaboración.

—No me basta, señor Jones —objetó Schultz—. Le propongo lo siguiente: esperaré dos días antes de ponerme en contacto con el señor Scott. Le sugiero que reflexione sobre mi oferta. Lo llamaré de nuevo el viernes por la tarde. Que pase usted un buen día.

39

El miércoles por la mañana, uno de los teléfonos de prepago de Lillian sonó a las seis en punto. Sabiendo quién estaría al otro lado de la línea, alargó un brazo por encima de la almohada hacia la mesita de noche. Aunque ya estaba despierta, le molestó la llamada tan temprana. Su «¿sí?» sonó abrupto y arisco.

—Lillian, ¿llamaste a Richard ayer por la noche? —preguntó su interlocutor, en tono glacial, casi amenazante.

Lillian se planteó mentir, pero decidió que no merecía la pena.

—Sabe que tengo el pergamino —espetó—. Jonathan le dijo que me lo había dado. Si no se lo vendo a él, acudirá a la policía. ¿Te das cuenta de lo que implicaría eso? Cuando los polis estuvieron aquí, tuve que admitir que la noche en que Jonathan murió estuve cenando a tan solo veinte minutos de su casa de New Jersey. Ambos sabemos que Kathleen lo mató, pero si Richard les dice que tengo el pergamino, podrían darle la vuelta al asunto y decir que fui a la casa, que Jonathan me dejó entrar, y que después lo maté y me llevé el pergamino.

—Te estás poniendo histérica y sacas conclusiones absurdas —repuso su interlocutor—. Lillian, ¿cuánto va a pagarte Richard?

—Dos millones de dólares.

—Yo te ofrezco cuatro millones. ¿Por qué haces esto?

—¿No entiendes por qué lo hago? —gritó—. Porque si no se lo vendo a Richard, irá a hablar con los detectives. Ya ha visto el pergamino. Confía en la opinión de Jonathan de que es auténtico. Jonathan le dijo que me lo había dado a mí. Y, por supuesto, Richard negará haber intentado comprármelo. Les dirá a los detectives que ha estado tratando de convencerme para que lo devuelva.

—Richard ha negado, tanto a Mariah como a los detectives esos de anoche, haber visto el pergamino. Si cambia su versión empezarán a sospechar de él. Deberías retarlo y decirle que te deje en paz.

Lillian se incorporó en la cama.

—Tengo un dolor de cabeza espantoso. No aguantaré mucho más tiempo esta presión. Ya mentí a los policías cuando les dije que Jonathan iba a intentar salir de casa y reunirse conmigo para cenar la noche que lo asesinaron. Pero después le dije a Alvirah que no hablé con Jonathan durante esos últimos cinco días, y estoy segura de que se lo habrá comentado a Mariah y a la policía.

—Lillian, escúchame. Tengo un plan alternativo con el que vas a salir ganando. Te pagaré cuatro millones de dólares por el pergamino. Dale largas a Richard hasta el viernes. Puedo conseguir que un experto de primera haga una copia perfecta utilizando como soporte un pergamino de dos mil años de antigüedad, que después puedes darle a Richard. Te pagará dos millones, así que al final te embolsarás seis. Eso te secará las lágrimas por Jonathan. Y cuando Richard descubra que es una falsificación, pensará que Jonathan se equivocó. ¿Qué crees que hará? ¿Ir a la policía? Él estará metido hasta el cuello. No olvides que estamos hablando de un pergamino que fue robado de la Biblioteca Vaticana. Nuestro querido Richard no tendrá más remedio que tragárselo.

Seis millones de dólares, pensó Lillian. Si decidiera dejar de dar clases, podría viajar. ¿Quién sabe? Puede que conozca a un tipo agradable que no tenga una esposa desquiciada.

—¿Dónde tienes guardado el pergamino, Lillian? Lo quiero tener hoy mismo.

—En mi caja fuerte del banco, a un par de manzanas de mi casa.

—Te advertí que la policía podía pedir una orden de registro de tu casa y de cualquier caja de seguridad a tu nombre. Tienes que sacarlo de allí ahora mismo. Ve al banco cuando abran, a las nueve. Y ni se te ocurra llevarlo a tu apartamento. Te llamaré dentro de una hora y te diré dónde podemos encontrarnos cuando salgas del banco.

—¿Y qué hay de los cuatro millones de dólares? ¿Cuándo los cobraré y cómo?

—Te enviaré el dinero por giro telegráfico a una cuenta en el extranjero y te pasaré toda la documentación necesaria cuando te dé la copia el viernes por la mañana. Mira, Lillian, tenemos que confiar el uno en el otro. Cualquiera de los dos podría delatar al otro. Tú quieres el dinero. Yo quiero el pergamino. Le das a Richard la falsificación el viernes por la tarde y cobras el dinero que te pague. Y todos contentos.

40

Kathleen estaba sentada en la cama, con una bandeja con té, zumo y tostadas frente a ella. El olor de las tostadas le hizo imaginarse que estaba sentada a la mesa del desayuno con Jonathan. Él la acompañaba, pero no la miraba. Estaba sentado en una silla junto a la cama, y tenía la cabeza y los brazos inclinados sobre sus piernas.

En cualquier momento empezará a sangrar, pensó.

Kathleen apartó la bandeja y no se dio cuenta de que la enfermera llegó a tiempo de atraparla para evitar que se derramara el té y el zumo.

Una voz le preguntó:

—¿Qué quiere, Kathleen? ¿Por qué hace eso?

Kathleen se aferraba a la almohada e intentaba quitarle la funda.

No se dio cuenta de que la enfermera hizo un gesto para detenerla, y después dio un paso atrás.

Con los dedos temblorosos, Kathleen arrancó la funda y se la ató a la cara.

—Kathleen, tiene miedo. Algo la asusta.

—No le veo la cara —gimió Kathleen—. Tal vez, si él no me ve, no me dispare también a mí.

41

A las nueve menos cuarto del miércoles por la mañana, Lloyd Scott pasó a ver a Mariah. La había telefoneado a las ocho y media con la esperanza de que ya se hubiera levantado.

—Lloyd, voy por la segunda taza de café —le dijo—. Ven cuando quieras. Además, pensaba llamarte. Tengo cosas que contarte.

Cuando llegó a su casa, la encontró en la salita del desayuno, con varios documentos esparcidos en orden sobre la mesa.

—He dado el día libre a Betty —aclaró—. Se quedó ayer por la noche porque tuve invitados a cenar. Podría decirse que vive aquí desde que mi padre murió, pero creo que ha llegado el momento de recuperar algo parecido a la normalidad.

—Por supuesto —coincidió Lloyd—. Mariah, recordarás que te dije que iba a investigar a Rory Steiger. Bueno, pues tengo el informe y resulta que en realidad se llama Victoria Parker y tiene antecedentes penales. Pasó siete años en la cárcel de Boston por robar dinero y joyas a una anciana que la había empleado como cuidadora.

—Los dos detectives vinieron a casa ayer por la noche. Me contaron lo de su pena de cárcel y que Rory ha desaparecido —respondió Mariah—. Querían saber si había tenido noticias de ella, y les dije que no.

Lloyd Scott había aprendido a mantener el gesto impasible en los tribunales incluso cuando uno de sus testigos decía algo inesperado durante un interrogatorio. Sin embargo, en ese momento abrió los pálidos ojos azules como platos mientras, en un gesto inconsciente, se retiraba de la cara los mechones de pelo que aún conservaba.

—¿Que ha desaparecido? Espera un momento. Enseguida vuelvo.

Con la familiaridad propia de un viejo amigo, se dirigió a la cocina, se sirvió una taza de café, volvió a la salita del desayuno y tomó asiento. Mariah le explicó brevemente que Rory se había saltado una cita con una amiga y que no respondía al móvil, pero que cuando el portero revisó su apartamento todo parecía en orden.

—Lloyd, al parecer, la pregunta es: ¿ha desaparecido por su propia voluntad o le ha ocurrido algo? —dijo Mariah, y a continuación agregó—: Es curioso. Nunca aprecié a Rory tanto como a Delia, la cuidadora de los fines de semana, pero Rory parecía ocuparse bien de mi madre. Y mamá le hacía caso. Delia tiene que rogarle que se duche o que se tome sus medicamentos. Con Rory nunca discutía.

—Rory robó a la mujer para la que trabajaba en Boston —comentó Lloyd—. ¿Hay alguna posibilidad de que haya estado robando en esta casa y que ahora tema que la descubran?

—Creo que mi padre se habría dado cuenta si le hubiera faltado dinero en la cartera. Betty tiene una tarjeta de crédito para hacer las compras. Las joyas de mi madre están en la caja fuerte porque mi padre descubrió a mi madre intentando tirarlas a la basura y las escondió. —La voz de Mariah adoptó un tono de tensión—. Se me ocurre que tal vez Rory oyera hablar a mi padre por teléfono sobre el pergamino. Ayer por la noche, durante la cena, Richard, Greg, Albert y Charles admitieron que mi padre los había llamado para comentarles el asunto. A mi madre le gustaba sentarse en el estudio con él, y Rory siempre rondaba junto a ella. ¿Y si, después de la muerte de mi padre, Rory encontró el pergamino y también a un comprador? Esa sería una buena razón para desaparecer.

—¿Crees que eso fue lo que sucedió? —preguntó Lloyd con gesto de incredulidad.

—Sabemos que es una ladrona. —Durante un momento, Mariah volvió la cabeza y miró por la ventana trasera—. Las alegrías de la casa crecen preciosas —observó—. Aunque dentro de unas semanas habrán desaparecido. Aún recuerdo a mi padre plantándolas en junio. Salí al jardín y quise ayudarlo, pero no me dejó. Yo acababa de soltar alguna maldad sobre Lillian. Me dio la espalda, se encogió de hombros y se alejó. Dios mío, Lloyd, ojalá pudiéramos borrar los comentarios hirientes que hacemos... —Suspiró.

—Mariah, escúchame. Conocí bien a tu padre. Tú eras la voz de su conciencia. Sabía que no debía mantener una relación con Lillian porque os hacía daño, a ti y a tu madre. No olvides que llevo viviendo más de veinte años aquí, y que he sido testigo de lo enamorados que estaban tus padres. Creo que sabía que, si hubiera sido al contrario, tu madre no habría metido a nadie en su vida.

—Aun así, me gustaría haber sido más comprensiva. Y el hecho es que si esas malditas fotografías no hubieran salido a la luz, mamá y yo habríamos estado tan tranquilas, ajenas a esa relación, y mucho más felices. Siempre pensé que Lillian y Charles estaban juntos. Lillian es y era una buena actriz, y de eso precisamente quería hablarte. —Mariah lo miró a los ojos—. He pensado mucho en ello y, pese a lo que acabas de decirme, apostaría cualquier cosa a que mi padre le dio el pergamino a Lillian para que se lo guardara. Rompiera o no con ella después de visitar al padre Aiden ese miércoles de hace dos semanas, Lillian admitió a Alvirah que no volvieron a hablar durante los cinco días siguientes, y después asesinaron a mi padre.

Lloyd asintió con la cabeza, y dijo:

—Alvirah puso mucho énfasis en ello, y si de algo estoy seguro es de que Alvirah no malinterpreta lo que le dicen.

—Lloyd, supón que se pelearan. Tal vez Lillian se negara a devolverle el pergamino. Es muy posible que no lo guardara en su apartamento. ¿Y si lo depositó en una caja fuerte de un banco por seguridad?

—Entonces, ¿crees que Lillian puede tener el pergamino?

—Me jugaría el cuello a que sí. Piénsalo, Lloyd. Si mi padre le dijo que habían terminado, estaría herida y furiosa. Vi esas fotografías. Estaban enamorados. Mi padre le había hecho perder cinco años y había decidido alejarse de ella. Lillian tal vez sintiera que mi padre le debía muchas cosas.

Lloyd reflexionó un momento y a continuación decidió exponer la posibilidad que se le había ocurrido.

—Mariah, supongamos que Lillian vino aquí el lunes por la noche, en teoría para devolverle el pergamino. Si se había marchado ya la cuidadora, ¿es posible que tu padre le abriera la puerta, que después se pelearan y que fuera ella quien apretó el gatillo?

—Salvo que mi madre sea culpable, cualquier cosa me parece posible —respondió Mariah—. Y esta mañana iré a Nueva York para hablar claramente con Lillian. Mi padre encontró un objeto sagrado y valiosísimo que pertenece a la Iglesia y a generaciones de personas que tienen derecho a poder verlo expuesto en la Biblioteca Vaticana. De un modo u otro, me aseguraré de que lo recuperen.

Las lágrimas le afloraron a los ojos.

—Si consigo recuperar esa carta de Cristo a José de Arimatea y devolverla a su lugar, sé que mi padre lo sabrá y le será más fácil perdonarme por todos los comentarios desagradables que he hecho en el último año y medio.

42

El miércoles a las ocho y media de la mañana, Alvirah y Willy estaban sentados en su coche, aparcado en la acera de enfrente del bloque de apartamentos donde vivía Lillian, al otro lado de Lincoln Center.

—El edificio solo tiene una salida —observó Alvirah, más para sí que para Willy, que leía el *Daily News*—. Solo espero que los policías no nos echen. Esperaré hasta las nueve, después entraré y daré mi nombre al portero. Cuando Lillian responda al interfono, le diré que sé cosas que podrían evitarle acabar en la trena.

El comentario llamó la atención de Willy. Había estado leyendo las páginas de deportes y estaba absorto en los artículos que describían lo reñida que estaba la competición entre los Yankees y los Red Sox de Boston.

—No me habías dicho que habías descubierto tantos trapos sucios sobre ella —comentó.

—Yo no lo he hecho —reconoció Alvirah con total naturalidad—. Pero le haré creer lo contrario. —Suspiró—. Me encanta el verano, pero la verdad es que me alegro de que haya refrescado estos últimos días. Treinta y cinco grados a diario son difíciles de soportar. Este traje es ligero, pero incluso con el aire acondicionado puesto, se siente como una manta.

Llevaba un traje pantalón de algodón que, después de las

deliciosas comilonas durante el crucero, le apretaba un poco. También era consciente, con pesar, de las raíces blancas que brotaban como malas hierbas de su cabello de suave tono rojizo, y de que Dale of London, quien siempre la teñía, estaba de vacaciones en la isla de Tórtola.

—No sé cómo he dejado que me creciera tanto, y encima Dale no volverá hasta dentro de una semana —se quejó—. Empiezo a parecerme a la anciana que vivía en un zapato.

—Tú siempre estás preciosa, cariño —aseguró Willy—. Al menos tú y yo tenemos pelo del que preocuparnos. El abogado de Kathleen es un buen tipo, pero debería quitarse esos tres mechones que se peina sobre la coronilla y raparse la cabeza. Se parecería a Bruce Willis...

Willy se interrumpió.

—Demasiado tarde, Alvirah. Lillian está saliendo.

—Oh, no —se quejó Alvirah mientras observaba la esbelta figura de Lillian Stewart, vestida con un chándal de verano y zapatillas, que salía a la acera y torcía a la derecha. Llevaba el bolso colgado del hombro izquierdo y lo que parecía una bolsa de tela bajo el brazo derecho.

—Síguela, Willy —ordenó Alvirah.

—Alvirah, hay mucho tráfico en Broadway. No creo que pueda seguirla durante mucho tiempo. Tendré a la mitad de los autobuses y taxis de Nueva York pitando detrás de mí.

—Mira, Willy, va hacia el norte. Parece que seguirá al menos hasta la siguiente manzana de Broadway. Sigue recto y aparca en la esquina. Aquí todo el mundo aparca en doble fila. ¿Por qué tú no?

Consciente de que protestar resultaría inútil, Willy obedeció. Cuando Lillian llegó a la siguiente manzana, no cruzó sino que torció a la derecha.

—Oh, qué bien —dijo Alvirah—. Es una calle de sentido único. Gira a la izquierda, Willy.

—Entendido, cambio y corto —respondió Willy con gesto inexpresivo mientras hacía una maniobra arriesgada y cruzaba dos carriles de tráfico que se aproximaba en dirección contraria.

En la esquina siguiente, Alvirah soltó un grito triunfal.

—Mira, Willy. Se dirige al banco. Estoy segura de que va a hacer una visita a su caja fuerte. Me juego lo que quieras a que cuando salga llevará algo en esa bolsa. No olvides que aceptó la oferta de Richard de dos millones de dólares. Debería darles vergüenza.

De nuevo, Willy aparcó en doble fila, en esa ocasión a unos metros de la entrada del banco. Al cabo de un momento, un rostro de gesto adusto golpeó la ventanilla del acompañante.

—Muévase, señor, ahora —ordenó un policía de tráfico—. No puede detenerse aquí.

Willy sabía que no tenía elección.

—¿Qué quieres que haga, cariño? —preguntó—. No puedo aparcar por aquí.

Alvirah ya estaba abriendo la puerta.

—Da la vuelta a la manzana. Bajaré aquí. Me esconderé detrás de ese puesto de fruta y la seguiré cuando salga. Supongo que volverá a su apartamento o se reunirá con Richard en algún lugar. Si tengo que marcharme antes de que vuelvas, te llamaré al móvil.

Alvirah bajó del coche y el policía volvió a acercarse a la ventanilla para ordenarle a Willy que se moviera.

—De acuerdo, agente, de acuerdo. Ya me voy.

43

A las nueve de la mañana, Richard Callahan estaba en la oficina de gestión patrimonial de Roberts y Wilding, en Chambers Street, ordenando la retirada de dos millones de dólares de su fondo de fideicomiso y su envío a la cuenta de Lillian Stewart.

—Richard, como ya te he comentado, según la ley, a lo largo de tu vida puedes regalar varios millones de dólares sin penalización fiscal. ¿Quieres que este obsequio lo incluyamos en esa prestación de por vida? —preguntó Norman Woods, su asesor financiero.

—Sí, precisamente es eso lo que deseo —respondió Richard, advirtiendo que estaba muy nervioso y con la esperanza de que no se le notara.

Norman Woods, un elegante hombre de pelo cano, vestido como siempre con un traje azul oscuro, camisa blanca de manga larga y corbata azul estampada, estaba a punto de cumplir los sesenta y cinco años y le faltaba poco para jubilarse. Sintió ganas de hacer algo totalmente impropio en él y decir: «Richard, ¿puedo preguntarte si a la señorita Stewart te une una relación sentimental? Sé que tus padres estarían encantados de que así fuera».

En lugar de eso, mantuvo el gesto inexpresivo mientras confirmaba que, cuando Richard le proporcionara la información sobre la cuenta bancaria de la señorita Stewart, se le ingresaría directamente el dinero.

Richard le dio las gracias y salió de la oficina.

En cuanto se encontró en el vestíbulo del edificio, marcó el número de móvil de Lillian.

44

Desde su posición detrás del puesto de fruta, Alvirah esperó a que Lillian saliera del banco. A las nueve y diez, Willy apareció por la esquina, la saludó con la mano y se dispuso a dar otra vuelta a la manzana. A las nueve y veinte se abrió la puerta del banco y Lillian salió a la calle. Como Alvirah había supuesto, la bolsa de tela doblada que llevaba debajo del brazo al entrar, ahora sin duda contenía algo, y Lillian la sujetaba con firmeza con la mano izquierda.

Willy aparecerá en cualquier momento, pensó Alvirah, y después observó decepcionada que Lillian avanzaba por la calle de sentido único en dirección contraria a la del tráfico. Es probable que vuelva a casa, decidió Alvirah. Lo mejor será que la siga y telefonee a Willy al móvil.

Sin embargo, en la esquina de Broadway, Lillian cruzó la avenida a toda velocidad y Alvirah se dio cuenta de que tal vez se dirigiera a la entrada del metro.

Lillian caminaba deprisa. Alvirah aceleró el paso, resoplando por el esfuerzo de no perderla de vista, aunque manteniéndose a una distancia prudencial. De reojo intentaba ver a Willy cuando torciera de nuevo por la esquina, pero cuando pasó frente a ella, lo hizo mirando en otra dirección. Tendrá que seguir dando vueltas. Ahora no puedo hurgar en el bolso para buscar el móvil, se dijo.

Tuvo que hacer acopio de todas sus fuerzas para mantenerse lo más cerca posible de Lillian sin que la mujer la viera, en particular cuando empezaron a bajar por las escaleras del metro. El metro no había llegado, pero el andén estaba abarrotado y se oía el ruido del próximo tren. Alvirah la siguió observando mientras ambas buscaban el pase del metro en sus bolsillos. A continuación, separada de Lillian por un par de personas en la fila, pasó tras ella por el torniquete y se fijó en que un convoy se detenía en la estación. Lillian corrió al andén para subir a él. Aliviada por el hecho de que estuviera atestado, Alvirah subió al mismo vagón, con cuidado de esconderse detrás de varios pasajeros corpulentos.

Desde el otro extremo, observó a Lillian, de pie, mirando al suelo, agarrada a la barra con una mano y sujetando con fuerza la bolsa de tela con la otra. Cuando unos veinte minutos después el tren se acercó a la estación de Chambers Street, Lillian empezó a abrirse paso hacia la puerta. El tren se detuvo y Alvirah esperó unos segundos para asegurarse de que Lillian se disponía a bajar, y acto seguido bajó también ella camuflada entre un numeroso grupo de gente.

La larga marcha por el andén hizo que Alvirah llegara a las escaleras cuando Lillian ya iba por la mitad del tramo, con prisa por salir a la calle. Alvirah resopló por la frustración cuando justo delante de ella se colocó una mujer gruesa con bastón, que subía los escalones de uno en uno. Por mucho que lo intentó, no logró adelantarla entre el tráfico de pasajeros que subían y bajaban.

Cuando por fin llegó a la calle, Alvirah, desesperada, volvió la cabeza en una y otra dirección.

No había rastro de Lillian.

45

A las diez y veinte, condujo hasta las pesadas puertas metáli-
cas en la zona de reparto de la parte trasera del almacén, con
Lillian sentada a su lado en el coche. Habían tardado menos
de diez minutos en llegar de la salida del metro donde la había recogido hasta esa zona industrial desierta a dos manzanas de East River.

Sus empresas fantasma, creadas sobre el papel con el único objetivo de ocultar su identidad, eran propietarias de los
dos edificios cerrados con tablones que flanqueaban al que se
dirigían. Era en él donde había establecido su espléndido y secreto mundo antiguo. En cierto sentido, lamentaba el hecho de
no haber compartido nunca con otro ser humano la magnifi-
cencia de su colección de valor inestimable. Hoy sucedería.
Lillian se quedaría deslumbrada, maravillada. Imaginó su mirada de sorpresa cuando descubriera los tesoros que ocupaban la segunda planta. Y era consciente de que el mayor de los
tesoros estaba en la bolsa que la mujer sujetaba con fuerza.

Jonathan se lo había enseñado, le había dejado sacarlo del
sobre satinado en que lo guardaba, le había permitido tocar-
lo, sentirlo, y certificar su autenticidad.

Era genuino. No había duda. Se trataba de la única carta
escrita por Cristo, dirigida al hombre que había sido su amigo desde la infancia. Cristo sabía que pronto yacería en la

tumba de José. Sabía que, incluso después de su muerte, José seguiría cuidando de él.

El mundo entero se quedaría fascinado al verlo, pensó. Y va a ser mío.

—¿Adónde diablos vamos? —preguntó Lillian en tono quejumbroso.

—Como te he dicho cuando te he recogido, tengo una oficina en mi almacén, donde gozaremos de absoluta intimidad. ¿Esperabas que te contara los detalles de la cuenta que te he abierto en el extranjero en una acera abarrotada de Chambers Street?

El hombre percibió que Lillian solo estaba impaciente, no nerviosa.

Presionó el botón situado en el parasol del coche y las enormes puertas de reparto se levantaron ruidosamente. A continuación entró en el edificio y volvió a pulsar el botón para cerrar la puerta tras ellos. Cuando esta hubo bajado del todo, la oscuridad era total, y oyó que Lillian daba un grito ahogado, sin duda la primera señal de que temía estar corriendo peligro.

Se apresuró a tranquilizarla. Quería deleitarse en su reacción cuando viera sus tesoros, pero sabía que ni siquiera los miraría si supiera lo que estaba a punto de ocurrirle. Se sacó del bolsillo el mando a distancia que encendía la luz del garaje y lo presionó.

—Como ves, esto es un desierto —comentó sonriente—. Pero te aseguro que mi oficina del piso de arriba es mucho más acogedora.

Notó que Lillian no estaba del todo relajada.

—¿Hay alguien en el piso de arriba? —preguntó—. No he visto ningún coche cerca. Este lugar parece abandonado.

El hombre permitió que una nota de fastidio se filtrara en su tono de voz.

—Lillian, ¿crees que quería público para esta transacción?

—No, por supuesto. Vayamos a tu oficina y terminemos con esto. Las clases empiezan la semana que viene y tengo muchas cosas que hacer.

—Con tanto dinero, ¿piensas seguir tratando con alumnos? —preguntó cuando bajaron del coche. Le señaló la pared del fondo y le deslizó una mano por debajo del brazo mientras cruzaban el oscuro espacio sin ventanas.

—Esta es la planta principal —explicó. A continuación se agachó y pulsó el botón oculto que había en la parte baja de la pared y el montacargas inició su descenso.

—Dios mío, ¿qué clase de montaje tienes aquí? —preguntó Lillian, asombrada.

—Ingenioso, ¿verdad? Vamos al piso de arriba —dijo mientras la hacía entrar en el montacargas. Subieron y entraron en la sala. Él esperó a tener a Lillian justo a su lado—. ¿Estás lista? —inquirió mientras encendía la luz—. Bienvenida a mi reino —anunció.

El hombre no apartó los ojos del rostro de Lillian mientras se adentraba en la enorme sala y miraba con incredulidad las maravillosas antigüedades, una tras otra.

—¿Cómo has logrado coleccionar todo esto? —preguntó, atónita—. ¿Y por qué lo guardas aquí? —Se volvió para mirarlo—. ¿Y por qué me has traído a un lugar así? —inquirió—. ¡Esto no es una oficina! —Lillian lo observó fijamente, el rostro y los labios de repente pálidos. Por su sonrisa triunfal, supo que le había tendido una trampa. Presa del pánico, soltó la bolsa de tela y realizó un rápido movimiento para pasar junto a él.

En ese instante, notó que le asía el brazo y tiraba de ella hacia su cuerpo.

—Voy a ser compasivo, Lillian —dijo en voz baja mientras se sacaba una jeringuilla del bolsillo—. Sentirás un pinchazo y nada más, te lo prometo. Nada más.

46

En cuanto se dio cuenta de que había perdido de vista a Lillian, Alvirah telefoneó a Willy.

—¿Dónde te has metido, cariño? —preguntó—. Estaba preocupado por ti. He dado mil vueltas a la manzana. El policía de tráfico cree que estoy al acecho. ¿Qué está pasando?

—Lo siento, Willy. La he seguido hasta el metro. He entrado en el mismo vagón y me he escondido detrás de unos tipos altos. Ha bajado en Chambers Street, pero la he perdido entre la multitud que salía a la calle.

—Mala suerte. ¿Qué quieres hacer ahora?

—Voy a volver y la esperaré en el vestíbulo de su edificio. Aunque tenga que esperar todo el día, pienso mantener una conversación con esa señorita. ¿Por qué no vuelves a casa?

—Ni hablar —respondió con firmeza—. No me gusta este asunto, y ahora que Rory ha desaparecido, ¿quién sabe qué está pasando? Aparcaré en Lincoln Center e iré a hacerte compañía.

Alvirah sabía que cuando Willy utilizaba ese tono de voz, no era posible hacerle cambiar de opinión. Tras echar un último vistazo alrededor por si Lillian salía de alguno de los edificios de la zona, soltó un suspiro de resignación y se dirigió nuevamente al metro.

Veinticinco minutos después se encontraba a las puertas

del edificio de apartamentos de Lillian, frente a Lincoln Center. El portero le informó de que la señorita Stewart no estaba en casa y añadió:

—Hay otra pareja esperándola en el vestíbulo, señora.

Debe de ser Willy, pensó Alvirah. Me pregunto quién será la mujer. Enseguida pensó que sería Mariah.

No se equivocó. Mariah y Willy estaban sentados en las butacas de cuero, uno frente al otro separados por una mesa redonda de cristal situada en un rincón del vestíbulo. Estaban conversando, pero ambos alzaron la vista cuando oyeron el sonido de pasos sobre el suelo de mármol.

Mariah se levantó y abrazó a Alvirah.

—Willy me ha puesto al corriente de la situación —dijo Mariah—. Veo que todos hemos llegado a la misma conclusión: Lillian tiene el pergamino y es hora de plantarle cara.

—Lo tiene o lo tenía —respondió Alvirah con gravedad—. Como Willy te habrá dicho, ha salido del banco con una bolsa en la que llevaba algo. Deduzco que el pergamino estaba en su caja de seguridad y que ha ido a llevárselo a alguien esta mañana.

Alvirah notó la mirada inquisitiva de Willy y supo que tendría que contar a Mariah que había oído y grabado el mensaje que Lillian había dejado en el contestador de Richard la noche anterior.

—Mariah, creo que vas a llevarte una sorpresa desagradable —anunció mientras se sentaba junto a ella. Presionó el botón de reproducción de su broche en forma de sol y activó el mensaje.

—No me lo puedo creer —dijo Mariah, mordiéndose un labio tembloroso mientras la sorpresa y la decepción se apoderaban de ella—. Eso quiere decir que es probable que Lillian haya salido esta mañana a reunirse con Richard. Él llegó a jurarme que no había visto el pergamino. Y ahora resulta que ha llegado a un trato por conseguirlo. Dios, me siento tan traicionada, y no solo por mí, sino mucho más por mi padre. Sé que quería y respetaba de verdad a Richard.

—Bueno, nos quedaremos aquí a esperarla —dijo Alvirah—. Me gustará verla intentar escabullirse de esta.

Resuelta a contener las lágrimas que le asomaban a los ojos, Mariah dijo:

—Alvirah, cuando venía hacia aquí, sobre las diez, me ha llamado Greg. Quería saber cómo estaba y si sabía algo sobre Rory. Le he dicho que iba de camino a la ciudad para hablar con Lillian porque creía que mi padre le dio el pergamino para que se lo guardara. Le he advertido que si Lillian no estaba en casa, tenía intención de esperarla todo el día en el vestíbulo si fuera necesario, y me ha dicho que vendría sobre las doce y media, a menos que lo llamara y le dijera lo contrario.

A las doce y veinte, Greg entró en el edificio. Alvirah observó con aprobación el abrazo protector que dio a Mariah mientras se inclinaba sobre ella y le besaba la cabeza.

—¿Ya la habéis visto?

—No —contestó Willy—. Y tengo una sugerencia. Greg, ¿por qué no te llevas a las chicas a almorzar y me traéis un sándwich? Alvirah y Mariah, prometo que os llamaré de inmediato si ella aparece. No podemos pasar por alto que el portero le dirá que la estoy esperando. Y aunque salga corriendo hacia el ascensor, podéis llamarla cuando volváis y ponerle esa grabación. Podéis decirle que pensáis entregársela a la policía. Creedme, hablará con nosotros.

—Me parece buena idea —respondió Greg—. Pero después de almorzar tengo que salir hacia New Jersey. A las tres tengo una cita con esos detectives.

47

En Rikers Island, Wally Gruber estaba sentado en una sala de reuniones del penal, escuchando con gesto agrio mientras Joshua Schultz le relataba la conversación que había mantenido con el ayudante del fiscal, Peter Jones.

—¿Me estás diciendo que le entregue el retrato del tipo que se cargó al profesor y que a cambio lo único que obtendré es una media promesa de que le hablará bien de mí al juez que me condene? —Wally meneó la cabeza—. Ni hablar.

—Wally, no estás en situación de decir la última palabra. Supón que describes a alguien que se parece a Tom Cruise. ¿Esperas que te den las gracias y encima te premien?

—El tipo al que vi no se parece a Tom Cruise —espetó Wally—, y me juego lo que quieras a que cuando me siente con ese retratista, se tratará de alguien que la familia reconocerá. ¿Por qué crees que el tipo llevaba la cara tapada? Puede que creyera que si se encontraba con esa anciana, ella lo reconocería, aunque esté chalada.

Joshua Schultz empezaba a desear no haber aceptado el caso del Estado de Nueva York contra Wally Gruber.

—Verás, Wally, puedes elegir. O nos arriesgamos con el fiscal o llamamos al abogado de la anciana. Si piensas que este último te dará alguna compensación o que luchará para que obtengas la condicional, olvídalo. No pasará.

—La compañía aseguradora de las joyas que robé en la casa de New Jersey está dispuesta a pagar una recompensa de cien mil dólares por cualquier pista que les lleve a ellas —comentó Wally.

—¿Y tienes el descaro de pensar que se la pagarán a la persona que las ha robado? —preguntó Schultz con incredulidad.

—No te hagas el listo conmigo —espetó Wally—. Lo que digo es que probablemente crean que a estas horas las joyas ya están desmontadas. Y yo sé que siguen engastadas igual que las encontré.

—¿Cómo lo sabes?

—Porque el perista con el que hago tratos tiene muchos clientes en Sudamérica. Me dijo que iba a llevarse el botín a Río de Janeiro el mes que viene, y que es mucho más valioso si se vende intacto y no por piezas. La señora Scott es diseñadora de joyas, ¿no? Imagina que delato al perista y recuperan las joyas. La compañía de seguros se libra de una buena. La señora Scott se pone contentísima. Y encima, describo la cara del asesino a su marido, el abogado que defiende a la anciana. Todos estarán dispuestos a perdonar y a olvidar. Me nombrarán hombre del año.

—Sobre el papel suena bien, Wally, pero creo que pasas por alto un par de puntos muy importantes. Primero, como el abogado de Kathleen Lyons es también el marido de la propietaria de las joyas, tendrá que abandonar el caso de asesinato porque se encontrará ante un conflicto como ninguno que haya visto antes. En segundo lugar, tendríamos que pasar tu información sobre el perista y las joyas al fiscal, porque es quien debe llevar a cabo esa investigación. Lo que sugieres de dar parte de la información a Lloyd Scott y otra parte al fiscal no va a funcionar.

—De acuerdo. Daré otra oportunidad al fiscal. Empezaremos con él, seguro que cuando se dé cuenta de que puedo darle pistas sobre las joyas, cambiará de opinión. Entonces decidiremos si nos quedamos con él por el caso de asesinato o si acudimos a Lloyd Scott. De una manera o de otra, dentro de unos días me sentaré con un retratista de la policía.

—Entonces, ¿quieres que llame al fiscal y le diga que estás también dispuesto a proporcionar información sobre las joyas?

Wally empujó su silla hacia atrás, notablemente impaciente por terminar la conversación.

—Eso es, Josh. Tal vez así se convenza de que puedo resolver su caso de asesinato.

48

Los detectives Simon Benet y Rita Rodriguez tuvieron una mañana de miércoles ajetreada en la oficina del fiscal. Después de marcharse de la casa de Mariah Lyons el martes por la noche, decidieron solicitar una orden para acceder al registro de llamadas de cuatro de los hombres que habían asistido a la cena invitados por Mariah: Richard Callahan, Greg Pearson, Albert West y Charles Michaelson.

—Eran los amigos más cercanos del profesor Lyons —observó Rita—, y no me creo que ninguno de ellos llegara a ver el pergamino. Alguien miente, o tal vez todos lo hagan.

El miércoles por la mañana se dirigieron al despacho del juez Brown y solicitaron la orden para investigar las llamadas, que les fue concedida.

—Sabemos que el profesor Lyons los llamó a todos y les habló del pergamino —señaló Benet—. Ahora veremos si ellos le devolvieron la llamada y con qué frecuencia hablaron con él.

La primera de las entrevistas la tendrían con Albert West, a las once. Llegó veinte minutos tarde. A modo de disculpa, explicó que el tráfico en el puente George Washington era más denso de lo habitual, y que no había calculado bien el tiempo para llegar desde Manhattan.

Benet miró a Rodriguez, consciente de que ella también

había notado que West estaba nervioso. ¿Es porque ha llegado tarde a la cita o porque tiene algo que ocultar?, se preguntó Benet. Se dijo que debía acordarse de comprobar el estado
del tráfico en el puente durante la última hora. West iba vestido de manera informal, con vaqueros y una camisa de manga
corta. Mientras lo observaba retorcerse las manos, Benet se
dio cuenta de que, aunque el hombre no llegaba al metro setenta y era de complexión delgada, los músculos nervudos de
sus brazos y manos sugerían que debía de tener una fuerza
de acero.

—Profesor West, cuando hablamos por teléfono la semana pasada, me dijo que no había visto el pergamino que el
profesor Lyons había descubierto, ¿es así?

—En efecto. Jonathan me contó lo del pergamino una semana antes de morir. Estaba loco de entusiasmo. Le advertí
que esos supuestos descubrimientos suelen acabar resultan-
do ser buenas falsificaciones. Esa fue la última conversación
que mantuvimos.

—Profesor West —dijo Rita en tono vacilante, como si la
pregunta que estaba a punto de formularle se le acabara de
ocurrir—. Ayer por la noche estuvo cenando con sus colegas
en casa de la señora Lyons. ¿Cree que es posible que alguno de ellos haya visto el pergamino y, a raíz del asesinato de
Jonathan Lyons, tema reconocerlo?

Los dos detectives observaron la expresión de Albert West
tornarse impasible mientras parecía sopesar la respuesta.

—Profesor West —añadió Rita en voz baja—, si ese pergamino es tan valioso como creía el profesor Lyons, quienquiera que lo tenga y se niegue a admitirlo está cometiendo
un grave delito. No es demasiado tarde para entregarlo y así
evitarse un problema mayor.

West miró alrededor, a la oficina abarrotada, como si buscara un lugar donde esconderse, y después se aclaró la garganta con gesto nervioso.

—Es muy difícil señalar a un colega y amigo —empezó a decir—, pero creo que en este caso tal vez sea necesario. Como el padre Aiden nos recordó anoche en la cena, el pergamino es propiedad de la Biblioteca Vaticana, y si las pruebas científicas pertinentes demuestran que es auténtico, debería exhibirse allí para siempre. Literalmente, hasta el fin de los tiempos.

—¿Cree saber quién tiene el pergamino? —inquirió Benet—. Porque si lo sabe, su obligación es decírnoslo y ayudarnos a recuperarlo.

West negó con la cabeza y se hundió en la silla.

—Charles Michaelson —respondió—. Creo que puede tenerlo, o al menos haberlo tenido.

Simon Benet y Rita Rodriguez eran detectives demasiado experimentados para mostrar emoción, pero ambos pensaron que ese podía ser el primer paso para localizar el pergamino.

—¿Por qué cree que el profesor Michaelson lo tiene? —preguntó Benet.

—Dejen que les ponga en antecedentes —respondió Albert West con lentitud—. Hace quince años, un acaudalado coleccionista de antigüedades que contrataba con frecuencia a Charles como asesor le pidió su opinión profesional sobre la autenticidad de un pergamino antiguo. Charles cobró quinientos mil dólares del comprador para que le dijera al coleccionista que era auténtico cuando, en realidad, era una falsificación muy conseguida.

—¿Fueron procesados Michaelson o el vendedor por ese asunto? —preguntó Benet.

—No. Yo mismo intercedí con el comprador, Desmond Rogers. A decir verdad, otros expertos le habían advertido que el pergamino era un fraude, pero Rogers se consideraba un entendido y confió por completo en Charles. No denunció a Charles ni al vendedor porque no quería exponerse a la humillación pública de tener que admitir que lo habían estafado. Como puede imaginar, ahora Desmond Rogers considera a Charles Michaelson un vulgar ladrón y no siente más que desprecio por él.

¿Adónde nos lleva esto?, se estaba preguntando en ese momento Rita Rodriguez, pero Albert West ya estaba respondiendo a esa pregunta no formulada.

—Esta mañana, justo antes de salir de mi apartamento, he recibido una llamada de Desmond Rogers. Como es de esperar, conoce a varios coleccionistas adinerados. Uno de ellos se ha puesto en contacto con él. Ha oído decir que Charles está intentando colocar el pergamino de José de Arimatea y que ha recibido varias ofertas desorbitadas por parte de coleccionistas sin escrúpulos.

—¡Que está intentando vender el pergamino! —Benet no pudo reprimir la sorpresa en su voz.

—Eso me ha dicho. —Albert West parecía exhausto y aliviado al mismo tiempo—. Es todo lo que sé. No tengo pruebas más allá de lo que les he contado. Solo les he repetido lo que Desmond me ha dicho. Pero, sinceramente, creo que tiene mucho sentido. Insisto en que no tengo nada más que decirles. ¿Puedo irme ya? Tengo una reunión a las nueve con el jefe de mi departamento.

—Sí, es todo. Solo una cosa más —respondió Benet—. ¿Recuerda la fecha exacta en que habló con Jonathan Lyons por última vez?

—El martes anterior a su muerte, pero no estoy seguro.

Está siendo evasivo, pensó Rita, y se arriesgó a hacer un comentario que podría traerle problemas con Simon Benet.

—No se preocupe, profesor West —dijo en tono tranquilizador—. Comprobaremos los registros de llamadas y si se equivoca, lo averiguaremos.

Con el rabillo del ojo, Rita percibió la mirada furiosa de Benet, pero en ese momento Albert West volvió a sentarse en la silla.

—Haré honor a la verdad —anunció en un tono de voz más agudo—. Como les he dicho, estuve en las montañas Adirondack el fin de semana previo a la muerte de Jonathan. Había planeado quedarme allí hasta el martes, pero hacía mucho calor y humedad, así que el lunes decidí volver a casa. Sentía curiosidad por el supuesto descubrimiento de Jonathan, de modo que me dejé llevar por un impulso y me dirigí hacia New Jersey, aunque dudaba todavía si llamarlo y preguntarle si podía pasar a verlo.

—¿A qué hora fue eso? —preguntó Rita.

—Más tarde de lo que creía. Pasé por Mahwah unos minutos antes de las nueve.

—¿Visitó al profesor la noche en que murió? —preguntó Benet.

—No. Sabía que a Jonathan no le gustaban las sorpresas. Finalmente pensé que tal vez no le apeteciera recibir una visita imprevista, así que continué hasta casa.

—¿Lo telefoneó para preguntarle si podía ir a verlo? —preguntó Rita.

—No. La única razón por la que menciono esto es que realicé una llamada de teléfono cuando me encontraba en los alrededores de la casa de los Lyons, por si se les ocurre comprobar la localización de mi móvil en ese momento.

—Profesor West, ¿a quién llamó?

—A Charles Michaelson. No respondió, y cuando saltó el contestador, colgué sin dejarle un mensaje.

49

Después de almorzar, Mariah y Alvirah volvieron a esperar en el edificio de apartamentos donde vivía Lillian. Alvirah le llevó un sándwich y un café a Willy. Esperaron en el vestíbulo el resto de la tarde. A las cinco, fue Willy quien expresó el creciente temor que todos sentían.

—Si Lillian había quedado con Richard solo para venderle el pergamino, está tardando demasiado —comentó mientras se levantaba para estirar las piernas.

Mariah asintió con la cabeza. Durante el almuerzo, había intentado seguir la conversación, pero se sentía hundida y decepcionada después de haber escuchado el mensaje de Lillian a Richard. Le había privado del ligero optimismo que le había permitido creer que, después de enfrentarse a Lillian, tal vez pudiera convencerla para que devolviera el pergamino sin causar problemas.

Ahora se planteó que el descubrimiento de que Lillian tenía el pergamino y de que Richard estaba dispuesto a comprárselo, tal vez no fuera suficiente para que se presentaran cargos contra ellos.

Papá, esta es la mujer a la que amaste, pensó, y se dio cuenta de que el resentimiento que tanto se había esforzado por superar, volvía con toda su fuerza. Sabía que durante el almuerzo, Greg había comentado lo callada que estaba, y había intentado asegurarle que el pergamino sería recuperado y devuelto a la Biblioteca Vaticana.

«Jamás habría creído a Richard capaz de hacer algo tan turbio —había observado Greg—. Me he quedado totalmente helado.» A continuación añadió: «Nada de lo que hiciera Lillian me sorprendería. Incluso cuando mantenía una relación con Jonathan, siempre me pregunté si no tendría también algo con Charles. Quizá porque ambos eran grandes aficionados al cine. Aun así, cuando Lillian no estaba con Jonathan, me daba la impresión de que pasaba mucho tiempo con Charles».

Mariah sabía que lo último que Greg quería era molestarla, pero la idea de que Lillian pudiera haber mantenido una relación con Charles al mismo tiempo le resultaba mortificante. Era en lo único que podía pensar mientras transcurrían las horas de espera. Por fin, a las cinco y media, anunció:

—Creo que lo que deberíamos hacer es asegurarnos de que el detective Benet escuche tu grabación de esa llamada telefónica, Alvirah. Supongo que será suficiente para que pida explicaciones a Lillian y a Richard. Me parece que volveré a casa. Por lo que sabemos, esos dos podrían estar celebrándolo juntos en algún sitio.

—Vuelvo enseguida —dijo Alvirah—. El otro portero acaba de empezar su turno. Hablaré con él. —Cuando regresó, cinco minutos después, era evidente que estaba orgullosa de sí misma—. Le he dado veinte pavos. Le he dicho que tengo una sorpresa para Lillian, que su prima ha venido a la ciudad a visitarla de manera inesperada. Esa eres tú, Mariah. Le he dado mi número de teléfono. Me avisará cuando regrese.

Mariah buscó en el bolso y sacó la tarjeta de Benet.

—Alvirah, no creo que debamos esperar más. Ya es hora de llamar al detective Benet. Puedes ponerle la cinta en cuanto llegues a casa y que sea lo que tenga que ser.

50

El miércoles por la tarde, Kathleen Lyons estaba sentada en una silla junto a la ventana, en su habitación del hospital, con una taza de té a su lado. Había echado una cabezada, y cuando se despertó miró con apatía los árboles y el sol que se filtraba entre las frondosas ramas. A continuación se inclinó hacia delante. Vio a alguien medio oculto detrás de uno de los árboles, frente a la ventana.

Era una mujer.

Era Lillian.

Kathleen se levantó para mirar por la ventana, apoyó las manos en el alféizar y entrecerró los ojos para poder ver a Lillian con mayor claridad.

—¿Está Jonathan con ella? —murmuró. Siguió observándola y se fijó en que Lily y Jonathan estaban tomándose fotografías el uno al otro.

—¡Os odio! —gritó Kathleen—. ¡Os odio a los dos!

—Kathleen, ¿qué es lo que le ocurre, querida? —preguntó una enfermera con dulzura mientras entraba apresuradamente en la habitación.

Kathleen cogió la cucharilla que había junto a la taza de té y se volvió de repente en la silla. Con el rostro encendido de ira, apuntó con la cucharilla a la enfermera.

—Bang... bang... ¡Muere, maldita sea, muere! Te odio, te

odio, te odio... —chilló, y acto seguido se desplomó de nuevo en la silla. Con los ojos cerrados, comenzó a murmurar: «Tanto ruido... tanta sangre», mientras la enfermera le inyectaba un sedante en su brazo delgado y tembloroso.

51

La entrevista de Greg Pearson con los detectives Benet y Rodriguez no tuvo el dramatismo de la acusación inesperada de Albert West contra Charles Michaelson.

Explicó que se consideraba un buen amigo de Jonathan Lyons y que lo había conocido seis años atrás cuando, dejándose llevar por un impulso, se apuntó a la excavación arqueológica anual que organizaba Jonathan.

—Para Jon, Albert, Charles y Richard era una pasión —comentó—. A mí me maravillaban sus conocimientos sobre antigüedades. Cuando terminó esa primera excursión, ya estaba enganchado y sabía que iría a la siguiente.

Confirmó que, aproximadamente una vez al mes, estaban todos invitados a las cenas que se celebraban en casa de los Lyons.

—Eran noches en las que todos disfrutábamos, aunque era doloroso ver a una mujer hermosa y encantadora como Kathleen deteriorarse ante nuestros ojos.

En respuesta a las preguntas sobre Lillian, dijo:

—La primera vez que se apuntó a una de las expediciones anuales de Jonathan fue hace cinco años. Todos nos dimos cuenta de que Jonathan quedó encantado con ella de inmediato, y ella con él. A la tercera noche ya compartieron dormitorio y no intentaron ocultarlo. Sinceramente, teniendo en cuenta esa relación, yo me sentía bastante incómodo durante las cenas, por la forma en que Lillian se comportaba con Charles. Y, por supuesto, cuando Kathleen encontró esas fotografías, a Lillian le quedó prohibido volver a poner un pie en esa casa.

Greg admitió sin reparos a Benet y a Rodriguez que Jonathan le había hablado de su supuesto descubrimiento.

—En realidad, Jon no se ofreció a enseñármelo. Me dijo que lo había llevado a evaluar. Le respondí que en algún momento me encantaría verlo y me prometió que cuando hubiera obtenido las opiniones de los expertos, me dejaría echarle un vistazo.

—¿Dónde estaba la noche del lunes que el profesor Lyons fue asesinado, señor Pearson? —preguntó Rita.

Greg la miró directamente.

—Como le dije la semana pasada, detective Rodriguez, estaba en el Time Warner Center de Manhattan, donde se encuentra mi apartamento; allí pase toda la noche del lunes. Cené en el restaurante Per Se, de la cuarta planta, y sobre las seis me dirigí a mi apartamento.

—¿Cenó con alguien?

—Después de un día ajetreado en la oficina, agradecí cenar solo y tranquilo, y para ahorrarle la siguiente pregunta, sí, estuve a solas en mi apartamento toda la noche.

La última pregunta de Benet a Greg fue sobre Charles Michaelson.

—¿Cree que es posible que el profesor Lyons le confiara a él el pergamino?

Bajo la atenta mirada de Benet y Rodriguez, el rostro de Greg se convirtió en un muestrario de sentimientos encontrados. Por fin respondió:

—Creo que Jonathan le habría dado el pergamino a Lillian, y creo que ella se lo habría contado a Charles. No estoy en disposición de hacer ninguna otra conjetura.

52

Una hora más tarde, Charles Michaelson estaba sentado en la silla que antes habían ocupado sus amigos Albert West y Greg Pearson. Su cuerpo robusto se agitaba de furia mientras mantenía un acalorado intercambio de palabras con los detectives Benet y Rodriguez.

—No, no vi el pergamino. ¿Cuántas veces tengo que decírselo? Si alguien les ha dicho que intentaba venderlo, les ha mentido.

Cuando Benet le comunicó que tenían previsto entrevistarse con la fuente de ese rumor, Michaelson espetó:

—Adelante. Sea quien sea, díganle de mi parte que hay leyes que castigan la calumnia, y que debería informarse sobre ellas.

Cuando le preguntaron dónde estaba la noche del asesinato de Jonathan Lyons, replicó:

—Permítanme que se lo repita de nuevo. Hablaré bien despacio a ver si así se enteran de una vez. Estaba en mi casa de Sutton Place. Llegué allí a las cinco y media y no volví a salir hasta la mañana siguiente.

—¿Estuvo con alguien? —preguntó Benet.

—No. Por fortuna, desde que me divorcié vivo solo.

—¿Recibió alguna llamada esa noche, señor Michaelson?

—No. Espere un momento. El teléfono sonó sobre las

nueve de la noche. Vi que se trataba de Albert West y como no estaba de humor para hablar con él, no respondí.

De repente, Michaelson se levantó.

—Si tienen más preguntas que hacerme, pueden enviarlas por escrito a mi abogado. —Se llevó una mano al bolsillo y lanzó una tarjeta sobre el escritorio de Benet—. Ahora ya sabe cómo ponerse en contacto con él. Que pasen una buena tarde.

53

La entrevista con Richard Callahan estaba programada para las cuatro de la tarde. Cuando a las cinco menos cuarto aún no había llegado, Simon intentó localizarlo telefoneándolo al móvil. Saltó directamente el contestador. Frustrado, Simon dejó un mensaje brusco a Richard en relación con la cita a la que no había acudido.

—Señor Callahan, no entiendo que pueda haberse producido una confusión sobre el hecho de que debía estar aquí a las cuatro en punto. Es urgente que se ponga en contacto conmigo en cuanto reciba este mensaje para que podamos volver a programar una cita, a poder ser para mañana.

»De nuevo, le dejo mi número de móvil...

54

Después de que Mariah, Alvirah y Willy se cansaran de esperar a Lillian y salieran del vestíbulo del edificio, cruzaron juntos la calle y se dirigieron al aparcamiento de Lincoln Center, donde habían dejado sus coches, a tan solo unas filas de distancia. Alvirah prometió telefonear a Mariah de inmediato si el portero de Lillian la avisaba de que había vuelto a casa.

Los detalles de ese día se repetían en la mente de Mariah mientras conducía de regreso a New Jersey. Quería estar cerca de su madre por si le permitían visitarla. Cuando llegó a la casa de sus padres, aparcó el coche en la entrada y, con una sensación de cansancio infinito, se acercó a la puerta y sacó la llave. Mientras entraba, se dio cuenta de que, hasta aquellos últimos días, pocas veces había estado allí sola. Será mejor que me vaya acostumbrando, se dijo mientras soltaba el bolso en la mesa del recibidor y se dirigía a la cocina. Había dado el día libre a Betty, así que puso agua a hervir, se preparó una taza de té y se la llevó al patio.

Mariah se sentó en una silla, junto a la mesa del parasol, y observó las primeras sombras de la noche que se posaban oblicuamente sobre los adoquines de color gris azulado. Ahora el colorido parasol estaba cerrado, y le trajo el recuerdo de una noche de haría unos diez años. Sus padres no estaban en casa y estalló una repentina tormenta de verano. El viento había tumbado el parasol. Este arrastró consigo la mesa y el tablero de cristal se hizo añicos, y los fragmentos salieron disparados como en una tormenta de granizo.

Como mi vida en estos momentos, pensó Mariah. Otra tormenta repentina hace poco más de una semana, y ahora tengo que recoger los pedazos. Cuando Alvirah muestre la grabación a los detectives, se dijo, ¿bastará para que acusen a Lillian y Richard de conspirar para comprar y vender material robado? ¿O serán ambos lo bastante inteligentes para inventarse una excusa que explique el hecho de que ella aceptara una oferta de él?

Y no creo que los registros de la caja fuerte del banco den ninguna pista sobre lo que ha sacado hoy de allí, decidió Mariah mientras sorbía lentamente el té.

¿Qué pasará con mamá el viernes en el juicio?, fue la siguiente pregunta que le cruzó la mente. Por lo que cuentan las enfermeras, parece bastante tranquila. Oh, Dios, ojalá la dejen volver a casa, pensó.

Notó que estaba refrescando de prisa y entró en casa con la taza de té ya vacía. Apenas había llegado a la cocina cuando Alvirah la telefoneó.

—Mariah, te he llamado al móvil y no has respondido. ¿Estás bien? —preguntó Alvirah con inquietud.

—Lo siento. Tengo el móvil en el bolso. Lo he dejado en la entrada y no lo he oído. Alvirah, ¿has sabido algo?

—Sí y no. He llamado al detective Benet y se ha mostrado muy interesado. Quiere una copia del mensaje de Lillian a Richard. De hecho, ahora mismo viene de camino a nuestro apartamento. Dios, ¡ese hombre no pierde el tiempo! Pero me ha dicho que Richard había quedado en ir a verlo a su oficina esta tarde y no ha aparecido ni ha avisado.

—¿Cómo lo interpretas? —preguntó Mariah, aturdida.

—La verdad es que no lo sé —respondió Alvirah—, pero

nada de esto es propio del Richard que conozco. Aún no me creo lo que está sucediendo.

—Yo tampoco lo reconozco —dijo Mariah mordiéndose el labio, con la voz a punto de quebrarse.

—¿Sabes algo de Kathleen?

—No. Voy a llamar al hospital, aunque no creo que me digan nada nuevo —respondió Mariah con un nudo en la garganta—. Pero, como te he comentado, esta mañana me han dicho que ha dormido bastante bien.

—De acuerdo. De momento es todo, pero te llamaré si consigo hablar con Lillian o recibo alguna noticia del portero.

—No importa a qué hora, por favor, llámame. Me aseguraré de llevar el móvil en el bolsillo.

Unos minutos más tarde llamaron al timbre. Era Lisa Scott.

—Mariah, acabamos de llegar a casa y hemos visto tu coche en la entrada. Lloyd ha salido a comprar comida china. Ven a casa y cena algo con nosotros —ofreció.

—De acuerdo, pero será mejor que no lea los mensajes de las galletas de la fortuna —respondió Mariah con una leve sonrisa—. Me encantará pasar un rato con vosotros. Hoy no ha sido el mejor día de mi vida, ya os contaré. Estaré allí dentro de unos minutos. Primero quiero llamar al hospital y preguntar por mi madre.

—Claro. Quizá podamos tomar una copa de vino —comentó Lisa en tono de broma—. O dos —agregó.

—Suena bien. Hasta ahora mismo.

Estaba oscureciendo. Mariah encendió las luces exteriores, a continuación se dirigió al estudio y encendió las lámparas de las mesas a cada lado del sofá. Vaciló, y finalmente decidió que no quería llamar desde el estudio de su padre. Volvió a la cocina y marcó el número del hospital. Cuando habló con la enfermera que atendía el mostrador de la planta de psiquiatría y preguntó por su madre, notó en su respuesta pausada que estaba siendo cautelosa.

—Su madre ha pasado una tarde difícil y le hemos tenido que suministrar más sedación. Ahora está tranquila.

—¿Qué ha pasado? —preguntó Mariah.

—Señorita Lyons, como sabe, su madre está siendo sometida a una evaluación ordenada por el juez, y no tengo autorización para decirle mucho más. Estaba bastante agitada, pero le aseguro que ahora se encuentra tranquila.

Mariah no intentó disimular la frustración en la voz.

—Como entenderá, estoy preocupadísima por mi madre. ¿No puede decirme nada más?

—Señorita Lyons, el juez ha ordenado que se le envíe el informe por fax antes de las dos de la tarde del jueves. Es decir, mañana. Por experiencias anteriores, supongo que el abogado recibirá una copia del informe. El comportamiento de su madre y las conclusiones del médico aparecerán allí detalladas.

Mariah sabía que no podía seguir presionándola. Gracias, supongo, pensó mientras se despedía educadamente de la enfermera antes de colgar el auricular.

Media hora después, frente a una sopa won ton, explicó a Lloyd y a Lisa todo lo sucedido desde que Lloyd pasara a verla esa mañana.

—Parece que, desde esta mañana, haya transcurrido una semana entera. Y ahora tenemos motivos de sobra para creer que Lillian fue al banco a sacar el pergamino y después fue a entregárselo a Richard. De ser así, si se demuestra que prácticamente lo han robado, ¿pueden acusarlos a ambos de un delito?

—Por supuesto, y si se demuestra, así será —respondió Lloyd con entusiasmo—. Al parecer, Jonathan dio el pergamino a Lillian para que se lo guardara, y Richard lo sabía o bien lo imaginó. Lo único que no entiendo de momento es el papel de Rory en la historia. Puede ser tan sencillo como que sabía que los detectives investigarían a todo el mundo, y con esa orden de libertad condicional de hace años pendiendo sobre su cabeza, simplemente decidió desaparecer.

—Por otro lado, tal vez esté implicada de algún modo —especuló Mariah—. Si alguien tenía la posibilidad de tender una trampa a mi madre, esa era Rory.

Lisa no había dicho nada.

—Mariah, tendría sentido que, si tu padre y Lillian estaban a punto de romper, ella quisiera librarse de él para poder quedarse con el pergamino. ¿Alguna vez observaste una conversación en voz baja entre Lillian y Rory?

—La verdad es que no, pero Rory solo llevaba seis meses trabajando como cuidadora de mi madre cuando aparecieron esas fotos de Venecia. Lillian no volvió a entrar en casa. Pero no sé si Lillian y Rory hablaban por teléfono.

—Rory desapareció hace cuarenta y ocho horas. Nadie ha vuelto a verla —dijo Lloyd despacio—. Y ahora dices que Lillian salió de su apartamento un poco antes de las nueve de esta mañana, y hace unos cuarenta minutos, cuando hablaste con Alvirah, aún no había regresado.

—Así es —confirmó Mariah—. Se me ocurre que tal vez esté con Richard, celebrándolo por ahí.

—Has dicho que Richard no acudió a la cita con los detectives. Me parece raro. Lo lógico es que llegara temprano para mostrarse dispuesto a colaborar y evitar levantar sospechas.

—Lloyd, como te he dicho, cuando he hablado con la enfermera me ha comentado que el juez tendrá el informe psiquiátrico antes de mañana a las dos de la tarde, y que los abogados recibiréis una copia. No se me ha ocurrido preguntarte a qué hora lo tendrás tú.

—Estoy seguro de que el juez nos lo dará, al fiscal y a mí, antes de que termine el día, para que podamos echarle un vistazo por la noche.

—¿Puedes enseñármelo cuando llegues a casa?

—Por supuesto, Mariah. Y ahora, por el amor de Dios, come un poco de ese pollo al sésamo tan rico. Apenas has probado la sopa.

Con una sonrisa de disculpa, Mariah empezó a servirse, pero entonces sonó su móvil. Se lo sacó del bolsillo mientras murmuraba:

—Espero que sea Alvirah. —Sin embargo, al ver el nombre en la pantalla, comentó—: No os lo creeréis, pero es Richard. No pienso responder. Veamos si deja un mensaje y qué mentira me cuenta.

Los tres permanecieron en silencio hasta que oyeron el pitido que anunciaba que había recibido un nuevo mensaje. Mariah conectó el altavoz.

«Mariah, lo siento mucho. He cometido un error espantoso. Llámame, por favor.»

—Tal vez deberías llamarlo —comenzó a decir Lloyd, pero enseguida se interrumpió.

Mariah ocultaba la cara entre las manos y el llanto le agitaba los hombros.

—No puedo hablar con él —susurró—. No puedo.

55

El miércoles a las ocho de la tarde, el padre Aiden abrió la puerta del monasterio de la iglesia de san Francisco de Asís y vio a Richard Callahan esperando frente a la puerta.

—Es muy amable por su parte recibirme aun habiéndolo avisado con tan poca antelación —dijo Richard cuando el sacerdote le indicó que entrara.

El padre Aiden miró el semblante preocupado de su visitante y se fijó en que, en lugar de sus habituales pantalones negros y su camisa blanca, Richard llevaba puesta una camisa azul de marca y unos pantalones marrones. En su rostro se percibía una leve sombra que indicaba que no se había afeitado recientemente. Cuando estrechó la mano que le ofrecía, Aiden notó que tenía la palma sudada.

Se le hizo evidente que ocurría algo malo.

—Mis puertas siempre están abiertas para ti, Richard —dijo con amabilidad—. Los otros frailes están tomando el café. ¿Por qué no pasamos a la sala? Allí estaremos a solas.

Richard asintió sin decir palabra. El padre Aiden notó que Richard intentaba mantener la calma.

—Richard, sé que tomas café. Estoy seguro de que aún quedará algo en la cafetera del salón. Deja que te traiga una taza. De hecho, traeré una también para mí. A los dos nos gusta igual, solo y sin azúcar.

—Me parece bien.

Ante la puerta de la modesta sala, Aiden le indicó con un gesto que entrara y añadió:

—Vuelvo enseguida.

Cuando regresó, dejó las tazas en la mesa de centro y a continuación cerró la puerta. Richard estaba sentado en el sofá, con los hombros hacia delante, los codos apoyados en las rodillas y las manos enlazadas. Sin hablar, alcanzó la taza de café. El padre Aiden observó que le temblaba la mano. Se sentó en el sillón orejero que había frente al sofá.

—¿En qué puedo ayudarte, Richard? —preguntó.

—Padre, he cometido un terrible error.

Mientras el padre Aiden escuchaba, Richard le explicó que siempre había creído que Jonathan le había dado el pergamino a Lillian. A continuación admitió que había mentido a la mujer.

—Padre Aiden, le dije que Jonathan me lo había enseñado, y que también me había dicho que tenía intención de dárselo a ella para que lo guardara. Sabía que nadie podía demostrar que lo tuviera ella, y estaba desesperado por recuperarlo —aclaró Richard—. Lillian me creyó. Incluso me dijo que después de que Jon la dejara de manera tan inesperada ese miércoles por la noche, se quedó destrozada. Me contó que Jon le había pedido que le devolviera el pergamino, pero que lo tenía guardado en una caja de seguridad del banco. Me dijo que le pidió que esperara una semana antes de devolvérselo, y le rogó que durante ese tiempo reflexionara sobre si de verdad quería romper la relación.

El padre Aiden asintió sin hacer comentarios. Recordó ese mismo día cuando, a última hora de la tarde, Jonathan le dijo que no podía soportar el dolor por haberse distanciado de Mariah y el sufrimiento que le causaba a Kathleen su relación con Lillian. Le había dicho que se dirigía al apartamento de esta para comunicarle su decisión.

Aiden O'Brien recordó con tristeza que Jonathan le había contado su plan de llevar a Kathleen a Venecia, y que quería pedirle a Mariah que fuera con ellos. Se quedó atónito cuando Jon le confesó que tenía la extraña sensación de que no le quedaba mucho tiempo de vida y necesitaba y deseaba reparar los daños que su relación con Lillian había causado a su familia.

—No vi el pergamino y Jonathan nunca me dijo que se lo hubiera dado a ella —repitió Richard, y acto seguido hizo una pausa, como si estuviera demasiado avergonzado para continuar—. Pero Lillian me creyó.

—¿Cuándo se lo dijiste? —preguntó el padre Aiden.

—Déjeme explicárselo. Después del funeral, me quedé en el cementerio cuando los demás se fueron al club para almorzar. Tuve la intuición de que Lillian aparecería por allí, y no me equivoqué. Fue a visitar la tumba de Jonathan y, cuando volvió al coche, la abordé. Entonces le pregunté si había visto el pergamino. Supe que me mentía cuando dijo que no. Estaba casi convencido de que era ella quien lo tenía, y temía que quisiera venderlo ahora que Jonathan está muerto. Pero, por supuesto, no tenía ninguna prueba.

Richard levantó la taza de café, que hasta entonces no había probado. Tomó un sorbo largo y prosiguió:

—Padre Aiden, como ambos sabemos, el pergamino es propiedad de la Biblioteca Vaticana. Así pues, decidí enfocar el asunto de manera distinta con Lillian. La llamé y le dije que sabía que Jonathan se lo había dado, y que se lo diría a la policía. Me creyó y por fin reconoció que lo tenía. Le dije que le daría dos millones de dólares por él.

—¡Dos millones de dólares! ¿De dónde pensabas sacar tanto dinero?

—De un fondo fiduciario que mi abuelo estableció para mí. Estoy seguro de que Lillian ha recibido al menos otra oferta, pero le prometí que jamás reconocería haber pagado por el pergamino. Le dije que podría decir que se dio cuenta de que estaba mal quedárselo y decidió hacer lo correcto. Tenía miedo porque ya había dicho a los detectives que no lo tenía. Le dije que de verdad creía que el fiscal no la molestaría si lo entregaba pronto. Le juré que devolvería el pergamino a la Biblioteca Vaticana y le dije que, por mucho daño que Jonathan le hubiera hecho, debía devolverlo al lugar al que pertenece.

—¿Cómo ibas a pagarle? —inquirió el padre Aiden—. Si lo hubierais hecho legalmente, ¿no tendríais que pagar, tú o ella, algún impuesto sobre tal cantidad de dinero?

Richard negó con la cabeza.

—Según las leyes fiscales actuales, puedo regalar hasta cinco millones de dólares a lo largo de mi vida. Habría hecho constar esos dos millones como un obsequio mío a Lillian ante la agencia tributaria. De ese modo, ella podría hacer uso del dinero y, aunque se descubriera de algún modo que había vendido el pergamino bajo mano, no tendría que preocuparse por ir a la cárcel por evasión de impuestos.

Richard vaciló, y después tomó otro sorbo de café.

—Ayer por la noche, cuando estábamos a punto de salir de casa de Mariah, Lillian me llamó y me dijo que aceptaría mi oferta. Esta mañana he ido a mi oficina de gestión patrimonial a firmar los papeles para ingresar el dinero en su cuenta. Pero llevo todo el día llamándola por teléfono, y aún no ha contestado.

—¿Por qué no iba a responder si había aceptado tu oferta?

—Puede que sea codiciosa, que lo haya reconsiderado y haya decidido venderlo a algún coleccionista del mercado negro por mucho más dinero. He pasado todo el día dando vueltas cerca de la oficina de mi agente fiduciario, porque si hubiera conseguido hablar con ella, le habría pedido que nos reuniéramos allí. A las cinco me he cansado y he ido al apartamento de mis padres. Ellos estaban a punto de salir, pero yo me he quedado allí, y he llamado a Lillian cada media hora. Después he decidido venir a hablar con usted.

—Richard, lo que no entiendo es por qué te culpas. Estabas dispuesto a invertir una cantidad considerable de tu dinero en conseguir ese pergamino y devolverlo al Vaticano.

—Me culpo, padre, porque debería haber actuado de otro modo. Debería haber contratado a un detective privado para que siguiera a Lillian a todas horas y descubriera adónde iba y con quién se reunía. Reconoció que había guardado el pergamino en su caja de seguridad del banco. Me temo que, una vez lo venda, ya no podremos recuperarlo. Y si acudo a los detectives, será su palabra contra la mía. Además, yo declaré que no había visto el pergamino.

Richard se interrumpió con un gesto de sorpresa.

—Dios mío, lo había olvidado por completo. Se suponía que debería haber ido a ver a los detectives hoy. Se me fue por completo de la cabeza. Les llamaré por la mañana. Pero necesito algo de usted, padre Aiden. Usted coincidió con Lillian en casa de Jonathan varias veces antes de que se descubrieran esas fotografías. Sé que ella lo respeta. ¿Intentará hablar con ella? Estoy seguro de que evita mis llamadas.

—No sé si servirá de algo, pero por supuesto que sí. ¿Tienes su número?

—Sí, lo tengo en el móvil —respondió Richard.

El padre Aiden lo anotó rápidamente en un trozo de papel, a continuación descolgó el auricular, marcó el número y esperó hasta que acabó oyendo el mensaje con el saludo grabado de Lillian: «Hola, soy Lillian Stewart. No puedo atender tu llamada en este momento. Por favor, deja un mensaje y te llamaré lo antes posible».

Después una voz computarizada anunció que el contestador estaba lleno.

Richard había oído la grabación.

—Es probable que esté abarrotado con todos los mensajes

que le he dejado hoy —dijo mientras se levantaba para marcharse—. ¿Intentará hablar con ella de nuevo por la mañana, padre?

—Por supuesto —respondió el padre Aiden mientras colgaba el auricular, antes de acompañar a Richard a la puerta y prometerle que se pondría en contacto con él en cuanto localizara a Lillian. A continuación, volvió lentamente al salón, se acomodó de nuevo en el sillón orejero y al agacharse sintió un pinchazo agudo en sus artríticas rodillas. Alcanzó la taza de café, ya apenas tibio. Con el entrecejo fruncido en un gesto de concentración, y decepcionado, reconoció con tristeza que su larga experiencia en el trato con los seres humanos le advertía que su apreciado amigo Richard Callahan no había sido del todo sincero.

56

El martes por la mañana, los detectives Benet y Rodriguez empezaron a contemplar la posibilidad de que Lillian Stewart hubiera sido víctima de un juego sucio.

Cuando visitaron a Alvirah en su apartamento de Central Park South la noche anterior, escucharon de nuevo la grabación del mensaje de Lillian a Richard Callahan, que Alvirah ya les había reproducido por teléfono. En esa ocasión repasaron con Alvirah todo lo que les había contado durante esa llamada.

Alvirah repitió con exactitud su relato de que siguió a Lillian al banco, después al centro de la ciudad hasta la entrada del metro, y que finalmente la perdió en Chambers Street.

—Me enfadé tanto —dijo Alvirah—, pero esa pobre anciana subía con dificultad por las escaleras, de una en una, apoyándose en el bastón. Y con toda la gente que bajaba a toda prisa por el otro lado, no podría haberla adelantado a menos que le hubiera pasado por encima. Y cuando llegué a la calle, Lillian se había esfumado.

—¿Cree que es posible que subiera a un coche que la estuviera esperando, señora Meehan? —preguntó Benet.

—Llámeme Alvirah. Como le he dicho, cuando Lillian salió del banco con algo guardado en su bolsa de tela, iba hablando por el móvil. No puedo decirles si la llamaron o si fue ella quien lo hizo. No lo sé. Tal vez estuviera quedando con alguien. Es una posibilidad.

—Y yo mientras seguía dando vueltas a la manzana —añadió Willy sentado en su cómoda butaca—. Cuando Alvirah me llamó, me sentía como en un tiovivo.

Desde el apartamento de los Meehan en Central Park South, los detectives se dirigieron al edificio de apartamentos donde vivía Lillian, y el portero les informó de que la señorita Stewart aún no había regresado.

—El portero nos ha dicho que desde la muerte del profesor, no recuerda que nadie, hombre o mujer, haya ido a visitarla —señaló Rita.

Simon no respondió. Rita conocía lo suficiente a su compañero para hacerse una idea bastante ajustada sobre lo que significaba la expresión de contrariedad en su rostro. Después de entrevistar a Lillian Stewart el martes por la mañana, deberían haber solicitado de inmediato una orden de registro de su apartamento. Hubiera o no admitido tener una caja fuerte en el banco, lo habrían descubierto. Simon se torturaba porque si Lillian había sacado el pergamino de la caja fuerte el día anterior, era posible que le hubieran perdido la pista para siempre.

—Debería haber pedido una orden de registro el martes —dijo Simon Benet, confirmando así el pensamiento de Rita—. Y ahora Stewart lleva veinticuatro horas ilocalizable. Al menos sabemos que Alvirah Meehan la siguió hasta Chambers Street ayer por la mañana.

En ese momento sonó el teléfono que había en la mesa de Simon.

—Y ahora, ¿qué? —murmuró mientras descolgaba el auricular.

Era Alvirah Meehan.

—No podía dormir, así que esta mañana a las ocho me he acercado al apartamento de Lillian. Está a solo seis manzanas de Central Park South. No es que me entusiasmen los paseos matutinos. A Willy le gustan, pero hoy he sido yo la que no ha podido quedarse en la cama.

Simon esperó con paciencia, convencido de que Alvirah no lo había llamado para comentarle su rutina de ejercicios.

—Nada más llegar, el portero me ha señalado a la señora de la limpieza de Lillian, que acababa de entrar. Le he comentado que estaba preocupada por Lillian y me ha dejado subir al apartamento con ella. Tiene llave, por supuesto.

—¡Ha estado en el apartamento de Lillian Stewart! —exclamó Benet.

—Sí. Y todo está en perfecto orden. Debo reconocer que Lillian es una mujer muy limpia. Pero ¿se puede creer que su teléfono móvil, el del número que me dio, estaba en la mesita del salón?

Benet sabía que esa era una pregunta retórica.

—Lo he encendido, por supuesto, para comprobar el número del teléfono, y lo he reconocido. Después he comprobado si tenía algún compromiso anotado en la agenda del teléfono para hoy.

Benet presionó un botón de su teléfono.

—Señora Meehan, perdón, Alvirah, mi compañera, la detective Rodriguez está aquí conmigo, y he conectado el altavoz.

—Buena idea. Es una joven muy lista. En fin, la agenda indica que a las ocho de esta mañana había quedado para desayunar con unos profesores de su departamento de Columbia. Los he telefoneado. No ha aparecido y no los ha avisado. También tiene una cita con su peluquera a las once, en Bergdorf Goodman. Veamos si se presenta.

—Espere un momento, Alvirah —la interrumpió Rita—. Ayer por la mañana nos dijo que cuando la señorita Stewart salió del banco, lo hizo hablando por teléfono.

—Iba hablando por teléfono, sí. Pero seguro que no hablaba por el que está en la mesa de centro de su apartamento, de modo que debe de tener más de uno.

Los detectives esperaron mientras Alvirah vacilaba, pero enseguida añadió con firmeza:

—¿Quieren saber mi opinión? Lillian Stewart se esfumará, igual que Rory Steiger. ¿Y saben qué pienso también? Es lamentable, pero cuando prometió vender el pergamino a Richard Callahan, es posible que se estuviera exponiendo a un peligro mortal.

—Tal vez tenga razón —respondió Benet en voz baja.

—Muy bien. Es todo lo que tengo por ahora. Estaré en la peluquería Bergdorf a las once. Tanto si aparece como si no, los tendré informados. —Se oyó un «clic» seco y la voz de Alvirah se perdió.

Los detectives se miraron, pero antes de que pudieran reaccionar a lo que acababan de oír, el teléfono de Simon sonó de nuevo.

Descolgó y se identificó.

—Detective Benet, soy Richard Callahan.

—¿Dónde se ha metido, señor Callahan? —preguntó Simon con brusquedad.

—Acabo de aparcar delante de los juzgados. Disculpe que no asistiera a la cita de ayer. Si no lo hubiera encontrado ahora, habría pedido hablar con alguien de la oficina del fiscal.

—No será necesario —respondió Benet en tono cortante—. Estoy aquí, y también la detective Rodriguez. Nuestra oficina está en el segundo piso. Lo estamos esperando.

57

La mente de Kathleen rebosaba de imágenes confusas que iban y venían. La gente se movía a su alrededor y le hablaba.

Rory estaba enfadada.

«Kathleen, ¿se puede saber qué hace en la ventana? ¿Por qué no está en la cama?»

«La pistola se ensuciará...»

«Kathleen, está soñando. Venga, acuéstese.»

Los brazos de Jonathan alrededor de su cuerpo.

«Kathleen, no pasa nada, estoy aquí.»

El ruido.

El hombre mirándola.

La puerta cerrándose.

La joven de pelo largo y negro.

¿Dónde está?

Kathleen rompió a llorar.

—Quiero... —gimió.

¿Cuál era la palabra? La joven está en ese lugar.

—Casa —susurró—. Quiero ir a casa.

Entonces el hombre con la cara cubierta regresó de nuevo. Vagaba por la habitación, dirigiéndose hacia ella y hacia la joven de pelo negro.

Mariah.

Ahora las apuntaba a ambas con la pistola.

Kathleen se incorporó en la cama y cogió el vaso de agua de la mesa. Apuntó con él al hombre y trató de apretar el gatillo, pero no lo encontró.

Lo arrojó hacia él, en el otro extremo de la habitación.

—¡No te acerques! —gritó—. ¡No te acerques!

58

El ayudante del fiscal Peter Jones estaba en su oficina, no muy lejos de donde Richard Callahan estaba siendo interrogado por Simon Benet y Rita Rodriguez. Tras comentar con los detectives la llamada que había recibido de Joshua Schultz, abogado defensor de Wally Gruber, había ido a ver a su jefe, el fiscal Sylvan Berger, para informarlo de las novedades del caso. Berger le dijo que debía telefonear a Schultz.

«Dile que nos dé las matrículas robadas y la información sobre la tarjeta de peaje, y si todo cuadra, daremos el siguiente paso», ordenó Berger.

Schultz así lo hizo y recibió el informe de inmediato. Las matrículas habían sido robadas seis meses atrás. La tarjeta de peaje que Gruber decía haber utilizado a su regreso de Mahwah después de robar en la casa de Lloyd Scott había sido utilizada por el conductor de un coche que había viajado desde New Jersey la noche en que había muerto Jonathan Lyons. La hora en que ese coche había cruzado el puente George Washington en dirección a la ciudad coincidía con el tiempo aproximado que Gruber habría tardado en llegar al puente desde Mahwah si hubiera estado en el hogar de los Scott y oído el disparo que acabó con la vida de Jonathan Lyons.

Ahora, por orden del fiscal, Jones se disponía a telefonear

de nuevo a Joshua Schultz. Cuando respondió al teléfono, Jones dijo:

—Queremos el nombre del perista que tiene las joyas de los Scott. Si su cliente dice la verdad y recuperamos las joyas, esta oficina presentará una recomendación ante el juez para que tenga en cuenta la colaboración del señor Gruber en el momento de emitir sentencia.

—¿Para que la tenga en cuenta hasta qué punto? —preguntó Schultz.

—Redactaremos una recomendación entusiasta para el juez de New Jersey al cargo del caso de robo de los Scott, y otra para el juez de Nueva York encargado del caso de la acusación de robo contra el señor Gruber en esta ciudad. Sin embargo, es evidente que tendrá que cumplir una condena de cárcel.

—¿Qué obtiene por facilitarles la cara de la persona que huyó de la casa después de que asesinaran al profesor?

—Planteémoslo como un proceso en dos pasos. Si el relato de Gruber nos lleva hasta las joyas, hablaremos sobre qué más podemos ofrecerle por el retrato robot. Como bien sabe, señor Schultz, su cliente es un hombre notablemente hábil para inventar formas de seguir a la gente rica, entrar en sus casas y, en el caso de los Scott, vaciar sus cajas fuertes sin hacer saltar las alarmas. Así que tal vez sea lo bastante listo también para inventarse esta historia sobre el rostro de la persona que asegura haber visto.

—Wally no se ha inventado nada —espetó Schultz—. Pero hablaré con él. Si recuperan las joyas, ¿le echarán una mano en Nueva York y en New Jersey?

—Sí. Y si nos proporciona un retrato robot que conduce a algo, sin duda recibirá un favor mayor.

—De acuerdo. Me parece bien por ahora. —Schultz se rió con un ruido breve y áspero—. ¿Sabe? Willy es bastante vanidoso. Le halagará saber que lo considera tan listo.

Ya veremos, pensó Peter Jones mientras colgaba el auricular. Se reclinó en la silla de su pequeña oficina y pensó que, durante meses, cada vez que había entrado en la amplia oficina del fiscal, había tenido la sensación de que un día sería él quien la ocupara.

Ahora esa sensación empezaba a desvanecerse.

Y había otra cosa que el fiscal le había pedido que hiciera. Había llegado el momento de informar a Lloyd Scott de que el hombre que había entrado en su casa sostenía haber visto a alguien saliendo del hogar de los Lyons segundos después de que Jonathan Lyons fuera asesinado. Y de que afirmaba que ese alguien no era Kathleen Lyons.

59

La oficina de Mariah estaba en Wall Street. Tras otra noche de insomnio e incapaz de quedarse más tiempo en casa de sus padres, pese al deseo de estar cerca de su madre, a las seis de la mañana, Mariah condujo hasta Nueva York. Jueves por la mañana en el trabajo. Mucho antes de que alguien llegara a la planta donde tenía alquilado su despacho, ya estaba sentada a su escritorio, revisando los correos electrónicos y las cartas que la recepcionista y la secretaria le había dejado sobre la mesa.

Todo estaba más o menos como había imaginado. Los correos electrónicos que había recibido y enviado a sus clientes habían servido para solucionar lo más importante. Sin embargo, era agradable estar allí, con el monitor encendido, observando los mercados de todo el mundo mientras unos abrían y otros cerraban. También era un refugio de todo lo que había sucedido durante la última semana y media, en particular el bombazo de que Richard había planeado comprarle el pergamino a Lillian.

La asaltó el claro recuerdo del rostro de Richard, cuando estaban sentados a la mesa anteanoche, y de nuevo negó haber visto el pergamino. Mariah se había fijado en su expresión mientras Richard asentía cuando el padre Aiden les recordó a todos con gesto severo que el pergamino, cuya autenticidad probablemente llegara a demostrarse, era propiedad del Vaticano.

El hombre que fue jesuita y que tal vez volviera a serlo en un futuro, pensó con desdén. Bueno, la Biblia dice que los soldados se jugaron a los dados la túnica de Cristo. Ahora, dos mil años después, algunos de los supuestos amigos de mi padre parecen estar jugándose a los dados la carta que, probablemente, Cristo escribió a José de Arimatea. Una carta en la que agradecía a José su bondad.

Mariah pensó en el mensaje que Lillian había dejado a Richard: «He decidido aceptar tu oferta de dos millones de dólares. Llámame».

Su oferta, pensó Mariah. ¿Cuántas ofertas habría recibido, y quién se las habría hecho? Si de todos los invitados a la cena, solo Richard había mentido, ¿quiénes eran los otros expertos a quienes papá hizo una consulta? Los detectives están comprobando los registros de llamadas de papá. Me pregunto si descubrirán a alguno.

Si Lillian no aparece, ¿será que le ha pasado algo?

Era impensable que Richard hubiera hecho daño a Lillian, tanto como que su madre hubiera disparado a su padre.

En eso, al menos, puedo estar tranquila, se dijo Mariah. Richard puede ser la antítesis de lo que yo creía, pero desde luego no es un asesino. Dios mío, haz que aparezca Lillian. Haz que encontremos el pergamino.

Había algunos mensajes que debía contestar. Apagó el televisor, redactó el borrador de las respuestas y las envió por correo electrónico a su secretaria para que las imprimiera y las mandara por correo. Eran casi las ocho de la mañana y sabía que los más madrugadores estarían a punto de llegar. No quería encontrarse con nadie. Durante el funeral, había dicho a sus amigos que era consciente de lo mucho que se preocupaban por ella, pero que en el futuro inmediato debía concentrarse en cuidar de su madre y ayudar a su abogado.

Desde entonces, había recibido numerosos correos electrónicos que empezaban de manera similar: «Te queremos,

Mariah. Pensamos mucho en ti. No hace falta que respondas». Bonitos, pero de poca utilidad.

Salió de la oficina y bajó en ascensor hasta la planta principal. Decidió que su próxima parada sería su apartamento de Greenwich Village.

Sacó el coche del aparcamiento y condujo el breve trayecto que la separaba de Downing Street. Su apartamento ocupaba la tercera planta de una casa grande que había sido una residencia privada ochenta años atrás. Había ido una sola vez, para recoger ropa, desde la fatídica noche en que había salido a toda prisa hacia New Jersey después de que la segunda llamada a su padre a las diez y media de la noche no hubiera obtenido respuesta.

Su apartamento era pequeño. Consistía en un salón, un dormitorio y una cocina, en la que apenas cabía un fogón, un fregadero, un microondas y unos pocos armarios. Papá me ayudó a mudarme aquí, pensó. De eso hace seis años. A mamá ya le habían diagnosticado los primeros síntomas de alzheimer. Empezaba a repetirse y a olvidarse de las cosas. Les propuse volver a casa y desplazarme cada día hasta el trabajo. Papá me quitó la idea de la cabeza. Me dijo que era joven y debía vivir mi vida.

El ambiente estaba cargado, y Mariah abrió la ventana y agradeció el ruido procedente de la calle. Música para mis oídos, se dijo. Me encanta este apartamento, pero ¿qué pasará ahora? Aun cuando esta pesadilla haya terminado y mamá pueda volver a casa de manera permanente, estoy segura de que no querrá vivir aquí. Tendré que mudarme de nuevo a Mahwah. Pero ¿durante cuánto tiempo podré pagar a las cuidadoras que tendrán que ocuparse de ella las veinticuatro horas del día?

Se acomodó en la butaca en que su padre solía sentarse antes de jubilarse. Una vez cada semana o diez días, cuando salía de la Universidad de Nueva York, pasaba a verla y tomaba una copa con ella hacia las seis de la tarde. Después iban a su restaurante italiano favorito en la calle Cuarta Oeste. A las nueve de la noche él ya estaba de camino a casa.

O de camino a casa de Lillian, le susurró una vocecita incómoda.

Mariah intentó apartar esa posibilidad de su mente. Hacía dieciocho meses, cuando supo de Lillian, las cenas íntimas que solían disfrutar juntos cesaron. Le dije a papá que no quería interferir en los preciosos momentos que pasaba con Lillian...

A fin de distraerse de la culpa que sentía al rememorar sus palabras, miró alrededor. Las paredes de su apartamento estaban pintadas de un suave tono amarillo que proporcionaba una sensación de mayor amplitud. Papá repasó conmigo las muestras de pintura, recordó. Tenía mucha más habilidad que yo para juzgar el resultado final.

El cuadro que colgaba sobre el sofá se lo había regalado su padre el día que se trasladó al apartamento. Lo había comprado en Egipto, durante una expedición, y mostraba el sol poniéndose sobre las ruinas de una pirámide.

Allí donde miro, sea aquí o en casa, siempre encuentro algo que me recuerda a él, pensó. Entró en el dormitorio y cogió la fotografía de sus padres, tomada diez años atrás, antes de la aparición de la enfermedad. Los brazos de su padre estrechaban la cintura de su madre, y ambos sonreían. Espero que, de algún modo, sus brazos sigan rodeándola, y que la protejan, pensó Mariah. Ahora necesita su protección, más que nunca.

¿Qué pasará con mamá mañana en el juicio?

Estaba a punto de llamar a Alvirah para preguntarle si había descubierto algo más cuando sonó el teléfono de la mesita de noche. Era Greg.

—Mariah, ¿dónde estás? He pasado por casa y Betty me ha dicho que te habías marchado antes de que ella llegara, y no respondes al móvil. Estaba preocupado por ti.

Mariah había apagado el móvil porque temía que Richard

volviera a ponerse en contacto con ella. No quería repetir la actuación de la noche anterior, cuando había roto a llorar al oír su voz durante la cena en casa de los Lloyd. Ahora se disculpó:

—Greg, tenía el móvil apagado. Como puedes imaginar, no pienso con claridad.

—Yo tampoco. Pero estoy preocupado por ti. La novia de tu padre y la cuidadora de tu madre han desaparecido en los últimos días. No puedo permitir que te pase nada a ti.

Vaciló, y acto seguido agregó:

—Mariah, suelo tener buen ojo para la gente. Sé que estás destrozada por la idea de que Richard quisiera comprarle el pergamino a Lillian. No sé si lo hizo o no, pero si le ha sucedido algo a Lillian, dudo mucho que él sea el responsable.

—¿Por qué me dices todo eso, Greg? —preguntó Mariah en voz baja.

—Porque es lo que creo. —Greg hizo una pausa, y a continuación añadió—: Mariah, te quiero, y deseo tu felicidad sobre todas las cosas. Durante las cenas en casa de tu padre, noté que había una atracción cada vez mayor entre Richard y tú. Si al final resulta que pretendía comprar y vender un objeto sagrado, espero de verdad que los sentimientos que puedas tener hacia él cambien.

Mariah eligió sus palabras con cautela.

—Dices que notaste una atracción creciente entre él y yo, pero yo nunca fui consciente de que existiera. Y, desde luego, a juzgar por el mensaje telefónico, si Richard es como parece ser, no quiero que siga formando parte de mi vida.

—Me alegro de oírlo —respondió Greg—. Te daré todo el tiempo que necesites para que me veas como a un tipo con el que merece la pena pasar el resto de tu vida.

—Greg... —empezó a decir Mariah.

—Olvida lo que acabo de decir. Pero, Mariah, ahora hablo muy en serio. He hecho algunas averiguaciones por mi cuenta. Charles Michaelson es un farsante. Ha estado intentando encontrar un comprador para el pergamino. Incluso puedo darte el nombre del hombre que oyó hablar del mismo a través de él. Se trata de Desmond Rogers, un conocido coleccionista. Mariah, te lo ruego, no dejes que Michaelson se te acerque. No me sorprendería que fuera responsable de las desapariciones de Lillian y la cuidadora de tu madre. Y, Mariah... tal vez también de la muerte de tu padre.

60

Lloyd Scott se encontraba en su oficina de Main Street, en Hackensack, a una manzana de los juzgados, cuando recibió una llamada del ayudante del fiscal, Peter Jones.

—¿Me estás diciendo que el delincuente que entró a robar en mi casa pudo haber visto a alguien salir corriendo de la casa de Jonathan justo después de que le dispararan? —exclamó Lloyd. Con creciente enfado en la voz, inquirió—: ¿Cuándo demonios te enteraste de esto?

Peter Jones había anticipado una respuesta hostil.

—Lloyd, recibí la llamada del abogado de Gruber, Joshua Schultz, no hace todavía ni veinticuatro horas. Como sabes, muchos acusados de delitos graves intentan convencernos de que tienen información valiosa para algún caso. Y como también sabes muy bien, no intentan ayudar a la fiscalía porque sean espíritus bondadosos. Lo único que quieren es una reducción en la condena.

—Peter, lo que quiera ese tipo me importa un bledo, y hablo como propietario de la casa en la que entró a robar —repuso Lloyd, en un tono de voz cada vez más elevado—. ¿Por qué no me llamaste enseguida?

—Lloyd, cálmate y deja que te cuente lo que sucedió ayer. Después de recibir la llamada de Schultz, hablé de inmediato con el fiscal. Confirmamos la declaración de Gruber de que utilizó una tarjeta de peaje robada cuando volvió a Nueva York después de entrar a robar en tu casa. Su abogado nos facilitó la información sobre la tarjeta y la comprobamos. Ese pase solo se activa en el puente George Washington, en el trayecto de New Jersey a Nueva York, y no a la inversa. Así que no sabemos cuándo condujo hasta New Jersey, pero sí cuándo regresó.

—Sigue —dijo Lloyd con brusquedad.

—Sabemos que estuvo en el puente, en el trayecto de vuelta, a las diez y cuarto. Mariah Lyons habló con su padre a las ocho y media, y a las diez y media se preocupó porque volvió a llamarlo y saltó el contestador. Sabemos que entonces ya estaba muerto. Así pues, dentro de ese intervalo de tiempo es muy posible que Gruber estuviera en tu dormitorio, vaciando tu caja fuerte, y que fuera cuando asegura haber oído el disparo.

—Muy bien. Y ahora, ¿qué?

—Gruber nos dio el nombre del perista a quien vendió las joyas robadas. Se llama Billy Declar y es el propietario de una tienda de mala muerte en la que vende muebles de segunda mano en Manhattan. Él vive en la trastienda. Tiene un largo historial delictivo y fue el compañero de celda de Gruber cuando estuvo encarcelado en Nueva York. Estamos en contacto con la oficina del fiscal del distrito de Manhattan para conseguir una orden de registro de su casa.

—¿Cuándo se hará efectiva?

—Nos prometieron que el juez la daría hoy a las tres, y nuestros hombres irán allí con ellos. Por si sirve de algo, según Gruber, Declar conserva intactas las joyas de tu mujer. Tenía previsto llevárselas a Río de Janeiro en las próximas semanas y venderlas allí.

—Recuperar las joyas estaría bien, pero lo que es mucho más importante, ¿puede Gruber dar una descripción de la persona que dice haber visto salir de la casa?

—De momento, se lo reserva porque está intentando llegar a un acuerdo, pero puedo decirte que ya nos ha hecho saber a través de su abogado que no era Kathleen Lyons. Así pues, si la información sobre el perista resulta cierta, Gruber se habrá ganado la credibilidad suficiente para que esta oficina le permita sentarse enseguida con un retratista y ver qué rostro nos descubre.

—Entiendo.

Jones sabía que en menos de un minuto, Lloyd Scott soltaría una protesta exaltada sobre la detención de Kathleen Lyons. Por eso, se apresuro a añadir:

—Lloyd, debes entender una cosa. Wally Gruber es uno de los sinvergüenzas más astutos con los que me he encontrado. La oficina del fiscal de Manhattan está investigando otros robos no resueltos que pudo haber cometido utilizando el mismo sistema de localización por GPS que colocó en tu coche. Este tipo sabe que si consigue convencernos de que estuvo en tu casa aproximadamente a la misma hora en que asesinaron al profesor Lyons, la coincidencia puede resultarle muy beneficiosa.

—Entiendo lo que quieres decir —espetó Lloyd Scott—. Sin embargo, hubo una prisa terrible por detener, esposar y encarcelar a una mujer frágil, enferma, perpleja y apenada, y lo sabes.

Haciendo un esfuerzo por no elevar la voz, Scott hizo una breve pausa y a continuación añadió:

—En este momento, la verdad es que no me importa si se recuperan o no las joyas. Exijo que des directamente el paso siguiente. Quiero que Gruber se siente con ese retratista y quiero que sea mañana como muy tarde. Si no lo haces así, me ocuparé yo mismo. Y, sinceramente, no me importa lo que tengas que prometerle a cambio a Gruber. Como mínimo le debes eso a Kathleen Lyons.

Antes de que Peter Jones tuviera tiempo de responder, Lloyd Scott agregó:

—Quiero saber de inmediato qué ocurre con esa orden de registro. Espero tu llamada.

Cuando oyó el sonido seco que puso fin a su conversación, Peter Jones vio su sueño de convertirse en el próximo fiscal del condado evaporarse ante sus ojos.

61

A las once en punto, Alvirah estaba sentada en una silla cercana al mostrador de recepción del salón de belleza Bergdorf Goodman, esperando a Lillian Stewart, aunque con pocas esperanzas de que la mujer acudiera a su cita.

Cuando llegó, quince minutos atrás, explicó a la recepcionista el motivo de su visita.

—Soy una buena amiga. Ayudo a la señorita Stewart cuando no puede quedarse en su apartamento y tiene que ir alguien a hacer una reparación. No responde al móvil y hace un par de días me dijo que hoy tenían que ir a repararle la nevera a la una en punto, y que tal vez necesitara que estuviera allí para abrirle la puerta al técnico.

La recepcionista, una mujer de unos sesenta años, esbelta y con el pelo rubio ceniza, asintió con la cabeza.

—Lo entiendo perfectamente. También yo me pasé mi día libre esperando a que vinieran a arreglarme el televisor, y al final no apareció nadie. ¿Y sabe que es lo que me pone enferma? Que te dan una franja horaria y que después no sirve para nada.

—Tiene toda la razón —coincidió Alvirah—. En fin, como no he podido ponerme en contacto con ella, y ya sabe lo difícil que es conseguir que alguien venga a arreglarte algo, por no hablar de cambiar el día, he decidido venir hasta aquí y preguntarle a qué hora saldría. Si tiene que estar mucho rato, iré a su casa a recibir a ese hombre. Imagino que, como las clases ya empiezan la semana que viene, querrá arreglarse de la cabeza a los pies.

La recepcionista sonrió y asintió con la cabeza.

—Así es. Manicura, pedicura, corte de pelo, tinte, mechas y peinado. Estará aquí por lo menos tres horas.

—Esa es mi Lillian —comentó Alvirah con una amplia sonrisa—. Siempre tiene un aspecto fantástico. ¿Cuánto tiempo hace que viene a este salón?

—Oh, Dios mío. —La recepcionista frunció el entrecejo en un gesto de concentración—. Ya era cliente habitual cuando empecé a trabajar aquí, y de eso hace casi veinte años.

A las once y cuarto, Alvirah volvió a acercarse al mostrador de la recepción de la peluquería.

—Estoy un poco preocupada —confesó—. ¿Diría que Lillian suele ser puntual?

—Como un reloj suizo. Jamás ha faltado a ninguna cita, pero tal vez le haya surgido algo importante. Si no sé nada de ella en los próximos veinte minutos, me temo que tendré que anular el resto de los servicios.

—Tal vez debería —respondió Alvirah—. Es probable que sí, que haya sucedido algo importante.

—Espero que no sea nada serio, como la muerte de un familiar. —La recepcionista suspiró—. La señorita Stewart es una mujer tan agradable.

—Espero que no se trate de la muerte de un familiar —convino Alvirah en voz baja. Ni de la suya propia, pensó en tono sombrío.

62

Después de la llamada de Greg, Mariah se sentó en la cama e intentó poner en orden sus sentimientos. Era un alivio saber que estaba de acuerdo con él. Por muy grave que fuera que Richard hubiera intentado comprar el pergamino, ella también se negaba a creer que fuera un asesino.

¿Tenía razón Greg al asegurar que había notado atracción entre Richard y ella? En los últimos seis años, desde que Richard fue a la primera excavación arqueológica con su padre, él había ido a la casa al menos una vez al mes.

¿Era él el motivo por el cual siempre fui a esas cenas en casa?, se preguntó. No quiero volver allí, decidió. Miró la fotografía de sus padres que tenía sobre el tocador. Me sentí tan traicionada cuando vi esas fotos de papá y Lillian. Y ahora siento que es Richard quien me traiciona.

Recordó una noche de hacía tres años, cuando había ido al funeral del marido de una buena amiga. Había muerto en un accidente de tráfico, por culpa de un conductor borracho que iba en dirección contraria por la autopista de Long Island. Su amiga Joan estaba sentada en silencio junto al féretro. Cuando Mariah se acercó para hablar con ella, la mujer solo era capaz de decir una y otra vez: «Siento tanto dolor. Tanto dolor».

Así fue como me sentí cuando descubrí lo de papá con

Lillian, pensó Mariah. Y así es como me siento ahora con Richard. Ya no me quedan lágrimas. Duele demasiado.

¿Tendrá razón Greg cuando dice que puede que Charles Michaelson haya intentado comprar el pergamino? Tenía sentido. Hizo algo ilegal años atrás. No sé qué fue, pero papá estaba disgustado cuando lo mencionó. Y Charles siempre era quien disimulaba con Lillian cuando estaban en casa...

Ahora le parecía oírlo. «Lillian y yo hemos ido a ver la nueva película de Woody Allen. No te la pierdas.» O: «Hay una nueva exposición en el Met. Lillian y yo...».

Me creería cualquier cosa de Charles, pensó Mariah. Lo vi estallar cuando una vez Albert se mostró en desacuerdo con él sobre algo. Supongo que tenía cuidado de no comportarse de ese modo delante de papá o de Greg. O de Richard.

Se levantó despacio, como si le supusiera un esfuerzo, y entonces recordó que aún no había encendido el móvil. Lo sacó del bolso y al encenderlo vio que había recibido siete mensajes desde la noche anterior. Alvirah la había llamado tres veces por la mañana, la última vez hacía solo veinte minutos. Dos de las otras cuatro llamadas eran de Greg. Richard la había vuelto a llamar por la noche y esa misma mañana temprano.

Sin detenerse a escuchar ninguno de los mensajes, marcó el número de Alvirah, que le contó que había entrado al apartamento de Lillian con la mujer de la limpieza y después había ido a Bergdorf.

—Llamé a Columbia, y el jefe del departamento de Lillian va a presentar una denuncia por desaparición a la policía de Nueva York —dijo Alvirah—. Están preocupadísimos. Los detectives de New Jersey ya saben que aún no ha vuelto a su apartamento. Mariah, estoy en casa, delante de una taza de té, intentando entender todo esto, pero ahora mismo creo que no podemos hacer mucho más.

—Yo también lo creo —convino Mariah—. Pero deja que te cuente lo que Greg ha descubierto. Resulta que Charles ha estado intentando vender el pergamino a coleccionistas que compran en el mercado negro. Greg ha estado investigando a Charles por su cuenta y se ha enterado a través de un amigo suyo, un reputado coleccionista.

—Bueno, eso me da otra nueva pista que seguir —comentó Alvirah con satisfacción—. ¿Qué tienes previsto hacer hoy, Mariah?

—He pasado por la oficina y ahora estoy en mi apartamento. Pensaba volver a New Jersey.

—¿Quieres picar algo rápido para almorzar?

—Gracias, pero creo que no. Será mejor que vuelva a casa. Esta tarde Lloyd tendrá el informe psiquiátrico de mi madre.

—Entonces te llamaré luego. Sé fuerte, Mariah. Ya sabes que te queremos.

Más tarde, cuando estaba a punto de subir a su coche, Mariah telefoneó a Alvirah.

—Acaba de llamarme Lloyd Scott. Puede que haya un testigo que viera a alguien salir de casa justo después de que dispararan a mi padre. Estaba robando en casa de los Scott cuando dice que oyó un disparo y miró por la ventana. Asegura que vio claramente la cara de esa persona y que puede describirla al agente de la fiscalía. Oh, Alvirah, ojalá, ojalá.

Una hora después de esa conversación, Alvirah seguía sin moverse de su silla frente a la mesa del comedor. Observaba Central Park con la mirada perdida, hasta que Willy la obligó a salir de su ensimismamiento.

—Cariño, ¿qué te pasa por esa cabecita?

—No estoy segura —respondió Alvirah—. Pero creo que ha llegado el momento de que haga una cordial visita al profesor Albert West.

63

Cuando Richard Callahan llegó al mostrador de recepción de la oficina del fiscal, los detectives Simon Benet y Rita Rodriguez lo estaban esperando. Tras un breve saludo, lo acompañaron a la sala de interrogatorios al final del pasillo. Sin mencionar detalles específicos, Simon le explicó fríamente que, en base a ciertas novedades que se habían producido desde que lo citaran por primera vez a declarar, ahora les parecía apropiado leerle sus derechos.

—Tiene derecho a permanecer en silencio. Cualquier cosa que diga puede ser utilizada en su contra ante un tribunal. Tiene derecho a un abogado... Si decide hablar, puede interrumpir el interrogatorio en cualquier momento.

—No necesito un abogado y deseo explicarme —respondió Richard Callahan con firmeza—. Por eso he venido. Les contaré toda la verdad, y seguiremos a partir de ahí.

Los detectives lo observaron detenidamente. Llevaba una camisa azul claro de manga larga, un chaleco, pantalones marrones de gabardina y mocasines de cuero. Sus facciones, severas y atractivas, dominadas por unos ojos de color azul intenso y un mentón prominente, tenían una expresión serena pero decidida. Llevaba el pelo entrecano elegantemente arreglado.

Benet y Rodriguez lo habían investigado a fondo. Treinta y cuatro años. Hijo único de dos cardiólogos eminentes. Criado en Park Avenue. Había ido a Saint David's School, a la Regis Academy y a la Universidad de Georgetown. Había cursado dos doctorados en la Universidad Católica de América, uno en historia de la Biblia, el otro en teología. Ingresó en la orden jesuita a los veintiséis años y la abandonó después de un año. En la actualidad enseñaba historia de la Biblia y filosofía en la Universidad de Fordham. Este tipo creció en Park Avenue, fue a colegios privados y seguro que no sabría solicitar un préstamo universitario, pensó Benet.

Molesto consigo mismo, pero incapaz de librarse de ese sentimiento, Benet siguió su reflexión sobre el hombre al que ahora consideraba sujeto de interés en la aparente desaparición de Lillian Stewart. Viste como alguien salido de un club de campo. Seguro que no se compró esa ropa en una tienda de segunda mano.

Simon Benet pensó en su mujer, Tina. Le encantaba leer los comentarios de las revistas: «Elegancia sobria», «Look informal para un sábado por la noche». «Hablan de nosotros, cariño», solía bromear.

Callahan apesta a privilegios, pensó Benet. Cuando estaba con gente como Richard, reconocía que, por momentos, sentía envidia y recordaba con dolor su pasado lleno de dificultades. Clases nocturnas. Agente de policía a los veintitrés. Años trabajando en turno de noche y en festivos. Detective a los treinta y ocho después de recibir un disparo durante un robo. Tres hijos estupendos, pero había tenido que pedir préstamos para sus estudios que tardaría años en pagar.

Nada de eso importa. Soy un hombre la mar de afortunado, se recordó. Listo para cerrar su mente a cualquier otra distracción, empezó a interrogar a Richard.

—¿Dónde estaba ayer a las nueve y media de la mañana, señor Callahan? —preguntó Benet. Dos horas más tarde, él, Rita y Richard seguirían repasando cada uno de los detalles de las actividades que les describía.

—Como ya les he dicho —repitió Benet—, y para dejarlo claro de una vez —agregó con una nota de sarcasmo—, estaba en la oficina de mi agente fiduciario a las nueve y pasé todo el día paseando frente al edificio y llamando a Lillian constantemente.

—¿Hay alguien que pueda confirmarlo?

—En realidad, no. Sobre las cinco me marché y pasé por el apartamento de mis padres.

—¿Y dice que no sabía que Lillian Stewart bajó en la estación de metro de Chambers Street poco después de las nueve y media de la mañana de ayer, aproximadamente a la misma hora que usted nos acaba de decir que estuvo rondando por los alrededores de la oficina de su agente fiduciario, cercana al metro?

—No, no tengo ni idea sobre cuándo o dónde bajó Lillian del metro. Pueden comprobar su teléfono móvil. La estuve llamando cada media hora durante todo el día, y también le dejé mensajes en el teléfono fijo de su apartamento.

—¿Qué cree que puede haberle ocurrido? —preguntó Rita, con voz preocupada y amable, intencionadamente en contraste con el tono hostil de Simon.

—Lillian me dijo que había recibido otras ofertas por el pergamino sagrado. Intenté convencerla de que, quien fuera que quisiera comprarlo de manera ilegal podría ser descubierto algún día, y que ella podría terminar en la cárcel por vender material robado. Le dije que si me lo vendía a mí, jamás diría a nadie que se lo había comprado a ella.

—¿Y qué habría hecho usted con el pergamino de Arimatea, señor Callahan? —inquirió Benet, en tono de sarcasmo e incredulidad.

—Lo habría devuelto al Vaticano, que es donde debería estar.

—Dice que tiene alrededor de dos millones trescientos mil dólares en su fondo fiduciario. ¿Por qué no le ofreció esa cantidad completa a Lillian Stewart? Tal vez esos trescientos mil dólares más habrían marcado la diferencia.

—Supongo que entenderán que quería conservar algo de dinero de ese fondo para mi uso personal. Y no habría marcado ninguna diferencia —respondió Richard con decisión—. Intenté convencerla con dos argumentos distintos para que me lo vendiera a mí. Uno, por el hecho de que tanto a mí como a ella nos convenía que el dinero constara como un regalo, puesto que las leyes fiscales me permiten regalar esa cantidad de dinero sin tener que pagar impuestos. También le dije que pretendía devolver el pergamino al Vaticano y que no creía que se abriera una investigación por material robado, por lo que no debía preocuparse. Quedamos en que diría que la persona que lo tenía solo se atrevió a contármelo a mí.

»El otro argumento fue que sabía que Jonathan y ella se querían mucho. Él le había confiado el pergamino. Le dije que le debía a Jonathan que la carta se devolviera a la Biblioteca Vaticana. Y que si lo hacíamos de este modo, ella tendría dinero para su futuro y yo me ocuparía del resto.

Richard se levantó.

—Llevo más de dos horas respondiendo a las mismas preguntas. ¿Puedo irme ya?

—Sí, puede, señor Callahan —respondió Benet—. Pero nos pondremos en contacto con usted en breve. No tiene previsto ningún viaje ni salir de los alrededores, ¿verdad?

—La mayor parte del tiempo estaré en casa. Tienen mi dirección. No pienso ir a ningún sitio, a menos que, aquí en New Jersey, consideren que el Bronx queda fuera de los alrededores.

Richard hizo una pausa, ahora claramente molesto.

—Me preocupa mucho que una mujer a la que considero mi amiga haya desaparecido. Me he quedado de una pieza porque es evidente que creen que tengo algo que ver con su desaparición. Les aseguro que estaré a su disposición a cualquier hora del día o de la noche hasta que empiecen las clases la semana que viene, y que después estaré en mi despacho de la Universidad de Fordham, en el campus de Rose Hill. Si lo necesitan, pueden llamarme allí.

Se volvió, salió de la sala de interrogatorios y cerró la puerta con un sonoro golpe.

Benet y Rodriguez se miraron.

—¿Qué piensas? —preguntó Benet.

—O dice toda la verdad, o se lo ha inventado todo —respondió Rita—. No creo que haya un término medio.

—Mi instinto me dice que es un buen mentiroso —comentó Benet—. Dice que pasó todo el día dando vueltas frente a la oficina, hasta las cinco, cuando fue al apartamento de mamá y papá en Park Avenue. Vamos, Rita, sé realista.

—¿Lo citamos de nuevo mañana y vemos si está dispuesto a someterse al detector de mentiras? —preguntó Rita—. Por la forma como le hemos hablado, no me extrañaría que se buscara un abogado.

—Comentemos primero con Peter lo del polígrafo. No sé qué querrá hacer.

64

Billy Declar se quedó consternado al enterarse de que habían sorprendido a su viejo amigo y antiguo compañero de celda, Wally Gruber, mientras robaba en una casa de Riverdale.

—Estúpido, estúpido, estúpido —murmuró para sí mientras se paseaba arriba y abajo por su tienda de muebles de segunda mano en la parte baja de Manhattan—. Es el más tonto del mundo porque se cree tan listo.

A sus setenta y dos años, después de haber estado tres veces en el trullo, Billy no tenía la menor intención de volver allí.

Le di una buena pasta por el material de New Jersey, pensó Billy. Cuatro días después, el granuja avaricioso va y da otro golpe. Conozco a Wally. Me delatará para conseguir algo para sí mismo. Será mejor que adelante el viaje a Río. Me largaré enseguida.

Como era habitual, no había recibido la visita de ningún cliente interesado en sus viejos y desgastados sofás y sillas, cabeceras y tocadores que se amontonaban desordenados en el supuesto salón de exposición. Cada vez que uno de los chicos le vendía alguna joya robada, Billy se ofrecía a regalarle el mueble que eligiera. Era lo que llamaba su «bonificación».

«Escoge la pieza con la que te gustaría honrar tu hogar», solía decir en tono pomposo.

Las sugerencias de esos hombres sobre lo que podía hacer con sus muebles siempre le provocaban una carcajada.

Sin embargo, ahora no reía. Las joyas que tenía previsto vender en Río estaban escondidas debajo del suelo, en la parte trasera de la tienda. Eran las dos. Pondré el cartel de «cerrado» en la puerta, cogeré las joyas y me marcharé directamente al aeropuerto, pensó. Tengo el pasaporte y efectivo de sobra. Estoy listo para salir. Podría quedarme en Río durante un tiempo. Allí es invierno, pero no me importa.

Billy avanzó cojeando tan rápido como le fue posible, estremeciéndose en un gesto de dolor por la hinchazón crónica de su tobillo izquierdo. La lesión era el resultado de un salto desde un segundo piso, cuando tenía dieciséis años, huyendo de la policía, que había ido a detenerlo por el robo de un vehículo.

Abrió el armario y sacó la maleta, que siempre tenía a punto por si en algún momento debía marcharse de manera inesperada. Se arrodilló en el suelo, enrolló la alfombra y levantó los tablones que ocultaban la caja fuerte. Introdujo el código, abrió la puerta de la caja y sacó la bolsa de lona que contenía las joyas de los Scott. A continuación cerró la caja a toda prisa, colocó los tablones en su sitio y volvió a extender la alfombra.

Mientras se ponía de pie, levantó la maleta, se llevó la bolsa de lona al hombro y apagó la luz de la trastienda.

Billy se encontraba en la sala de exposición cuando sonó el timbre de la puerta varias veces, en una sucesión rápida. Se le revolvió el estómago. A través de los barrotes del cristal de la puerta, vio a un grupo de hombres en el exterior. Uno de ellos sujetaba un escudo.

—Policía —gritó una voz—. Tenemos una orden de registro. Abra la puerta de inmediato.

Billy soltó las bolsas en el suelo con un suspiro. La imagen del rostro redondeado de Wally, con su falsa sonrisa de oreja a oreja, se le apareció tan clara como si lo tuviera delante. ¿Quién sabe?, se preguntó Billy, resignado a convertirse de nuevo en huésped del estado de Nueva York. Tal vez terminemos compartiendo litera otra vez.

65

A las tres de la tarde, Peter Jones recibió una llamada de la pasante del juez Kenneth Brown.

—Señor —dijo la joven en tono respetuoso—, llamo para comunicarle que nos ha llegado el informe sobre el caso de Kathleen Lyons y que puede pasar a recogerlo cuando quiera.

Lo que de verdad me gustaría es que el caso de Kathleen Lyons desapareciera para siempre, pensó con resentimiento.

—Muchas gracias. Pasaré enseguida —respondió.

Mientras esperaba el ascensor para subir a la cuarta planta, pensó fugazmente en la época en que él había empezado su carrera legal como pasante de un juez en la división penal. El juez Brown lleva la misma sala que ocupaba mi juez, dijo para sus adentros. Mi madre sabía lo mucho que deseaba este trabajo. Cuando lo conseguí se puso tan contenta que cualquiera diría que me habían nombrado presidente del Tribunal Supremo.

Al término de su año como pasante en la oficina del juez, se sintió eufórico cuando lo contrataron como ayudante del fiscal. De eso hacía ya diecinueve años. Desde entonces, había trabajado en varias unidades, entre ellas la de Delitos Mayores, antes de que finalmente fuera nombrado jefe de la sección de enjuiciamientos, cinco años atrás.

Señor de Glamis, señor de Cawdor y futuro rey de Escocia, pensó, recordando una de sus frases favoritas de Shakespeare. Ese era el camino que creía llevar. Hasta ahora.

Encogiéndose de hombros, entró en el ascensor, subió dos plantas, salió y se dirigió a la oficina del juez. Sabía que el juez Brown estaba en el tribunal, en un juicio por jurado. Saludó a la secretaria, siguió por el pasillo y se acercó al mostrador de la pasante.

Era una joven menuda y muy atractiva que podría haber pasado por estudiante universitaria de primer año.

—Hola, señor Jones —dijo mientras le entregaba el informe de diez páginas.

—¿Ha tenido ocasión el juez de echarle un vistazo? —preguntó Peter.

—No estoy segura, señor.

Buena respuesta, pensó Peter. Nunca digas nada que pueda volverse en tu contra. Tres minutos después, de nuevo en su oficina, cerró la puerta.

—No me pases ninguna llamada —pidió a su secretaria—. Necesito concentrarme.

—Como quieras, Peter. —Gladys Hawkins llevaba treinta años trabajando en la oficina del fiscal. En presencia de desconocidos, se dirigía a los fiscales Sylvan Berger y a Peter Jones como «señor». Pero cuando estaban a solas, para ella el fiscal era «Sy» y su ayudante era tan solo «Peter».

Con inquietud, Peter Jones leyó atentamente el informe psiquiátrico. Mientras lo hacía, la incómoda sensación de llevar el peso del mundo sobre los hombros empezó a aligerarse.

El médico había escrito que Kathleen Lyons se encontraba, sin duda, en un estado avanzado de la enfermedad, y que durante su estancia en el hospital, en dos ocasiones había mostrado síntomas de tendencias violentas. Tanto despierta como dormida, había dado muestras de antagonismo feroz hacia su difunto esposo y su compañera Lillian Stewart. Los médicos que la habían tratado sugerían que, en ese momento, y como resultado de una enfermedad mental, Kathleen suponía un peligro para sí misma y para los demás, y requería vigilancia las veinticuatro horas del día. En su opinión, debería permanecer ingresada para proseguir con su observación, medicación y terapia.

Con un largo suspiro de alivio, Peter se reclinó en su silla. El juez no la dejará en libertad de ningua manera, pensó. No puede hacerlo, con un informe así. Desde luego, seguiremos con el paripé del retrato robot con Wally Gruber. Es lo que sospechaba. Gruber sabe cómo burlar el sistema. Me pregunto qué cara decidirá inventarse. Me da igual si es la de Tom Cruise o la de Mickey Mouse. Se encuentra en un callejón sin salida.

Peter se levantó y estiró la espalda. Kathleen Lyons asesinó a su marido, pensó con determinación. Estoy seguro de ello. Si la declaran incapaz de ser juzgada, que lo hagan. Si la declaran inocente alegando demencia, que lo hagan. En cualquier caso, no saldrá de una institución mental.

Encendió el intercomunicador.

—Ya puedes pasarme llamadas, Gladys.

—Ha sido una sesión de reflexión bastante corta, Peter. Espera un segundo. Tengo una. Es la extensión de Simon Benet. ¿Te la paso?

—Pásamela.

—Peter, acabo de recibir una llamada de los chicos de Nueva York —anunció Benet en tono tenso—. Acaban de detener al perista de Gruber. Lo han encontrado en su tienda. Estaba a punto de salir hacia el aeropuerto. Han recuperado las joyas robadas a los Scott. Están todas.

66

A la una de la tarde del jueves, Mariah llegó a la casa de sus padres y entró en la cocina. Encontró una nota de Betty sobre la mesa. «Mariah, he pasado a dejarte algo de comida por si volvías a casa para almorzar. He limpiado un poco, pero no me encuentro muy bien, así que me marcho ahora. Son las ocho y veinte.»

El indicador de mensajes del teléfono de la cocina parpadeaba. Mariah apretó el botón para recuperarlos e introdujo el código. Sus padres se lo habían puesto fácil de recordar al elegir el año de su nacimiento. «El acontecimiento más feliz de nuestras vidas», le había dicho su padre.

Además de intentar localizarla llamándola al móvil, Richard también había telefoneado a su casa a las nueve y cuarto de esa mañana. «Mariah, por favor, tenemos que hablar.» Se apresuró a borrar el resto del mensaje, pues no quería oír su voz.

Como Greg le había dicho, él también la había llamado dos veces al fijo. «Mariah, no respondes al móvil. Estoy preocupado por ti. Llámame, por favor.»

Las tres llamadas de Alvirah, realizadas antes de que Mariah hubiera hablado con ella desde su apartamento, donde le explicaba sus intentos de encontrar a Lillian; en la última se preguntaba por qué Mariah no le devolvía la llamada.

Mariah se preparó un sándwich de pavo y queso con el surtido de embutidos que Betty le había dejado. Cogió una botella de agua fría y se la llevó con el sándwich al estudio de su padre. Este era el sándwich preferido de papá, recordó, y a continuación se dio cuenta de que en cualquier cosa que hiciera, dondequiera que fuera, siempre sentía su presencia.

Se comió el sándwich y notó que le pesaban los párpados. Bueno, me he levantado temprano y no es que haya dormido mucho últimamente, pensó. Se reclinó en la silla y cerró los ojos. No podré concentrarme en nada hasta que Lloyd llame y me cuente qué dice el informe. No me importaría echar una cabezadita.

A las tres y media el sonido del teléfono del escritorio de su padre la despertó de un sueño sorprendentemente profundo. Era Lloyd.

—Mariah, suena a tópico, pero la verdad es que tengo una noticia buena y una mala. Deja que te cuente primero la buena, porque creo que suavizará el resto de lo que tengo que decirte.

Temerosa por lo que estaba a punto de oír, se aferró al auricular mientras Lloyd le explicaba las novedades relativas al caso de Wally Gruber.

—¿Me estás diciendo que ese tipo dice que vio a alguien salir corriendo de aquí justo después de que dispararan a mi padre? ¡Dios mío, Lloyd! ¿Qué significa eso para mi madre?

—Mariah, acabo de hablar por segunda vez por teléfono con Peter Jones. Me ha dicho que la policía de Nueva York ha detenido al perista de Gruber y que ha recuperado todas las joyas de Lisa. Por supuesto, Lisa y yo estamos aliviados por ello, pero, lo que es mucho más importante, da algo de credibilidad a ese tal Gruber.

—¿Llegó a ver bien a esa persona? ¿Era un hombre o una mujer?

—De momento, ni siquiera ha concretado eso. Está intentando conseguir un trato de favor para que le reduzcan las condenas por robo. Jones ha aceptado que lo traigan de la cárcel de Nueva York a la oficina del fiscal mañana por la mañana para que se siente con un retratista para hacer un retrato robot de la persona a quien vio. Esperemos que obtengan una buena imagen y que con un poco de suerte eso ayude a Kathleen.

—¿Quieres decir que demostrará que mi madre no mató a mi padre? —preguntó Mariah, y la asaltó el vívido recuerdo de su madre llegando a los juzgados vestida con el uniforme de la cárcel.

—Mariah —respondió Lloyd en tono precavido—, no sabemos adónde nos llevará todo esto, así que no te hagas demasiadas ilusiones. Sin embargo, si resulta que el retrato muestra a alguien que tú o los detectives lográis reconocer, será muy importante para demostrar que tu madre no tuvo nada que ver con la muerte de tu padre. No olvides que sus amigos más íntimos aseguraron que no habían visto el pergamino. Si dicen la verdad, es posible que Jonathan consultara con uno o varios expertos en la materia, y no sabemos quiénes son. Y siempre cabe la posibilidad de que Gruber dijera la verdad sobre las joyas pero que el resto de la historia sea una farsa.

—Lloyd, hay algo que aún no sabes. Greg me ha dicho que se ha enterado de que Charles Michaelson ha pujado por el pergamino. Se lo dijo un coleccionista de antigüedades. Es todo lo que sé.

Se produjo un silencio momentáneo al otro lado de la línea, y a continuación Lloyd dijo en voz queda:

—Si se demuestra que es verdad, entonces, como poco, Michaelson puede ser acusado de posesión de material robado.

Tras el alivio provocado por la posibilidad de que el retrato robot revelara el rostro de alguien conocido, Mariah recordó con temor que Lloyd le había dicho que también tenía malas noticias.

—Lloyd, ¿cuáles son las malas noticias? —preguntó.

—Mariah, el informe psiquiátrico recomienda que tu madre permanezca en el hospital para seguir prolongando la observación y el tratamiento.

—¡No!

—Mariah, en el informe consta que tu madre ha mostrado en varias ocasiones un comportamiento agresivo. «Prolongar la observación» puede significar que tenga que seguir allí una semana o dos más. He defendido a otros clientes con problemas psiquiátricos que han estado ingresados en ese hospital. Allí los tratan bien y están a salvo. El informe dice que no solo necesita cuidados permanentes, sino también medidas de seguridad adicionales. Tendrías que planificar todo eso antes de que el juez acepte dejarla en libertad. Ya he accedido a retrasar la vista de mañana.

—Lloyd, la mayoría de las veces, cuando se muestra agresiva es porque tiene miedo. Quiero verla. —Mariah era consciente de que estaba elevando el tono de voz—. ¿Cómo puedo estar segura de que la tratan bien?

—Puedes comprobarlo por ti misma. Le dije a Peter Jones que quiero que puedas visitarla. No tiene ningún problema con ello. Me prometió que conseguirá una orden del juez cuando termine la sesión de hoy. Enviarán la orden por fax al hospital. Esta tarde hay horario de visitas de seis a ocho.

—¿Cuándo veremos el retrato que proporcione Gruber mañana por la mañana?

—Jones me prometió que podría pasar por su oficina cuando estuviera terminado y echarle un vistazo. Dijo que me darán una copia. La llevaré directamente a tu casa.

Mariah tuvo que conformarse con eso. Telefoneó a Alvirah, le contó la conversación con Lloyd y después, incapaz si quiera de intentar trabajar un rato con el ordenador, se dirigió al piso de arriba, al dormitorio de su padre. Miró con tristeza la bonita cama de cuatro postes. Compraron la casa y los muebles cuando mamá estaba embarazada de mí, pensó. Me dijeron que cuando nací tenían tanto miedo de que dejara de respirar que pasé mis primeros seis meses de vida en una cuna junto a su cama.

Hasta hacía cuatro años, sus padres habían compartido esa habitación. Sin embargo, los paseos nocturnos de su madre habían obligado a disponer una habitación separada, con baño y dos camas, para ella y su cuidadora.

Cuando mamá vuelva a casa, sé que Delia me sustituirá durante la semana hasta que pueda encontrar a una cuidadora que venga de lunes a viernes, pensó. Solo Dios sabe dónde se habrá metido Rory. Pero una cosa es segura; pienso dejar mi apartamento de Nueva York y trasladarme de nuevo a esta casa. Será mejor que me instale en esta habitación. Necesito algo en lo que ocupar el tiempo. Me ayudará a mantener la cordura.

Se sintió aliviada por haber separado ya la ropa de su padre. Entró y salió de una y otra habitación precipitadamente, cargada con la ropa de su armario para llevarla al amplio vestidor del dormitorio de su padre. A continuación sacó los cajones de su cómoda y, sin apenas notar lo mucho que pesaban, los cargó hasta la otra habitación para vaciarlos en la cómoda de caoba de su padre.

A las cinco menos cinco había terminado. Su padre nunca había retirado el tocador de su madre de la habitación. Durante los primeros estadios de la enfermedad, Kathleen tenía miedo del espejo que colgaba sobre él. A veces, cuando veía su propio reflejo, creía que había una intrusa en la casa.

Ahora, los cosméticos, el peine y el cepillo de Mariah estaban ordenados sobre la superficie de cristal del tocador. Compraré una colcha nueva, con volantes, y también unas cortinas. Y creo que dentro de un tiempo cambiaré la decoración de mi antigua habitación, con esas paredes rojas y los estampados de flores blancas y rojas. Recordó el versículo de la

Biblia que empezaba: «Cuando era niño, hablaba como niño» y terminaba con «cuando me hice hombre, dejé de lado las cosas de niño».

Se fijó en la hora que era y empezó a preocuparse. ¿Por qué Lloyd no había vuelto a llamarla? Sin duda, el juez no se opondría a que visitara a su madre. No es posible, pensó. Simplemente, no lo es.

Diez minutos después, sonó el teléfono. Era Lloyd.

—Acaban de enviarme por fax la orden del juez. Permiso concedido. Como te he dicho antes, las horas de visita son de seis a ocho.

—Estaré allí a las seis —dijo Mariah—. Gracias, Lloyd.

Oyó el móvil sonando en el estudio. Corrió al piso inferior y miró la pantalla. Era Richard. Con una mezcla de enfado y tristeza, decidió no responder.

67

—Es una suerte que Albert West viva a tan solo unas manzanas de casa y que no tengamos que molestarnos en sacar el
coche —comentó Alvirah mientras Willy y ella salían de su
edificio y caminaban hasta la esquina en dirección a la Séptima
Avenida. Habían quedado con Albert a las cinco para tomar
un café en una cafetería de la Séptima Avenida, cerca de la
calle Cincuenta y siete.

Con la débil esperanza de encontrar a Albert en casa y que
aceptara reunirse con ellos de inmediato, lo telefoneó y se llevó una grata sorpresa.

—Willy, a menos que sea un gran actor, me ha parecido
que de verdad tenía ganas de quedar —comentó.

Resoplando ligeramente para seguir las zancadas rápidas
de Alvirah, Willy se preguntó por qué esas reuniones de emergencia siempre surgían en mitad de un partido de los Yankees.
Aunque Alvirah había insistido en que no le importaba en
absoluto quedar con él a solas en un lugar público, Willy no
estaba dispuesto a que corriera ningún riesgo.

—Iré contigo. Fin de la discusión.

—¿Crees que ese hombrecito intentará secuestrarme en
una cafetería? —había bromeado Alvirah.

—No descartes que fuera capaz de hacerlo. Si está metido
en este lío y cree que tú le estás pisando los talones, podría

ofrecerse a acompañarte a casa al salir del café y hacer que no llegaras jamás.

Mientras cruzaban la calle, vieron a Albert acceder a la cafetería. Ya estaba sentado a una mesa cuando entraron, y los saludó con la mano para llamar su atención.

En cuanto se acomodaron, una camarera se acercó y anotó el pedido. Los tres se decidieron por un café con leche. Alvirah percibió la decepción en el rostro de la joven, que sin duda había esperado más consumiciones que pudieran suponerle una propina más elevada.

Le sorprendió que, cuando la camarera se hubo alejado, Albert, con un tono de voz nervioso y brusco, dijera:

—Alvirah, sé que tienes fama de ser una detective de primera. Y, sin duda, no me has llamado para charlar de nuestras vidas mientras tomamos un café. ¿Has descubierto algo?

—Me ha llegado un rumor. No te diré por parte de quién. Tengo entendido que Charles y tú estuvisteis yendo juntos a las cenas en casa de Jonathan durante el último año y medio, desde que a Lillian se le prohibió volver a la casa.

—Así es. Antes Charles iba con Lillian, y yo en mi coche.

—Albert, el rumor que he oído es que Charles ha estado intentando vender el pergamino. ¿Crees que es posible?

Tanto Willy como Alvirah observaron en su expresión cierta renuencia a contestar.

Al fin dijo:

—No solo lo creo posible, sino que ayer hablé sobre ello con los detectives de New Jersey. Siempre he considerado a Charles un buen amigo, de modo que me resulta muy doloroso hablar de él en estos términos.

Alvirah se echó hacia atrás mientras la camarera colocaba los vasos altos sobre la mesa.

—Albert, ¿qué les dijiste a los detectives?

—Justo lo que voy a deciros a vosotros. Desmond Rogers, un coleccionista de fama intachable, a quien Charles estafó hace unos años, me dio la información. No me dijo cómo le había llegado, y yo no se lo pregunté.

Albert tomó un sorbo de café y, consciente de que Alvirah estaba a punto de interrogarlo, repitió para ella y Willy lo que había dicho a los detectives acerca de la antigua estafa en la que se vieron implicados Charles y Desmond.

—Albert, es muy importante. ¿Podrías llamar a Desmond ahora mismo y preguntarle de dónde ha sacado esa información?

Albert frunció el entrecejo.

—Deberíais saber que Desmond Rogers paga a informadores secretos que están metidos en el mundo de las antigüedades para que lo mantengan al día sobre lo que sale al mercado. Estoy seguro de que no compraría nada de procedencia sospechosa, es decir, que jamás habría pujado por el pergamino.

Alvirah respondió:

—Albert, no digo que Rogers haya hecho algo mal. Pero nos has dicho que perdió mucho dinero por culpa de Charles. Tal vez quisiera vengarse dando esa información. Pero si él o alguna de sus fuentes tiene pruebas sólidas sobre eso, es probable que Charles esté relacionado con la muerte de Jonathan. Y no solo eso, deberías darte cuenta de que el asesinato de Jonathan y la desaparición de dos mujeres cercanas a él pueden guardar relación con ese pergamino.

Albert negó con la cabeza.

—¿Y crees que no se me ha ocurrido todo eso? —preguntó con gesto cansado mientras buscaba el móvil—. Confío ciegamente en la integridad de Desmond. Jamás tocaría ese pergamino ni ningún otro objeto robado, pero te aseguro que no desvelará sus fuentes. Si lo hiciera, se correría la voz y no podría volver a utilizarlas. Y ahora, si me perdonáis, saldré un momento a hacer la llamada. Enseguida vuelvo.

Estuvo fuera durante casi diez minutos. Cuando regresó, tenía el rostro enrojecido e irascible.

—Jamás creí que Desmond Rogers me saldría con estas. Me he sentido fatal desde que comenté a los policías lo que él me había dicho sobre Charles. Y ahora descubro que a Desmond no le llegó la información de una fuente fiable. Cuando le he preguntado por ella, primero ha eludido el asunto, pero después ha reconocido que recibió una llamada anónima. Ni siquiera ha podido decirme si era un hombre o una mujer. La voz era grave y ronca. Esa persona le dijo que Charles aceptaba ofertas por el pergamino y que si Desmond estaba interesado, debería llamarlo.

—Me parece creíble —respondió Alvirah con satisfacción en la voz—. ¿Qué le dijo Desmond a esa persona?

—No puedo repetir ante una dama lo que asegura que le dijo. Y después ha colgado.

Alvirah observó a Albert con atención y notó que se le hinchaban las venas de la frente.

—Llamaré a esos detectives a primera hora de la mañana —dijo con enfado, mientras daba una palmada en la mesa—. Deberían saberlo. Y tengo que decidir si le confieso a Charles lo que he dicho de él.

Se terminaron los cafés y salieron del establecimiento. De camino a casa, Alvirah estuvo inusualmente callada. Willy sabía que los engranajes de su mente no dejaban de girar.

—¿Qué concluyes de todo eso, cariño?

—Willy, eso no significa que Charles sea inocente. Y tampoco significa que Albert esté diciendo la verdad. Pese a su aparente renuencia, mi instinto me dice que no tuvo ningún problema para comentar ese rumor en la oficina del fiscal. No te olvides de que él también está bajo sospecha.

—Entonces, ¿crees que este encuentro ha sido una pérdida de tiempo? —preguntó Willy.

—En absoluto, Willy —respondió Alvirah mientras el hombre la tomaba del brazo para cruzar la calle—. En absoluto.

68

Wally Gruber y Joshua Schultz estaban sentados el uno frente al otro, separados por una vieja mesa de madera, en la sala de reunión para abogados y clientes.

—Pareces nervioso, Josh —dijo Wally—. Soy yo quien está en Rikers Island, no tú.

—Eres tú quien debería estar nervioso —espetó Schultz—. No hay un solo tipo en esta ratonera que no odie a un chivato. Billy Declar ya está corriendo la voz de que lo delataste. Tenías tus motivos, pero será mejor que te guardes las espaldas.

—Deja que sea yo quien se preocupe de eso —respondió Wally en tono displicente—. Sabes, Josh, tengo ganas de conducir hasta New Jersey mañana. Al parecer hará buen día y me apetece que me dé un poco el aire.

—No conducirás hasta New Jersey, Wally. Te llevarán allí, esposado y con grilletes. No es una excursión. Da igual lo que ocurra, terminarás cumpliendo una condena bastante severa. De acuerdo, dijiste la verdad sobre las joyas. Pero si mientes sobre la cara que dices haber visto y ese retrato no nos lleva a nada, ¿quién sabe? Tal vez te pidan que te sometas a un detector de mentiras para corroborar tu relato. Si te niegas o no lo pasas, creerán que has estado jugando con ellos en un caso de homicidio. Si eso sucede, tendrás suerte si la entrega de esas joyas te aligera seis meses la condena.

—¿Sabes, Josh? —empezó a decir Wally con un suspiro mientras hacía un gesto al guarda, que esperaba al otro lado de la puerta, con el que le indicó que estaba listo para volver a su celda—. Eres un pesimista nato. Esa noche vi una cara. Y la recuerdo con la misma claridad con que te veo a ti ahora. Y por cierto, era una persona más guapa que tú. En cualquier caso, si les enseñan el retrato y nadie reconoce la cara, entonces es probable que alguien contratara al asesino para librarse de los Lyons, ¿no?

El guarda entró en la sala y Wally se levantó.

—Y Josh, una cosa más. No tengo ningún problema en someterme a un detector de mentiras. La presión sanguínea no me aumentará, y mi corazón no dará un latido de más. El gráfico, con todas esas líneas que lo cruzan, aparecerá suave y liso como el culo de un bebé.

Josh Schultz miró a su cliente con renuente admiración. Incapaz de decidir si Gruber se estaba marcando un farol, dijo:

—Te veré en la oficina del fiscal mañana por la mañana, Wally.

—Me muero de ganas, Josh. Ya te echo de menos. Pero no entres allí con cara larga y te comportes como si no me creyeras. Si lo haces, la próxima vez que me meta en un lío me buscaré a otro abogado.

Habla en serio, pensó Schultz mientras veía alejarse la silueta de su cliente, de regreso a su celda. Se encogió de hombros. Supongo que debería mirarlo por el lado positivo, decidió.

A diferencia de muchos otros de mis clientes, Wally siempre paga mis honorarios.

69

El jueves a las seis de la tarde, Mariah salió del ascensor de la planta de psiquiatría del centro médico de Bergen Park. Vio a un vigilante en el mostrador al final del pasillo. Caminó hacia él, consciente del ruido de sus tacones sobre el suelo abrillantado.

El hombre levantó la vista y la miró con una expresión que no era agradable ni hostil. Mariah le dijo su nombre, como a la recepcionista del vestíbulo, y le enseñó el pase. Que no se les ocurra decirme ahora que, por algún motivo, no puedo ver a mamá, pensó nerviosa.

El vigilante colgó el auricular del teléfono.

—Enseguida vendrá una enfermera y la acompañará a la habitación de su madre —anunció con un matiz de compasión en la voz.

¿Aparento estar tan mal como en realidad me siento?, se preguntó Mariah. Tras la llamada de Lloyd para confirmarle que podía visitar a su madre, se había dado cuenta de que tenía tiempo de ducharse y cambiarse de ropa. Después de cargar con los cajones de la cómoda de una habitación a la otra, se había sentido acalorada y desaliñada.

Ahora iba vestida con una chaqueta roja de lino y pantalones blancos. Se había recogido el pelo hacia arriba y se lo había sujetado con un pasador. Al recordar que en los viejos tiempos su madre jamás salía de casa sin maquillarse, se había dirigido al tocador y se había aplicado un poco de máscara de pestañas y sombra de ojos. Tal vez mamá se alegre si se da cuenta de que me he arreglado para ella, había pensado. Es la clase de detalle que tal vez note. Después vaciló durante un instante, y a continuación abrió la pequeña caja fuerte que había en la pared del vestidor y sacó el collar de perlas que su padre le había regalado por su cumpleaños hacía dos años.

«Tu madre cree en esa vieja superstición de que las perlas traen lágrimas —le había dicho, sonriente—. A mi madre siempre le encantaron.»

Gracias, papá, pensó Mariah mientras se las colocaba alrededor del cuello.

Se alegró de haberse cambiado de ropa, porque Greg la había llamado mientras conducía hacia el hospital. Había insistido en ir a su casa cuando regresara, sobre las ocho y media. «Pienso llevarte a cenar —le había dicho en tono protector—. Sé cómo te has alimentado o, mejor dicho, cómo no lo has hecho. No quiero que llegues al punto en que ni siquiera hagas sombra.»

«Espero recuperar el apetito mañana por la noche —le había dicho mientras entraba en el aparcamiento del hospital—. Tengo la sensación de que para entonces Charles Michaelson ya estará detenido.»

Y antes de que Greg pudiera responder, Mariah había añadido: «Greg, no puedo hablar ahora. Estoy en el hospital. Te veré después».

Mientras esperaba en el mostrador de seguridad, recordó que Lloyd Scott le había advertido que no comentara con nadie la existencia de un posible testigo. Bueno, no he dicho nada, pensó mientras se abría la puerta que había detrás del mostrador. Una mujer asiática y menuda, vestida con chaqueta y pantalones blancos y con una tarjeta identificativa colgada del cuello sonrió y le dijo:

—Señorita Lyons, soy la enfermera Emily Lee. La llevaré a ver a su madre.

Mariah tragó saliva para deshacer el nudo que notaba en la garganta y, con un repentino escozor en los ojos, la siguió a lo largo de una hilera de puertas cerradas. Al llegar a la última, la enfermera se detuvo, llamó suavemente y la abrió.

Mientras la seguía al interior de la habitación, Mariah no sabía qué encontraría, pero sin duda no esperaba ver a esa pequeña figura vestida con una bata de hospital y sentada junto a la ventana en penumbra.

—No quiere la luz más intensa —susurró la enfermera. A continuación, en tono animado, añadió—: Kathleen, Mariah ha venido a verla.

No hubo respuesta.

—¿Está muy medicada? —preguntó Mariah molesta.

—Le han administrado un sedante suave, que la calma cuando se enfada o tiene miedo.

Cuando Mariah se acercó a ella, Kathleen Lyons volvió la cabeza lentamente para mirarla. La enfermera encendió las luces para que viera bien a Mariah, pero la anciana no dio muestras de reconocerla.

Mariah se arrodilló y tomó la mano de su madre entre las suyas.

—Mamá..., Kathleen, soy yo.

Observó la expresión desconcertada de su madre.

—Eres tan guapa —dijo Kathleen—. Yo también era guapa. —Después cerró los ojos y se reclinó en la silla. No los abrió, ni volvió a hablar.

Mariah se sentó en el suelo, abrazada a las piernas de su madre, mientras las lágrimas le rodaban por las mejillas, hasta las ocho menos diez, cuando a través del interfono una voz anunció que las visitas debían abandonar el hospital antes de las ocho.

Entonces se levantó, besó a su madre suavemente en la

mejilla y la abrazó. Le ordenó la mata de pelo blanco que un día había sido de un precioso tono rubio dorado.

—Volveré mañana —susurró—. Y tal vez entonces ya habremos limpiado tu nombre. No hay mucho más que pueda hacer por ti.

Mariah se detuvo en la sala de las enfermeras para hablar con Emily Lee.

—El informe que el médico ha enviado al juez dice que mi madre ha estado enfadada y agresiva —comentó en tono acusatorio—. Desde luego no veo el menor indicio de esa clase de comportamiento.

—Volverá a ocurrir —respondió Lee en voz baja—. Cualquier cosa puede hacerla saltar. Aunque de vez en cuando pensaba que estaba en casa con usted y con su padre. Entonces se siente animada y feliz. Hasta que cayó enferma, supongo que su vida fue bastante maravillosa. Créame, es motivo para sentirse agradecida.

—Supongo que sí. Gracias. —Tras un intento de sonrisa, Mariah se volvió y dejó la zona de pacientes, pasó junto al vigilante y esperó frente a los ascensores. Unos minutos más tarde, estaba en su coche de camino a casa, convencida de que Greg ya estaría esperándola.

También sabía que, al margen de lo que sucediera cuando Wally Gruber se sentara con el retratista de la policía, ella debía tomar algunas decisiones difíciles sobre su futuro.

70

Después de su entrevista en la oficina del fiscal el jueves por la mañana, Richard fue directamente a su apartamento del Bronx y trató de concentrarse en el programa que había estado preparando para las clases del trimestre de otoño.

Había sido una tarde perdida. No había conseguido nada. Finalmente, a las cuatro y media, telefoneó a Alvirah. Su reacción le pareció extrañamente fría.

—Hola, Richard. ¿Qué quieres?

—Verás, Alvirah —dijo en tono indignado—, hoy, en la oficina del fiscal, me han puesto como chupa de dómine porque supongo que oíste el mensaje que Lillian me dejó en el móvil la otra noche. Te repetiré lo que he dicho a esos detectives. Puedes creerme o no, pero al menos dime cómo están Mariah y Kathleen. Mariah no quiere hablar conmigo y estoy muy preocupado por ella.

Con un tono apasionado, repitió palabra por palabra lo que había declarado ante los detectives.

Alvirah suavizó ligeramente la voz.

—Richard, me pareces un tipo honesto, pero debo admitir que no veo claros tus motivos para querer llegar a un acuerdo con Lillian por el pergamino. Por otro lado, estoy empezando a formarme mis sospechas sobre otra persona, pero todavía no estoy lista para hablar de ellas porque podría estar equivocada. Por lo que me ha contado Mariah, hay muchas posibilidades de que mañana se haya terminado todo esto. No puedo decir nada más.

—Espero que así sea —respondió Richard con entusiasmo—. ¿Has visto a Mariah? ¿Has hablado con ella? ¿Cómo está?

—Hoy he hablado con ella un par de veces. Acaba de conseguir un permiso del juez para ir a visitar a su madre esta tarde. —Alvirah vaciló—. Richard... —dijo en voz más apagada.

—¿Qué pasa, Alvirah?

—No importa. Mi pregunta puede esperar hasta otro día. Adiós.

¿A qué ha venido eso?, se preguntó Richard mientras empujaba la silla hacia atrás para levantarse. Saldré a dar un paseo por el campus, decidió. Tal vez se me aclaren las ideas.

Sin embargo, ni siquiera un largo paseo por los senderos en sombra que rodeaban los hermosos edificios góticos de Rose Hill tuvo el efecto habitual de permitirle pensar con calma. Cuando faltaban tres minutos para las seis, estaba de vuelta en su apartamento, con una bolsa de papel de una tienda cercana bajo el brazo. Encendió el televisor y quitó el envoltorio al sándwich que le serviría de cena.

Las palabras iniciales de las noticias de las seis de la CBS lo sobresaltaron: «Posible bombazo informativo en el caso del asesinato de Jonathan Lyons. Un testigo presencial podría haber visto la cara del asesino. A continuación, los dejamos con unos mensajes publicitarios».

Richard se incorporó de un salto y esperó con impaciencia a que terminaran los anuncios.

Los dos presentadores, Chris Wragge y Dana Tyler volvieron a aparecer en pantalla. «Un portavoz de la oficina del fiscal del condado de Bergen ha confirmado que las joyas sustraídas durante el robo en el domicilio del vecino del profesor asesinado, Jonathan Lyons, han sido recuperadas —empezó a decir Wragge—. No ha quedado confirmada ni desmentida la afirmación de Wally Gruber, el delincuente detenido por el robo, de que mientras se encontraba en el interior de la casa del vecino, vio a alguien huir de la residencia de los Lyons inmediatamente después de que dispararan al profesor. Según se informa, también ha declarado ser capaz de describir a dicha persona. Nuestras fuentes nos indican que Gruber, que se encuentra en Rikers Island después de ser detenido por intento de robo en Nueva York, será trasladado a Nueva York mañana por la mañana. Comparecerá en la oficina del fiscal en Hackensack para describir al experto en retratos robot de la policía el rostro de la persona a la que asegura haber visto ese lunes por la noche de hace casi dos semanas.»

«Imagina que dice la verdad y describe un rostro que alguien logra reconocer —comentó Dana Tyler—. Eso podría hacer que se retire la acusación contra Kathleen Lyons.»

Mientras la mujer hablaba, volvieron a mostrar las imágenes de la comparecencia de Kathleen en la sala del tribunal, con la mujer de pie ante el juez, vestida con el uniforme de color naranja de la cárcel.

Conque a esto se refería Alvirah cuando ha dicho que mañana a esta hora podría haber terminado todo, pensó Richard. Kathleen podría quedar en libertad. Empezó a cambiar de canal. En todos se retransmitía la misma noticia.

A las seis y media cogió las llaves de su coche y salió del apartamento a toda prisa.

71

A las seis en punto, Alvirah y Willy estaban viendo las noticias de la CBS. Willy la observó mientras su semblante por lo general alegre se convertía en una mueca de preocupación. Después de hablar con Mariah hacía un rato, Alvirah le había dicho que el delincuente que robó las joyas podría haber visto a alguien salir de la casa de Jonathan después de que lo asesinaran.

—Cariño, creí que me habías dicho que era un secreto —comentó Willy—. ¿Cómo se explica que esté en las noticias?

—Es difícil silenciar estas cosas —respondió Alvirah con un suspiro—. Siempre hay alguien que da el chivatazo a la prensa. —Se colocó un mechón de pelo detrás de la oreja—. Gracias a Dios, Dale of London vuelve ya la semana que viene. De otro modo, tendría que ponerme capucha para tapar las raíces blancas.

—Cuesta creer que el día del Trabajo sea ya este fin de semana —observó Willy mientras dirigía la mirada a Central Park, donde la capa de exuberantes hojas verdes aún cubría con abundancia las ramas—. No nos daremos cuenta y ya habrá llegado el invierno, y las hojas habrán desaparecido.

Alvirah se fijó en que miraba el parque. Pasando por alto su comentario sobre el cambio de estación, como él había pasado por alto el suyo sobre sus raíces blancas, preguntó:

—Willy, si fueras el hombre que huyó de la casa esa noche, ¿qué estarías pensando?

Willy se volvió de la ventana para prestar toda su atención a la pregunta de su mujer.

—Si tuviera que preocuparme por algo así, intentaría pensar cómo jugar mis cartas. Podría decir que el delincuente vio una fotografía de Jonathan conmigo y me escogió como culpable.

Se sentó en la cómoda butaca y decidió no comentar que empezaba a tener hambre puesto que habían tomado un almuerzo ligero.

—Cuando asesinaron a Jonathan, algunos periódicos publicaron una fotografía suya con el grupo que lo acompañó a su última excavación en Egipto —señaló—. El artículo decía que eran sus amigos más íntimos. Diría que era fácil que ese tipo me hubiera visto en la fotografía y hubiera decidido acusarme para obtener algún beneficio.

—Es una posibilidad —convino Alvirah—. Pero supón que en el retrato aparece el culpable y resulta que es uno de los amigos de Jonathan. Todos han dado su versión sobre dónde estuvieron esa noche. Cuando alguien reconozca a la persona del retrato, el fiscal exigirá interrogarlo nuevamente, y de inmediato. Pero yo me pregunto: si el tipo que mató a Jonathan está viendo las noticias en este momento, estará muerto de miedo pensando en el retrato que se dibujará mañana. ¿Se asustará lo bastante para huir? ¿O intentará embaucar a todo el mundo? ¿Tú qué harías?

Willy se puso en pie.

—Si fuera ese tipo, pensaría en ello mientras ceno. Vamos, cariño.

—De acuerdo, quiero que cenes y descanses bien esta noche —dijo Alvirah—. Porque te aviso ahora mismo de que mañana tendrás un día ajetreado.

72

Greg ya estaba esperando cuando Mariah aparcó en la entrada de su casa. El hombre bajó de su coche y se dirigió a abrirle la puerta en cuanto Mariah apagó el motor. La rodeó entre sus brazos y le dio un ligero beso en la mejilla.

—Estás muy guapa —observó.

Mariah se rió.

—¿Cómo lo sabes? Ya ha oscurecido.

—La iluminación exterior de tu casa es potente. En cualquier caso, aunque estuviera como boca de lobo y no pudiera verte, sé que tú solo puedes estar guapa.

Greg es tan tímido, pensó Mariah. Es sincero, pero por algún motivo, en sus labios un cumplido suena raro y ensayado.

Nada espontáneo, provocador ni divertido... como sonaría si lo dijera Richard, oyó que le susurraba una voz traviesa.

—¿Quieres entrar en casa un rato? —preguntó Greg.

Mariah recordó que había roto a llorar en el aparcamiento del hospital después de ver a su madre, y abrió la polvera y se limpió las manchas de rímel de debajo de los ojos.

—No, estoy lista —respondió.

Subió al coche de Greg y se acomodó en el suave asiento de cuero.

—Debo reconocer que el interior de este coche es mucho más lujoso que el mío —comentó Mariah.

—Entonces es tuyo —dijo mientras encendía el motor—. Cambiaremos de coche cuando volvamos de cenar.

—Oh, Greg... —objetó Mariah.

—Hablo en serio. —Su tono de voz era intenso. Entonces, como si se hubiera dado cuenta de que Mariah se sentía incómoda, añadió—: Lo siento, mantendré mi promesa de no agobiarte. ¿Cómo está Kathleen?

Greg había reservado una mesa en el Savini's, un restaurante a diez minutos de la cercana ciudad de Allendale. Durante el trayecto, Mariah le habló de su madre.

—Hoy ni siquiera me ha reconocido. Ha sido descorazonador. Está empeorando. No sé qué pasará cuando la dejen libre y vuelva a casa.

—No des por hecho que la dejarán en libertad, Mariah. He oído la noticia sobre ese supuesto testigo. Ese tipo tiene antecedentes y un montón de acusaciones de toda clase, y solo busca llegar a un acuerdo. Creo que es probable que esté mintiendo cuando dice que vio a alguien salir de la casa de tus padres la noche que asesinaron a Jonathan.

—¿Lo has oído en las noticias? —exclamó Mariah—. Me pidieron que no dijera nada de ese tema. Cuando me has llamado y yo acababa de llegar al hospital, he empezado a hablarte de eso pero me he callado porque he recordado que no debía decir nada.

—Ojalá hubieras decidido confiar en mí —respondió Greg en tono triste.

Acababan de llegar a la entrada del Savini's y el mozo les abrió la puerta, lo que permitió que Mariah se ahorrara responderle. Greg había reservado una mesa en el acogedor salón de la chimenea. Este es otro de los lugares en los que he pasado tantas noches agradables con papá y mamá, pensó Mariah.

Una botella de vino los esperaba enfriándose en la mesa. Deseosa de deshacer la tensión cada vez más evidente, cuando el maître hubo servido el vino, Mariah levantó su copa.

—Para que esta pesadilla termine cuanto antes.

Greg hizo chocar su copa contra la de Mariah.

—Ojalá pudiera terminarla para ti —respondió con ternura.

Mientras comían salmón y una ensalada, ella intentó desviar la conversación hacia otros temas.

—Me ha sentado bien ir a la oficina hoy... Me encanta el negocio de las inversiones. Y volver a mi apartamento también ha sido muy agradable.

—Quiero que inviertas también mi dinero —respondió Greg—. ¿Cuánto pongo?

No puedo aceptarlo, pensó Mariah. Tengo que ser justa con él. No será capaz de mantener conmigo una relación de amistad equilibrada. Y sé que jamás seré capaz de darle lo que quiere.

Realizaron el viaje de regreso a Mahwah en silencio. Greg bajó del coche y la acompañó a la puerta de casa.

—¿Una última copa? —sugirió.

—Esta noche no, Greg. Estoy cansadísima.

—Lo entiendo. —No intentó besarla—. Lo entiendo perfectamente, Mariah.

La mujer abrió la puerta.

—Buenas noches, Greg —se despidió. Fue un gran alivio estar de nuevo en casa y a solas. Desde la ventana del salón lo observó alejarse en su coche.

Transcurridos unos minutos, sonó el timbre. Tiene que ser Lloyd o Lisa, pensó mientras se acercaba a la mirilla. La sorprendió encontrar a Richard allí de pie. Vaciló durante un momento, pero decidió abrir la puerta.

Richard entró y le apoyó las manos en los hombros.

—Mariah, tienes que entender algo sobre el mensaje que escuchaste. Cuando intenté comprarle el pergamino a Lillian, lo hice por ti y por tu padre. Iba a devolverlo al Vaticano. ¡Tienes que creerme!

Mariah alzó la vista para mirarlo y al ver las lágrimas que se asomaban a sus ojos, sus fuertes sentimientos de duda y enfado desaparecieron de inmediato.

—Te creo —respondió en voz baja—. De verdad, Richard.

Durante un momento se miraron fijamente y, a continuación, llena de alegría y alivio, Mariah notó que Richard la estrechaba entre sus brazos.

—Mi amor —susurró—. Mi dulce amor.

73

Richard no se marchó hasta medianoche.

A las tres de la mañana, el teléfono de la mesita de noche despertó a Mariah de un sueño profundo. Oh, Dios, a mamá le ha pasado algo, pensó. Al descolgar, volcó el vaso de agua.

—¿Sí?

—Mariah, tienes que ayudarme. —La voz al otro lado de la línea sonó desesperada—. Tengo el pergamino. No podía venderlo y traicionar así a Jonathan. Quiero que lo tengas tú. Se lo prometí a Charles, pero he cambiado de opinión. Se enfadó mucho cuando se lo dije. Temo que pueda hacerme algo.

Era Lillian Stewart.

¡Lillian está viva! ¡Y tiene el pergamino!

—¿Dónde estás? —preguntó Mariah.

—He estado escondiéndome en el motel Raines de la ruta 4 Este, justo antes de llegar al puente. —Lillian dejó escapar un sollozo—. Mariah, te lo ruego. Ven a verme ahora mismo. Por favor. Quiero darte el pergamino. Pensé en enviártelo por correo, pero ¿y si se pierde? Salgo hacia Singapur en el vuelo de las siete y media de la mañana desde el aeropuerto Kennedy. No pienso volver hasta que Charles esté en la cárcel.

—Motel Raines en la ruta 4 Este. Estaré ahí enseguida. Ahora no encontraré tráfico. Puedo llegar dentro de veinte minutos. —Mariah retiró la colcha y puso los pies sobre la alfombra.

—Estoy en la primera planta de la parte trasera del motel. Habitación veintidós, verás el número en la puerta. ¡Date prisa! Tengo que salir hacia el aeropuerto sobre las cuatro —dijo Lillian.

A las tres y media, Mariah salió de la carretera y condujo hasta el motel silencioso y destartalado, en dirección a la zona de aparcamiento débilmente iluminada que había frente a la habitación veintidós. Abrió la puerta del coche y al instante notó un fuerte golpe a un lado de la cabeza. La invadió una oleada de dolor intenso y se desmayó.

Minutos después, abrió los ojos en una oscuridad casi total. Intentó mover las manos y las piernas pero se las habían atado. También la habían amordazado. Sentía la cabeza a punto de estallar. De algún lugar cercano le llegó un gimoteo. ¿Dónde estoy? ¿Dónde estoy?, se preguntó con desesperación.

Notó el movimiento de unas ruedas bajo su cuerpo. Estoy en el maletero de un coche, advirtió. Sintió que algo la rozaba. Dios mío, hay alguien a mi lado. A continuación, aguzando el oído para no perderse una sola palabra, oyó a Lillian Stewart decir entre sollozos:

—Está loco. Está loco. Lo siento, Mariah. Lo siento.

74

A las nueve y media del viernes por la mañana, Alvirah estaba sentada a la mesa del comedor de su apartamento, disfrutando la tarta de crema de queso que Willy, siempre tan madrugador, le había comprado en la cafetería.

—Sé que solo te permites una de vez en cuando, cariño, pero has estado trabajando duro y te dará energía.

Sonó el teléfono. Era Betty Pierce.

—Espero no molestarles —dijo en tono de preocupación—. Señora Meehan, perdón, Alvirah, ¿está con Mariah, o ha sabido algo de ella?

—No desde las cinco de ayer por la tarde —respondió Alvirah—. ¿No está en casa? Sé que ayer estuvo en Nueva York. ¿La ha llamado al móvil?

—No, no está aquí. Y no responde al móvil ni al teléfono de su oficina.

—Puede que esté conduciendo, de camino a la ciudad —sugirió Alvirah—. Sé que ayer tuvo el teléfono móvil apagado casi todo el día.

—Hay algo más —se apresuró a añadir—. Mariah es muy ordenada. Jamás deja ropa tirada por la habitación. Su bata está en el suelo. Parece que volcó el vaso de la mesita de noche y no se molestó en limpiarlo. La puerta del armario está abierta. Hay un par de chaquetas descolgadas de las perchas, como si hubiera agarrado una y hubiera salido corriendo. El collar de perlas que le regaló su padre está sobre el tocador. Y siempre lo guarda en la caja fuerte. He pensado que tal vez se hubiera producido una emergencia en el hospital y he telefoneado allí, pero Kathleen ha pasado la noche tranquila y está durmiendo. Y me han dicho que hoy no han sabido nada de Mariah.

La mente de Alvirah cavilaba a toda velocidad.

—¿Y qué hay de su coche? —preguntó.

—No está.

—¿Ve alguna señal de forcejeo?

—Diría que no. Parece más bien que se haya marchado a toda prisa.

—¿Y los Scott? ¿Ha hablado con ellos?

—No. Sé que la señora Scott suele levantarse tarde.

—De acuerdo. Llamaré al señor Scott. Tengo su número de móvil. Si usted sabe algo de Mariah, llámeme enseguida, y yo haré lo mismo.

—Está bien. Pero, Alvirah, estoy muerta de miedo. Da la impresión de que Rory y Lillian han desaparecido. ¿Cree que es posible que...?

—Ni lo mientes, Betty. Hablaremos más tarde.

Alvirah intentó que la ansiedad que le hacía temblar la mano no se filtrara a su voz. En cuanto colgó, marcó el número de Lloyd. Como temía, le dijo que no había hablado con Mariah desde la tarde del día anterior.

—Hace una hora que he llegado a la oficina —comentó Lloyd—. El coche de Mariah no estaba en la entrada cuando he pasado frente a su casa. Por supuesto, es posible que lo haya dejado en el garaje.

—No está en el garaje —respondió Alvirah—. Lloyd, confío en mi intuición. Tienes que llamar a esos detectives y pedirles que localicen el móvil de Mariah y que se den prisa para que Wally Gruber describa cuanto antes al sospechoso. Si obtienen una cara que podamos identificar, sabremos dónde buscar a Mariah.

Si no es demasiado tarde, pensó.

Mientras colgaba el auricular, Alvirah trató de apartar esa espantosa idea de su mente.

75

No sabía qué hacer. Por primera vez en su vida sentía que no controlaba la situación. ¿Describiría ese delincuente un rostro fruto de su imaginación? ¿O guardaría un revelador parecido con el que ahora veía en el espejo?

Había buscado en internet la fotografía que había aparecido en los periódicos de él y el resto del grupo que acompañó a Jonathan en su última excavación. La había imprimido. Si el retrato se parece a mí, se la enseñaré, pensó. La agitaré frente a esos detectives y les diré: «Miren, ha sacado su retrato robot de aquí». Sería su palabra contra la de un delincuente convicto que solo aspiraba a una reducción en la condena.

Sin embargo, cuando desde la oficina del fiscal empezaran a investigar su pasado, podrían llegar a descubrir que Rory fue a la cárcel por robar dinero a su tía cuando trabajaba para ella como cuidadora. A continuación, como un castillo de naipes, su laberinto de mentiras se desmoronaría. Solo había visitado a su tía en una ocasión mientras Rory trabajaba para ella, y Rory no lo reconoció cuando empezó a trabajar en casa de Jonathan. Pero yo sí la reconocí, pensó, y la utilicé cuando la necesité. Tuvo que seguirme la corriente porque yo sabía que había violado la condicional y no dudó en quitarme de las manos el dinero que agité frente a sus narices. Dejó la pistola de Jonathan en el parterre esa noche, y la puerta abierta para que pudiera entrar.

Había llevado a Mariah y a Lillian del aparcamiento del motel a su almacén de la ciudad. Una vez allí les había desatado las manos y les había permitido ir al baño, y después se las había atado de nuevo. Luego dejó a Lillian tendida en el sofá de brocado, sollozando. En el otro extremo de la sala, detrás de una hilera de estatuas griegas de tamaño real, había dejado a Mariah sobre un colchón en el suelo. La joven había vuelto a desmayarse antes de que él se marchara. Había sido una decisión brillante, la de no matar a Lillian de inmediato. ¿De qué otro modo podría haber convencido a Mariah para que saliera corriendo de casa en plena noche? Y hacía tiempo que había descubierto el modo de entrar y salir de su edificio de apartamentos sin ser visto. No era difícil con un uniforme de limpiador, una gorra calada hasta los ojos y una tarjeta de identificación falsa colgada al cuello.

Había regresado a casa justo antes del amanecer. Ahora no se le ocurría qué hacer, salvo actuar como si ese fuera un día normal en su vida. Estaba cansado, pero no se acostó. En lugar de eso, se duchó, se vistió, y tomó su desayuno habitual de cereales, tostadas y café.

Salió de su apartamento poco después de las nueve y se dispuso a seguir su rutina de todos los días. Intentando mantener la calma, se tranquilizó al pensar que si el delincuente mentía cuando aseguraba haber visto a alguien salir corriendo de la casa y había visto esa fotografía en el periódico, podría elegir a cualquiera de los otros tres hombres y describir su imagen al retratista de la policía.

Hasta saber qué rumbo tomaba el asunto, tendría que mantenerse alejado del almacén. Mariah y Lillian, pensó con sarcasmo, supongo que seguiréis con vida un poco más de tiempo. Pero si el retrato se parece a mí, y los detectives me piden que vuelva a hablar con ellos, seguirán sin tener pruebas suficientes para detenerme. Tan solo me convertiré en lo que llaman «un sujeto de interés» para la investigación. Es probable que empiecen a seguirme, pero eso no les servirá de nada. No pienso volver al almacén hasta saber en qué situación me encuentro.

Aunque tenga que esperar semanas.

76

Después de hablar con Lloyd Scott, el detective Benet llamó al juez Brown a su despacho y recibió una autorización para localizar el teléfono móvil de Mariah y conseguir el registro de las llamadas entrantes y salientes, tanto de ese teléfono como de la línea fija de la casa de sus padres.

—Juez, existe una gran probabilidad de que Mariah Lyons haya desaparecido —explicó—. Necesito una lista de las llamadas de los últimos cinco días, para saber con quién ha hablado, y necesito acceso a las llamadas que reciba en los próximos días para saber quién la llama.

Su próxima llamada la realizó a la persona de la compañía telefónica que se encargaba de las órdenes judiciales como aquella.

—Me pondré enseguida con ello, señor —le aseguró.

Al cabo de diez minutos, Simon recibió la localización del teléfono móvil.

—Detective Benet, hemos localizado la señal en la ruta 4 Este de Fort Lee, justo antes de llegar al puente. Procede de las inmediaciones del motel Raines.

Rita Rodriguez observó la expresión de Simon y supo que había recibido malas noticias.

—Tenemos un problema grave —anunció—. La señal procede de los alrededores del motel Raines, un lugar de mala muerte. Podemos conseguir estar allí dentro de diez minutos. En marcha.

Condujeron a toda velocidad por la carretera con las luces de la sirena encendidas y pronto estuvieron frente al coche de Mariah. La puerta del conductor estaba entornada. Vieron un bolso de mujer en el asiento del acompañante. Mientras abrían la puerta con cuidado para no contaminar las posibles huellas dactilares, oyeron el sonido de un móvil procedente del bolso.

Simon sacó el teléfono y miró la pantalla. Era Richard Callahan. Simon comprobó el registro y observó que era la cuarta vez que la llamaba en las últimas dos horas. Había otras dos llamadas realizadas desde la casa de los Lyons, probablemente del ama de llaves, y dos más de Alvirah en la última hora.

Dos días antes, cuando Lillian Stewart desapareció, Richard Callahan les había asegurado que pasó todo el día intentando ponerse en contacto con ella, recordó Simon. Vuelve a cubrirse las espaldas.

—Simon, mira esto. —Rita enfocó con la linterna lo que, sin duda, eran manchas de sangre en la puerta trasera del lado del conductor. Apuntó al suelo con la linterna. Gotas de sangre seca se hicieron visibles sobre el suelo de piedra resquebrajada del aparcamiento.

Simon se agachó para examinar las gotas de cerca.

—No sé qué diablos estaba haciendo aquí, pero parece que la agarraron cuando salía del coche. Rita, tenemos que conseguir ese retrato robot de inmediato.

—Los chicos que han ido a recoger a Wally Gruber deben de estar viniendo hacia aquí —se apresuró a responder Rita—. Los llamaré y les pediré que conecten la sirena y lleguen lo antes posible.

Casi fuera de sí por la frustración, Simon gruñó:

—Hazlo. Yo me pondré en contacto con el departamento técnico para que vengan y revisen el coche en busca de huellas. —Hizo una pausa—. Y tendré que comunicar a Lloyd Scott lo que está pasando.

Tres mujeres desaparecidas en cinco días, se dijo en tono sombrío. Todas ellas relacionadas con Jonathan Lyons. Y probablemente también con el pergamino.

Rita interrumpió el momento de introspección.

—Los chicos que traen a Gruber ya están cruzando el puente. Nos esperarán en la oficina.

77

Le dolía muchísimo la cabeza. Mariah intentó tocársela, pero no pudo levantar tanto la mano. Abrió los ojos. La luz era tenue, pero logró ver que estaba en un lugar extraño. Levantó la cabeza y miró alrededor.

Se encontraba en un museo.

Estoy soñando. Tiene que ser una pesadilla. No es posible.

A continuación recordó la llamada de Lillian. Salí corriendo para encontrarme con ella. Él me estaba esperando. Me golpeó la cabeza contra el coche. Después me metió en un maletero y Lillian estaba junto a mí.

Recuerdos fragmentados le volvieron a la cabeza. Había muchos baches. El rostro contra el suelo. Lillian estaba a mi lado. También estaba atada.

Mariah recordó oír el ruido de una puerta que se abría, como la de un garaje, levantándose. A continuación él abrió el maletero y sacó a Lillian a rastras. No dejaba de suplicar: «Por favor, no me hagas daño. Deja que me vaya, por favor».

Entonces vino por mí, recordó. Me levantó y me llevó a un montacargas. Subimos. Y después llegamos al museo. Me llevó a un baño y me desató las manos. «Te dejaré unos minutos a solas», me dijo. Intenté cerrar la puerta pero no había pestillo. Oí que se reía. Sabía que intentaría cerrarla. Traté de lavarme las costras de sangre de la cabeza y de la cara, pero eso me hizo volver a sangrar. Me presioné la herida con una toalla y en ese momento él regresó.

Mariah recordó lo indefensa que se había sentido cuando volvió a atarle las manos y las piernas y la arrastró a esa habitación y la arrojó a un colchón en el suelo. No le importó que estuviera sangrando, pensó. Quería hacerme daño.

Notaba la cabeza a punto de estallar, pero empezó a pensar cada vez con mayor claridad. Él había cogido lo que parecía un gran joyero de plata antiguo y había levantado la tapa. A continuación sacó algo y lo sostuvo por encima de mi cabeza, recordó. Parecía uno de esos pergaminos enrollados que Mariah había visto en el despacho de su padre.

«Míralo, Mariah —le pidió—. Es una lástima que tu padre no quisiera vendérmelo. Si lo hubiera hecho, hoy seguiría con vida, igual que Rory. Y Lillian tampoco estaría aquí con nosotros. Pero no pudo ser. Ahora quiero cumplir el que habría sido el mayor deseo de tu padre: que lo toques antes de reunirte con él. Sé que lo echas mucho de menos.»

Le rozó el cuello con el pergamino, con cuidado de no mancharlo con la sangre que seguía brotándole de la frente.

Y después volvió a guardarlo en el cofre de plata, que dejó en la mesa de mármol que había al lado del colchón.

No recuerdo qué pasó después, pensó Mariah. Es probable que volviera a desmayarme. ¿Por qué no me ha matado? ¿A qué espera?

Hizo un esfuerzo para levantar los brazos y mirar el reloj. Eran las once y veinte. Cuando fui al baño eran casi las cinco, pensó. He estado inconsciente durante más de seis horas. ¿Sigue él por aquí? No lo veo.

¿Dónde está Lillian?

—Lillian —gritó—. Lillian.

Durante un instante no obtuvo respuesta, pero de pronto un repentino chillido aterrado procedente del centro de la sala la estremeció.

—Mariah, ¡va a matarnos! —gritó Lillian—. Solo retrasó matarme para que pudiera engañarte para ir a ese motel. Cuando vuelva, sé lo que pasará. Sé lo que pasará...

El sonido de los sollozos ahogados de Lillian se convirtió en un creciente grito de terror que resonó en la cavernosa sala.

78

Wally Gruber no sabía por qué el detective que le llevaba a la oficina del fiscal de New Jersey de repente pisó el acelerador y encendió la sirena.

—No tengo ninguna prisa —se quejó—. Estoy disfrutando del paseo. De hecho, no me importaría parar a tomar un café.

Estaba sentado en el asiento trasero de la furgoneta, con esposas y grilletes, y separado de la zona delantera por una rejilla. Lo escoltaban otros dos detectives, uno que ocupaba el asiento del acompañante y otro que iba sentado junto a él, en la zona de seguridad.

Ninguno de los tres hombres respondió. Wally se encogió de hombros. Hoy no están demasiado sociables, pensó. ¡Qué más da! Cerró los ojos y se concentró en el rostro que podría dejarlo en libertad mucho antes. Había apostado con algunos de sus compañeros de cárcel. En realidad, habían hecho una porra. Las apuestas iban cuatro a uno a favor de que no se estaba marcando un farol cuando aseguraba haber visto al asesino de ese profesor.

Llegaron al aparcamiento del juzgado y apenas tuvo tiempo de respirar un poco de aire fresco antes de que lo metieran en el ascensor y lo subieran a la oficina del fiscal. Lo condujeron directamente a una sala donde había un tipo sentado frente a un ordenador que se levantó en cuanto entraron.

—Señor Gruber, soy el detective Howard Washington. Trabajaré con usted para crear el retrato robot.

—Llámame Wally, Howie —respondió Gruber en tono animado.

Washington pasó por alto la invitación.

—Siéntese, por favor, señor Gruber. Le explicaré cómo lo haremos. Debe saber que el proceso será grabado. En primer lugar tomaré notas de su descripción detallada de la persona que asegura haber visto, y a continuación utilizaré el ordenador para mostrarle imágenes de distintas formas de cabeza y partes faciales, como la frente, los ojos, la nariz y el mentón, así como de pelo facial.

—No te estreses con el pelo facial, Howie. No tenía.

Wally se sentó junto a Washington y se acomodó en la silla.

—No me vendría mal una taza de café —dijo—. Sin leche. Dos de azúcar.

Simon Benet y Rita Rodriguez acababan de entrar en la sala. A Simon le hirvió la sangre al oír los comentarios despreocupados de Wally. Notó la mano de Rita en el brazo. *Me encantaría tumbar de un puñetazo a este tipo*, pensó.

—Empezaré con unas preguntas muy específicas acerca del aspecto de esa persona. Tomaré notas mientras habla. Comenzaré con un repaso general.

Comenzaron las preguntas.

«Hombre o mujer... color de piel... edad aproximada... altura y peso aproximados...»

Cuando el detective Washington hubo completado las preguntas preliminares, empezó a crear diversas imágenes en la pantalla.

Wally negó con la cabeza, pero entonces comentó:

—Espera. Así es como tenía el pelo cuando se bajó el pañuelo. Has dado en el clavo.

Simon Benet y Rita se miraron. Por la descripción de Wally, sabían qué rostro obtendrían. Las preguntas que los consumían a ambos eran cuándo y dónde había visto Gruber esa cara. ¿La noche en que Jonathan Lyons fue asesinado o en la fotografía del periódico, cuando Lyons ya estaba muerto?

Esperaron hasta que Wally Gruber, mirando el retrato de la pantalla, dijo al detective Washington:

—Buen trabajo, Howie. Es él.

Simon y Rita observaron la pantalla.

—Es como si Greg Pearson hubiera posado para el retrato —comentó Rita mientras Simon asentía con la cabeza.

79

Después de llamar a Lloyd para decirle que Mariah podía haber desaparecido, Alvirah corrió a ducharse y vestirse, dejando la tarta a medio comer en el plato. Con el corazón acelerado por los nervios, se puso el chándal de verano, se tomó las vitaminas y se aplicó un poco de maquillaje a toda prisa. Justo cuando terminaba, Lloyd la llamó para decirle que habían encontrado el coche de Mariah.

—Voy de camino a la oficina del fiscal —anunció Lloyd en tono tenso—. Supongo que ese tal Gruber estará allí. Si dice la verdad, la vida de Mariah puede depender de la descripción que dé de ese tipo.

—Lloyd, tengo mis sospechas —respondió Alvirah—. Y desde ayer, estoy segura en un noventa por ciento de que no me equivoco. Albert West dijo a los detectives que Charles Michaelson estaba intentando vender el pergamino, pero entonces pedí a Albert que llamara a su fuente, que admitió que el supuesto chivatazo le había llegado a través de una llamada anónima. Creo que la persona que hizo esa llamada intentaba inculpar a Michaelson en este asunto. No creo que Michaelson ni West estén implicados.

Cada vez más convencida de su teoría, Alvirah recorría la habitación de arriba abajo mientras hablaba.

—Eso nos deja con Richard Callahan y Greg Pearson. Mi

intuición me dice que Richard no es un asesino. Sabía que ocultaba algo, pero entonces lo vi claro como el agua. Está tan enamorado de Mariah que estaba dispuesto a gastarse toda esa cantidad de dinero para recuperar el pergamino.

Con la esperanza de estar convenciendo a Lloyd, añadió:

—Lloyd, no puedo estar segura al cien por cien hasta que podamos ver el retrato, pero en ese caso solo nos queda Greg Pearson.

—Alvirah, espera un momento. Soy el abogado de Kathleen. Exceptuando a Mariah, no hay nadie que tenga más ganas que yo de descubrir al asesino. Así que, aunque todas tus conjeturas resulten ciertas, puedo asegurarte que ningún jurado condenará a Greg Pearson en base a pruebas basadas principalmente en la identificación por parte de Wally Gruber. El abogado de Pearson lo destrozaría durante el interrogatorio.

—Estoy de acuerdo contigo. Entiendo lo que dices. Pero tiene que haber escondido el pergamino en algún lugar. No sería tan estúpido para dejarlo en su apartamento, en su oficina o en una caja fuerte. Sin embargo, si creyera que Gruber ha dado la descripción de otra persona y se sintiera a salvo, tal vez se animaría a ir al lugar donde esconde el pergamino.

Mientras defendía su teoría, Alvirah intentó no levantar la voz demasiado.

—Creo que los detectives están convencidos de que Lillian llevaba el pergamino bajo el brazo cuando subió al metro. Tenía que ir a algún sitio a reunirse con alguien. Creo que era Greg. Piénsalo. Rory pudo dejarlo entrar en la casa esa noche. Es una ex convicta que violó la libertad condicional. Tal vez Greg descubrió su pasado secreto y la amenazó con delatarla si no colaboraba con él. Y después quizá tuvo que librarse de Rory porque le suponía un peligro.

—Alvirah, lo que dices tiene sentido, pero ¿por qué habrá decidido ir por Mariah? —preguntó Lloyd.

—Porque estaba loco por ella y se dio cuenta de que Mariah estaba loca por Richard. Siempre noté que estaba celoso. Nunca le quitaba los ojos de encima. A eso, añade su terror por el hecho de que aparezca su cara en ese retrato. Creo que todo junto puede haberlo llevado al límite. Mi opinión es que nuestra única esperanza de encontrar a Mariah es asegurarnos de que Greg Pearson crea que el retrato muestra a otra persona, y así se sienta seguro para entrar y salir porque crea que nadie lo vigila.

Alvirah tomó aire. En tono apasionado, añadió:

—Tengo que hablar con Simon Benet. Si el retrato es de Greg, Simon solo tiene que hacerle creer que está a salvo. Después, tendrán que seguirlo las veinticuatro horas del día.

—Alvirah, por mucha ayuda que aportes, no creo que el detective Benet te comente el resultado del retrato —respondió Lloyd—. Pero, como abogado de Kathleen, a mí sí me lo dirá. Le haré saber absolutamente todo lo que me has contado, y te llamaré después de hablar con él.

—Lloyd, por favor, haz que entienda que si Mariah está aún viva, esta puede ser su única oportunidad de sobrevivir.

Willy había hecho la cama y seguido la conversación de Alvirah.

—Cariño, me da la impresión de que lo tenías todo resuelto. Espero que te hagan caso. Desde luego, para mí tiene sentido. Sabes que nunca digo nada, pero cuando íbamos a las cenas en casa de Jonathan, nunca llegué a saber cómo era Greg en realidad. Siempre se comportaba como si el resto fueran los expertos en materia de antigüedades, pero un par de veces hizo algún comentario que me hizo pensar que sabía mucho más de lo que demostraba.

Alvirah contrajo el rostro.

—No dejo de pensar en la pobre Kathleen y en lo horrible que sería para ella si le ocurriera algo a Mariah. Aun con alzheimer, en algún momento lo entendería y sé que la destrozaría.

Willy estaba a punto de colocar los cojines decorativos contra la cabecera de la cama. Con la frente arrugada y su amable mirada azul teñida por la preocupación, comentó:

—Cariño, creo que será mejor que te vayas preparando para recibir malas noticias sobre Mariah.

—No quiero pensar eso —respondió Alvirah enérgica—. Willy, no puedo pensar eso.

Willy soltó los cojines y se apresuró a abrazarla.

—Tranquila, cariño. Tranquila.

El fuerte sonido del teléfono los sobresaltó a ambos. Era el portero.

—Willy, un tal Richard Callahan está aquí. Dice que quiere verte enseguida.

—Déjale subir, Tony —respondió Willy—. Gracias.

Mientras esperaban a Richard, el teléfono volvió a sonar. Era Lloyd Scott.

—Alvirah, tenías razón. Estoy en la oficina del fiscal y he visto el retrato robot. Es idéntico a Greg Pearson. He hablado con Simon Benet. Está de acuerdo en que, probablemente, lo mejor en estos momentos sea hacer lo que sugieres. Sabemos que Pearson está en su oficina. Benet lo llamará dentro de una media hora, cuando esté seguro de que sus agentes de Nueva York están listos para salir tras él.

80

A las doce menos cuarto, sonó el teléfono de la oficina de Greg.

—Tiene una llamada del detective Simon Benet, señor —anunció su secretaria.

Con las manos sudorosas y un hormigueo recorriéndole la mente y el cuerpo a causa del miedo y la inseguridad, Greg levantó el auricular. ¿Le pediría Benet que fuera a hablar de nuevo con él?

—Buenos días, señor Pearson —dijo Benet—. Siento molestarlo.

—No me molesta. —Suena bastante amable, pensó Greg.

—Señor Benet, es muy importante que me ponga en contacto de inmediato con el señor Michaelson. No responde al teléfono de su casa ni al móvil, y no está en su despacho de la universidad. Por casualidad, ¿ha hablado con él últimamente o le ha mencionado que tuviera previsto salir de viaje?

Una gigantesca oleada de alivio le recorrió el cuerpo de arriba abajo. Ese desgraciado de Gruber no me vio en absoluto. Debió ver la fotografía de todos nosotros en el periódico y eligió a Charles. Y es probable que Albert dijera a Benet que Charles buscaba comprador para el pergamino. Mi llamada anónima a Desmond Rogers surtió el efecto deseado.

Una vez más, sintió que controlaba la situación y que era al amo y señor de su universo. En tono cordial, respondió:

—Lamento no poder ayudarlo, detective Benet. No he hablado con Charles desde que fuimos a cenar a casa de Mariah el martes por la noche. Fue la noche en que usted y la detective Rodriguez estuvieron allí.

—Gracias, señor Pearson —dijo Benet—. Si sabe algo del profesor Michaelson, le agradecería que le pidiera que me llamara.

—Lo haré, detective, aunque debo decir que me extrañaría que Charles se pusiera en contacto conmigo. Nuestra amistad en común con Jonathan Lyons y mi asistencia a sus expediciones arqueológicas eran la única base de nuestra relación.

—Entiendo. Bueno, le di mi tarjeta, pero por si no la tiene a mano, tal vez podría anotar mi número de móvil.

—Por supuesto. —Greg cogió un bolígrafo, escribió el número, se despidió con amabilidad de Benet y colgó el auricular. Respiró hondo y a continuación se levantó.

Ha llegado la hora de visitar a las señoritas y decirles adiós, pensó. Después sonrió.

Puede que primero las invite a almorzar.

81

—Sé que es probable que haya policías de Nueva York vestidos de paisano por toda la zona —comentó Alvirah—. No pedí permiso para seguir a Greg por nuestra cuenta porque sé sin lugar a dudas que me habrían dicho que me mantuviera al margen. Pero es imposible quedarse en casa en un momento así.

Estaban en el coche en la calle Cincuenta y siete Oeste, detenidos en una zona donde no se podía aparcar, a unos metros de la concurrida entrada del edificio Fisk, donde Greg tenía su oficina en el décimo piso. Richard, con el rostro y los labios pálidos como la muerte y gesto agónico, estaba sentado delante, junto a Willy. Alvirah estaba sentada en el borde del asiento trasero, detrás de Richard.

—Cariño, uno de esos policías de tráfico nos echará de aquí en cualquier momento —dijo Willy.

—Si pasa eso, Richard puede bajar y quedarse vigilando la puerta —respondió Alvirah—. Daremos tantas vueltas a la manzana como sean necesarias. Si Greg sale y entra en el metro, Richard puede seguirlo y ponerse en contacto con nosotros.

—Cariño, si ve a Richard, no irá a su escondite.

—Con esa sudadera con capucha tuya y las gafas oscuras que le tapan la mitad de la cara, Greg no lo reconocerá a menos que lo tenga a su lado.

—Si baja al metro, me aseguraré de que no me vea —dijo Richard en tono sereno.

—No dejo de pensar en ello —comentó Alvirah—. Si no hubiera perdido de vista a Lillian el otro día, Mariah no habría desaparecido. Nunca dejaré de culparme porque... ¡Ahí está!

Los tres clavaron la mirada en la figura de Greg Pearson saliendo del edificio. Lo observaron mientras llegaba a la esquina y después torcía a la derecha por Broadway. Richard bajó del coche.

—Es posible que se dirija al metro —dijo.

Willy arrancó, pero cuando llegaron a la esquina, el semáforo estaba en rojo.

—Oh, Dios mío, no permitas que Richard lo pierda de vista —rogó Alvirah.

Cuando por fin pudieron girar, vieron la silueta encapuchada de Richard que torcía por la calle Cincuenta y seis en dirección oeste.

—No podemos seguirlo por aquí —dijo Willy—. Es una calle de sentido único. Tendré que girar por la Cincuenta y cinco con la esperanza de encontrarlo allí.

En ese momento sonó el teléfono de Alvirah. Era Richard.

—Voy media manzana por detrás de él. Sigue caminando.

—No cuelgues —ordenó Alvirah.

Willy siguió conduciendo lentamente, torció hacia el oeste por la calle Cincuenta y cinco, deteniéndose y arrancando continuamente para mantener el paso de Richard.

—Está cruzando la Octava Avenida... la Novena... la Décima... Va a entrar en una cafetería —anunció Richard—. Espera.

Cuando Richard volvió a hablar, fue para comunicarle que Greg había salido de la cafetería con una bolsa marrón.

—Parece bastante pesada —dijo, con una nota de esperanza en la voz—. Hay una zona de aparcamiento al otro lado de la calle. Se dirige hacia ella.

—Desde allí solo puede ir hacia el este —comentó Alvirah—. Podemos torcer a la derecha por la Undécima Avenida y volver a subir por la calle Cincuenta y seis. Te recogeremos allí.

Tres minutos después, subían por la Cincuenta y seis. Richard estaba agachado entre dos coches aparcados. Mientras lo buscaban, un vehículo negro de modelo antiguo subió por la rampa de salida. No había duda de que lo conducía Greg. Cuando giró a la izquierda para incorporarse al tráfico, Richard entró a toda prisa en el automóvil de Willy.

—¡Conduce un coche distinto! —exclamó Alvirah.

Con cuidado de mantenerse a varios coches de distancia del sedán negro, lo siguieron hasta la parte baja de Manhattan, y después cruzaron la ciudad hacia la zona de South Street, cerca del puente de Williamsburg. Greg torció por una calle de mala muerte llena de almacenes clausurados con tablas.

—Ten cuidado. No te acerques demasiado a él —advirtió Richard a Willy.

Willy detuvo el coche.

—No puede ir mucho más lejos —comentó—. Es una calle sin salida. Conozco la zona. Cuando iba al instituto tenía un trabajo a tiempo parcial cargando cartones en camiones. Todos estos almacenes tienen su área de carga.

Observaron el coche negro, que siguió hasta el final de la calle y después torció a la derecha.

—Debe de dirigirse a uno de esos edificios —dijo Willy—. Pero parece que están todos cerrados. —Esperó hasta perder de vista el coche de Greg y a continuación retomó la marcha, pero se detuvo antes de que él pudiera verlos al girar tras los los edificios.

Richard bajó del coche y miró por la esquina para ver adónde se dirigía Greg. A continuación corrió hacia el coche, gritando:

—Síguelo, Willy. Está abriendo esa enorme puerta de garaje. No podemos quedarnos fuera.

Willy aceleró. El coche derrapó al tomar la curva cerrada, se acercó al sedán e intentó seguirlo hasta el interior del garaje.

La puerta de doce metros de ancho estaba bajando. Alvirah chilló cuando rozó el techo de su coche y siguió descendiendo. Las puertas se abrieron de golpe y los tres consiguieron salir a toda prisa, justo a tiempo de evitar quedar atrapados en el amasijo de hierros.

A un metro del suelo, la puerta del garaje por fin se detuvo sobre el automóvil aplastado. Durante un momento, se quedaron horrorizados y en silencio. Luego oyeron el sonido de pasos sobre el suelo de piedra.

—¡Policía! —gritó alguien—. ¡Deténgase!

Richard ya estaba en el suelo, reptando al interior del almacén a través del espacio abierto por el coche.

—¡Atrás! —advirtió uno de los detectives a Alvirah y Willy cuando se apresuraron a seguir a Richard—. Es una orden. He dicho que atrás.

82

Llegó al piso de arriba y detuvo allí el ascensor, empotrado en el techo de la planta inferior, antes de que nadie pudiera alcanzarlo. ¿Cuánto tardarían en descubrir el interruptor que haría bajar de nuevo el ascensor? No mucho tiempo, pensó. Sé que no tardarán mucho.

Ese detective fue lo bastante listo para hacerme creer que estaba a salvo.

Pero no lo estoy. Estoy condenado. Es el fin. He caído en su trampa.

Furioso, Greg lanzó al suelo la bolsa con los sándwiches. Su imperio secreto estaba iluminado tenuemente. Encendió las luces del techo y miró alrededor. Hermoso. Magnificente. Espectacular. Arte. Antigüedad. Todo digno de los mejores museos del mundo. Y lo había reunido él solo.

Cuando tenía diecinueve años y era un empollón solitario, consiguió con un ordenador lo que Antonio Stradivari había conseguido con un violín. Había llegado a ser un genio de la programación gracias a una creatividad inimaginable. Cuando cumplió los veinticinco, ya se había convertido, sin hacer ruido, en multimillonario.

Seis años atrás tuve el capricho de ir a esa expedición y descubrí el mundo en el que me sentía a gusto, pensó. Escuché y aprendí de Jonathan, Charles y Albert, y al final los superé a todos con mi pericia. Empecé a manipular y desviar envíos de antigüedades de valor inestimable sin dejar rastro sobre adónde habían ido.

Fue maravilloso tocar ese pergamino sagrado. Cuando le hablé a Jonathan del extraordinario programa informático que había desarrollado para comprobar la autenticidad de antigüedades, me dejó examinarlo. El pergamino es auténtico. A lo largo de los siglos, lo ha manipulado mucha gente, pero hay una única muestra de ADN que es extraordinaria. Una muestra que contiene cromosomas con rasgos exclusivos de la madre, que debe de ser la virgen María. Jesucristo no tenía padre humano.

Esta carta fue escrita por Cristo. La escribió a un amigo, y dos mil años después tuve que matar a un hombre a quien quería como amigo porque debía poseerla.

Greg entró en aquella sala que rebosaba de sus tesoros. Por una vez no se detuvo a recrearse en su belleza, sino que miró primero a Lillian. Estaba tumbada junto al sofá con el brocado de hilos de oro e intrincado diseñado, en el que él siempre se sentaba.

Desde el miércoles por la mañana, cuando la llevó allí por primera vez y decidió esperar a matarla, había disfrutado sus breves visitas, durante las que se sentaba en el sofá, con los pies de la mujer en el regazo, y hablaba con ella. Había gozado explicándole la historia de cada uno de sus tesoros. «Compré este objeto a un comerciante de El Cairo hace poco —le había comentado sobre una de las piezas—. Saquearon el museo durante un levantamiento civil.»

Ahora estaba de pie junto a Lillian. Sus grandes ojos marrones lo miraban con miedo y desesperación.

—¡La policía me tiene rodeado! —gritó—. Están abajo. Pronto encontrarán el modo de subir.

»Eres tan avariciosa, Lily. Si le hubieras dado el pergamino a Mariah, tendrías la conciencia tranquila. Pero no lo hiciste.

—No, por favor... no... no...

Mientras ataba un cordón de seda alrededor del cuello de Lillian, Greg empezó a sollozar.

—Ofrecí a Mariah el amor que jamás creí que sería capaz de sentir por un ser humano. Besaba el suelo que ella pisaba. ¿Y qué conseguí a cambio? La otra noche se moría de ganas de terminarse la cena y librarse de mí. Así que ahora voy a librarme de ella, y también de ti.

83

—Este lugar está vacío, pero no es posible que se haya esfumado —espetó uno de los detectives de Nueva York—. Es la planta baja. Tiene que haber otra arriba. He oído algo, pero no veo nada. —Conectó la radio que llevaba en el cinturón y pidió coches de refuerzo.

El otro detective empezó a golpear las paredes con la esperanza de oír un sonido hueco.

Sin hacer caso a las órdenes de la policía, Alvirah y Willy reptaron junto a su coche destrozado y se colaron en el almacén. Habían oído el grito del detective pidiendo refuerzos por radio. Tal vez sea demasiado tarde, pensó Alvirah con desesperación. Greg tiene que saber que está atrapado. Aunque Mariah siga con vida, es probable que no lleguemos a tiempo.

Transcurrió un minuto... dos... tres. Parecieron toda una eternidad.

Desesperado, Richard corrió al interruptor de la luz y lo movió de un lado a otro. Durante un instante, la sala quedó a oscuras, pero las luces se encendieron de nuevo enseguida.

—Tiene que haber un interruptor en algún sitio que abra algo —gritó con amargura. Alvirah se apresuró a golpear la pared alrededor del interruptor. Entonces bajó la vista.

—¡Richard, Richard! —Señaló la tapa de una toma de corriente justo encima del suelo—. Mira, no está empotrada en la pared.

Richard se agachó y tiró de la tapa. Se abrió. Presionó el botón. Oyeron un sonido sordo y, al mirar hacia arriba, vieron que una porción de techo del otro extremo de la sala empezaba a descender.

—¡Es un montacargas que lleva al piso de arriba! —gritó uno de los detectives mientras corría hacia él.

84

En los agónicos cuarenta minutos transcurridos desde que se había despertado, Mariah reunió todas sus fuerzas para intentar sobrevivir. Había conseguido ponerse en pie apoyando la espalda en la mesa de mármol en la que Greg había dejado el cofre de plata que contenía el pergamino. Con gran dolor, centímetro a centímetro, había conseguido empujar el cuerpo hacia arriba, después de resbalar y caer muchas veces, hasta lograr por fin ponerse en pie. Se había destrozado la chaqueta de tanto frotarla contra la pata ornamentada de la mesa, y tenía la espalda raspada y dolorida.

Sin embargo, había conseguido levantarse.

Fue entonces cuando oyó el ruido del montacargas y supo que Greg había vuelto. Era consciente de que solo tenía una oportunidad para intentar salvar su vida y la de Lillian.

Era imposible soltarse o aflojar las ataduras de los pies y las manos.

Oyó a Greg bajar del ascensor. Protegida tras las esculturas de mármol, supo que él no podría verla. Lo oyó hablar con Lillian, el tono de voz más elevado con cada palabra que pronunciaba.

Le estaba diciendo que lo habían seguido. Que la policía estaba en el piso de abajo. Sin embargo, también gritó que no descubrirían el modo de subir a tiempo para salvarlas. Horrorizada, Mariah prestó atención mientras Greg presumía de la autenticidad del pergamino, y después añadía entre sollozos: «Amaba a Mariah...».

Lillian imploraba por su vida. «Por favor, no... por favor, no...»

De nuevo, Mariah oyó el ruido del ascensor. Tenía que ser la policía, pero para cuando el ascensor bajara y volviera a subir, ya sería demasiado tarde.

Con las manos atadas, hizo un esfuerzo para coger el cofre de plata y logró agarrarlo. Con el corazón latiéndole con fuerza, recorrió lentamente la corta distancia hasta el sofá deslizándose junto a las estatuas y agradeciendo que los chirridos del ascensor evitaran que Greg pudiera oírla acercarse.

No me oye, pero si mira hacia aquí, se habrá terminado todo para las dos, pensó mientras avanzaba arrastrando los pies sobre la gruesa alfombra y se aproximaba al sofá.

Mientras Greg ataba el cordón alrededor del cuello de Lillian, Mariah levantó el cofre de plata y, con todas sus fuerzas, le golpeó en la cabeza. El hombre soltó un gruñido, tropezó con Lillian y cayó al suelo.

Durante un largo minuto, Mariah permaneció apoyada contra el sofá, manteniendo el equilibrio. Seguía aferrada al cofre. Lo dejó con cuidado en el respaldo del sofá, levantó la tapa y sacó el pergamino. Lo levantó con la punta de los dedos, hinchados por las fuertes ataduras que le oprimían las muñecas, y se lo llevó a los labios.

Esa fue la imagen que Richard vio cuando el montacargas se detuvo. Dos detectives corrieron a inmovilizar a Greg cuando intentaba levantarse. Un tercero se apresuró a retirar el cordón que Lillian tenía alrededor del cuello.

—Tranquila —le dijo—. Todo ha terminado. Están a salvo.

Mariah consiguió esbozar una leve sonrisa cuando vio a Richard correr hacia ella. El hombre se dio cuenta de inmediato de que sostenía el pergamino sagrado y se lo quitó suavemente de las manos, lo dejó encima de una mesa, y la rodeó entre sus brazos.

—Creí que no volvería a verte —dijo con la voz quebrada.

Mariah sintió una paz repentina, una paz casi incomprensible, que invadió todo su ser. Había recuperado el pergamino y, con ello, sabía que por fin había hecho las paces con su querido padre.

Epílogo

Seis meses después, Mariah y Richard paseaban de la mano por las habitaciones vacías de la casa donde ella había vivido su infancia, en Mahwah. Eran los últimos minutos que pasaría en ella. Al principio se había planteado quedarse allí, más por su madre que por ella misma, pero aunque toda su vida había adorado aquella casa, siempre sería el lugar donde su padre había sido asesinado. Y siempre sería el lugar donde, como Greg Pearson confesó a la policía, Rory los había traicionado al esconder la pistola fuera de la casa y dejar la puerta abierta para él.

Cuando se retiraron los cargos contra Kathleen, Mariah llevó a su madre a casa. Como había temido, enseguida se dio cuenta de que ya no se sentía cómoda en ella, pues le recordaba constantemente el horror que había padecido.

La noche que Kathleen regresó a su casa, Mariah observó como su madre entraba en el armario del estudio, donde se acurrucó en el suelo y rompió a llorar. En ese momento, Mariah se dio cuenta de que Greg Pearson no solo les había arrebatado a su padre, sino también su hogar. Había llegado el momento de marcharse de allí para siempre.

Los transportistas acababan de cargar los últimos muebles, alfombras y cajas de platos, ropa y libros que se llevaba a su nuevo y amplio apartamento. Mariah se alegró de que su madre no estuviera allí para verlo. Sabía lo doloroso que sería para ella. *Mamá se ha adaptado mejor de lo que me imaginaba*, pensó con añoranza. Su enfermedad había empeorado y Mariah tenía que consolarse pensando que su madre, cuya memoria prácticamente había desaparecido, estaba contenta y bien atendida. La residencia donde ahora vivía estaba en Manhattan, a solo dos manzanas del apartamento al que Mariah y Richard se trasladarían muy pronto. Durante los seis meses que Kathleen llevaba allí, Mariah había podido ir a verla casi a diario.

—¿En qué estás pensando? —preguntó Richard.

—No sabría por dónde empezar —respondió Mariah—. Tal vez no haya palabras.

—Lo sé —convino con dulzura—. Lo sé.

Mariah recordó con alivio que Greg Pearson se había declarado culpable de los asesinatos de su padre y de Rory, y del secuestro de Lillian y del de ella. Iba a ser condenado a cadena perpetua sin posibilidad de libertad condicional en los juzgados de New Jersey y de Nueva York en el transcurso de las dos semanas siguientes.

Por mucho que temiera volver a verlo, tenía intención de asistir a ambos juicios y hacer constar lo maravilloso que era su padre y la desolación que Greg había provocado en su vida y en la de su madre. Cuando terminara, sabría que había hecho todo lo que estaba en sus manos por los maravillosos padres que había tenido la suerte de tener. Además, Richard estaría a su lado.

Había estado junto a ella en el hospital la noche que los médicos le limpiaron y cosieron la dolorosa herida de la cabeza y apenas se había separado de su lado durante las semanas siguientes. «No pienso volver a dejarte», le había dicho.

Wally Gruber había sido condenado a cinco años en Nueva York y en New Jersey, que cumpliría simultáneamente. Peter Jones, el nuevo fiscal del condado, se había reunido con Mariah y con Lloyd y Lisa Scott, que le habían dado su aprobación para que le redujeran su condena, que de otro modo habría sido tres veces más larga. «No lo hizo por bondad, pero evitó que mi madre pasara el resto de su vida en un hospital psiquiátrico», había dicho Mariah.

«Me alegro de que se llevara mis joyas y me alegro de que nos ayudara a recuperarlas», había declarado Lisa Scott.

Después de oír la resolución del juez en Hackensack, un animado Wally había salido de la sala con una amplia sonrisa en los labios. «Es pan comido», comentó en voz alta a su sufrido abogado, que sabía que el juez había oído el comentario y no parecía contento.

Tras una negociación entre el fiscal y la defensa, y también con la aprobación de Mariah, Lillian fue condenada a una pena de trabajos para la comunidad por intentar vender el pergamino robado. El juez estuvo de acuerdo en que, después de la terrible experiencia por la que había pasado, no había necesidad de un castigo mayor. Lo irónico del asunto era que, cuando Greg difundió el rumor de que Charles estaba intentando vender el pergamino, no se equivocó.

Jonathan se lo había enseñado a Charles y le había dicho que se lo había dejado a Lillian por seguridad. Jonathan se quedó horrorizado cuando Charles le ofreció venderlo por él. Tras la muerte de Jonathan, Charles telefoneó a Lillian, le propuso buscarle un comprador en el mercado negro y repartirse los beneficios.

Cuando Mariah y Richard salieron de la casa por última vez, caminaron hasta la acera, donde estaba aparcado el coche de Richard, y subieron a él.

—Estaría bien pasar la noche con tus padres —comentó Mariah—. Me siento como si ya fueran de mi familia.

—Lo son, Mariah —susurró Richard. Sonriendo, añadió—: Y recuerda, por muy orgullosos que se sintieran cuando estaba en el seminario, sé que se mueren de ganas de tener nietos. Y se los daremos.

Alvirah y Willy estaban preparándose para ir a cenar a casa de Richard esa noche.

—Willy, hace más de seis semanas que no vemos a Mariah y a Richard —dijo Alvirah mientras sacaba el abrigo y la bufanda del armario.

—Es verdad. No los vemos desde que cenamos con ellos, el padre Aiden y los Scott en el restaurante Neary —coincidió Willy—. Los echo de menos.

—Debe de ser duro para ella. —Alvirah suspiró—. Hoy ha pasado su último día en la casa de su infancia. Tiene que ser muy difícil. Pero me alegro de que se muden a ese precioso apartamento después de la boda. Sé que serán muy felices allí.

Cuando llegaron a la cena, abrazaron con fuerza a Richard y a Mariah. Durante los pocos minutos que invirtieron en comentar los espantosos hechos que habían vivido, Alvirah dijo a Mariah que, pese a la tragedia, cuando tocó el pergamino sagrado supo que tenía entre sus manos algo muy especial y maravilloso.

—Es verdad, Alvirah —respondió Mariah, con su voz convertida en apenas un susurro—. Y también es muy especial que se encuentre de nuevo en la Biblioteca Vaticana, el lugar al que pertenece. Y que mi padre por fin pueda descansar en paz.